異世界国家
アルキマイラ
3

——最弱の王と無双の軍勢——

DIFFERENT WORLD ALCHIMAIRA 3: THE WEAKEST KING AND MATCHLESS ARMY

aono akatsuki
蒼乃暁

illustration
bob

一章　辺境伯の館にて

境界都市シールズ。

それは人類の住まう領域と魔族の棲まう領域、その境目である境界領域に蓋《ふた》をするようにして建造された城塞都市の名だ。

度重なる魔族の侵攻を阻《はば》み、人類の生活圏を守護する『人類の盾』とも称される要所である。


とはいえ、本当の意味での最前線というわけではない。シールズは数多《あまた》の商人が集う『商業区』や、魔石や各種素材の産出地である『迷宮区』を抱え、都市単独で経済を回すことすら可能な大都市としての機能を有しているのだ。常日頃《ひごろ》から戦火に晒《さら》されているようでは、これほどまでに健全な都市機能を維持することなど到底不可能だろう。

従って、日々戦闘が繰り広げられているのは境界領域の最奥に位置する『砦《とりで》』でのことなのだが、それで城塞都市としてのシールズの価値が下がるというものでもない。

大陸における歴史上、この都市が最終防衛ラインとして魔族の侵攻を食い止めたこともあるのだ。

おおよそ人類という枠組みにおいて、境界都市シールズがあまりにも重要な役割を託されているという認識は、大陸に生きる誰《だれ》もが共有するところである。

「久しいな、ヘリアン殿。急な招待にも拘《かかわ》らず、よく来てくれた」

そして、そんな重要な要所にして大都市であるシールズを治める壮年の男。市民から『聖剣伯』と称され、絶大な支持を集める辺境伯グレン＝ガーディナーは、客人である青年を歓迎の言葉で出迎えた。

場所は境界都市シールズの『中央区』――その中枢に位置する辺境伯邸の応接間だ。

「恐れ入ります、ガーディナー辺境伯。この度はお招きいただきありがとうございます」

応接間での会談に参加しているのは合計三名。

館の主人である辺境伯本人と、彼に招かれた黒髪黒眼《こくはつこくがん》の青年ヘリアン。そしてヘリアンの護衛として背後に佇《たたず》んでいる銀髪長身の女性、リーヴェである。

異世界国家アルキマイラを率いる万魔の王たるヘリアンだが、人類領域における活動拠点構築を目的とした遠征に赴いている今、ここでの彼は一介の商人に過ぎない。ヘリアンは偽装身分に応じた振る舞いとして、境界都市の最高権力者たる辺境伯に謝意を示す。

「まずは謝罪を。先日のご依頼における結果報告がここまで遅れてしまい、大変失礼いたしました。深くお詫《わ》び申し上げます」

ヘリアンが詫びたのは辺境伯からの討伐依頼《クエスト》――『迷宮探索における脅威の排除』についてのことだ。迷宮暴走《ダンジョンスタンピード》に端を発する騒動にケリをつけるべく、彼の愛娘であるシオンの露払いとして迷宮探索に参加していたのである。

仕事を終えてから既に二週間以上が経過しているが、あの日以来、こうして辺境伯と顔を合わせたのは今回が初めてだった。

「そのようなことを気にする必要はない。そもそも、既に書面で報告してくれただろうに」

辺境伯はヘリアンの謝罪に対し、寛容な言葉を口にした。

彼の言う通り、確かに文書での報告を済ませている。

リーヴェと同様、本国から連れ出した従者であるガルディやセレスを使いに遣《や》り、護衛対象であるシオンを通じて別途報告を行ってもいた。

しかし大都市を統《す》べる辺境伯自らが、仲介人を挟まず直接ヘリアンに依頼を行ったのだ。畑違いの仕事を押し付けられた感は否《いな》めないが、それでも受けると決めたのは他ならぬヘリアン自身である。ならば貴人に対する礼儀として、また仕事を請け負った者の責務として、直接出向いて完了報告をするべきだろう。少なくともヘリアンはそう考えていた。

そんなヘリアンの表情から何かを読み取ったのか、辺境伯は諭《さと》すような口調で言葉を続ける。

「加えて言えば、同道していた騎士団からも一連の出来事について聞いている。私としては、騎士たちの話と君からの文書で十二分に結果報告を受け取っているのだよ。そして依頼主である私は君の働きに大変満足している。先日の一件は本当にご苦労だった」

「ありがとうございます。そう言っていただけますと幸いです」

「そしてリーヴェ殿、君たち従者諸君も見事な腕前を発揮してくれたそうだな。騎士団が驚いていたぞ。これほど楽な迷宮探索は初めてだったとな」

「恐縮です。辺境伯」

辺境伯からの称賛を受け、リーヴェは粛々《しゅくしゅく》と返礼した。

ただ頭を下げただけだというのに、その仕草にはどことなく気品がある。従者とはかくあれ、という見本のような一挙手一投足だ。国王側近として修めたスキルの数々はこんなところでも発揮されるのか、平凡な商人へリアンの従者としてはできすぎなほど、完璧《かんぺき》な振る舞いを体現してみせる。

そうしてひとまずの挨拶《あいさつ》を済ませたタイミングで、応接間の扉がノックされた。

辺境伯の許可を得て入室してきたのは、紅茶と焼き菓子を運んできた侍女である。年若い侍女は慣れた手つきで紅茶を淹《い》れた後、静々と退室していった。

「ヘリアン殿は紅茶好きだと耳にしたのでな。最近流行《はや》りの茶葉を取り寄せてみた。口に合うといいのだが」

「これはこれは……わざわざ申し訳ありません。お気遣い恐れ入ります」

実のところ、特別紅茶に強い拘《こだわ》りがあるわけではない。ただ単にコーヒーが苦手な為に紅茶に逃げた結果なのだが、迷宮の中でわざわざ飲用していた様子から紅茶党と認識されたらしい。

勧められるままにカップを手にすれば、領主の客に出す品とあって良い香りがした。

熱すぎずヌルくもない、客人が口をつける頃に最適な温度になるよう計算された紅茶からは、ふんわりと湯気が上っている。

そういえばリーヴェ以外が淹れた紅茶を呑《の》むのはこれが初めてだなと、ヘリアンは少しばかりの期待感を抱きながらカップに口をつけ――

「ところで、リーヴェ殿は君の愛人かね？」

「ぶっ……⁉」

危うく噴きかけた。

若干気管に入ったせいで涙目になりながらも根性で嚥下《えんか》し、絶妙なタイミングであんまりな質問をぶちかましてくれた辺境伯を凝視する。

「おや。違うのかね？」

いかにも意外そうな口調で問い掛けてくるが、よく見れば口端が吊《つ》り上《あ》がっていた。

つい先ほどまでは領主然とした態度を取っていたというのに、今の表情は単なる性悪オヤジのそれだ。からかう色が透けて見えるその表情に、あのタイミングで訊いてきたのは絶対にわざとだなとヘリアンは確信した。

……というか、本人《リーヴェ》の前でわざわざ訊くあたり絶対に確信犯である。

「無作法失礼しました。なにやら誤解があるようですが、彼女は私の従者です。愛人などではありません」

「ふむ。ならばセレス殿が愛人ということか」

「違います」

続けてぶち込んできた辺境伯に否定《ひてい》の言葉を返す。

そういえば最初に出会った際にも似たような表情をしていたなと、辺境伯に『奇襲』を仕掛けられた際の出来事を現実逃避気味に思い出した。

ちなみに何故《なぜ》現実逃避気味かと問われれば、背後の気配が怖いからである。

いや、気配だとかそういう類いのものは戦士でもない三崎司《ヘリアン》には一切《いっさい》分からないのだが、後ろに立つリーヴェの顔は色々な意味で見たくなかった。たとえどんな表情をしているにせよ、この場における最適解など見つかりそうもない。

「なんと。これは驚きだ。腕前もさることながら、両名共にエルフに勝るとも劣らぬ見目麗《みめうるわ》しい美姫《びき》。となれば、とうの昔に手をつけているかとばかり思っていたのだが」

「……従者をお褒めいただきありがとうございます。ですが、その、私と彼女たちはそういった関係ではありませんので」

「これほど美しい女性を前にして手を出していないとは……まさか、君の本命はガルディ殿かね？」

「どうしてそうなるんですか⁉」

さすがに全力で否定《ツッコんだ》した。悍《おぞ》ましい質問を耳にしたヘリアンは、腰を浮かせて声を張り上げる。

そしてその直後、境界都市における最高権力者の前で声を荒げてしまったという事実を自覚し、慌てて無礼を詫びようとしたヘリアンだったが、当の辺境伯は呵々《かか》とした笑顔を浮かべていた。

「そうかそうか、いやこれは失敬！　無粋《ぶすい》な質問を詫びよう。――それと、ここから先は無闇《むやみ》に畏《かしこ》まらず、普段のように振る舞ってくれるとありがたい。前にも言ったかもしれんが、私は貴族らしい対応が苦手でね」

今しがたのような口調の方が私にとっても気楽なのだよ、と辺境伯はヘリアンの全力否定を快く受け入れた。その言動に嘘《うそ》偽りの色は見受けられない。

（……ああ。そういえばこの人、こういう人間だっけか）

辺境伯の人となりを再認識したヘリアンはこっそりと溜息《ためいき》を吐いた。

そして身体から力が抜けていく感覚を通じて、必要以上に肩に力が入っていたらしい事実を知る。

どうやら自分で思っていた以上に、『領主との会談』を意識しすぎてしまっていたようだ。

恐らくは、そんなヘリアンの精神状況を見抜いてあんな際《きわ》どい話題を持ち出してきたのだろう。

貴族らしい対応は苦手などと嘯《うそぶ》いておきながら、場の空気を望み通りの方向性に誘導した手練手管《てれんてくだ》は、さすが領主だと感じ入らざるを得ない。

が、それはそれとしてこの手法は見習う気にはなれないヘリアンだった。

「さて、麗しい従者殿の話題は一旦脇《いったんわき》に置いておくとしてだ。迷宮探索での一件は本当に助かった。不測の事態が発生したにも拘《かかわ》らず、つつがなく儀式を終えて迷宮を安定させられたのは君たちの働きに依《よ》るものが大きい。身を以《もっ》てシオンを助けてくれたことを含め、改めて感謝する」

「いえ。咄嗟《とっさ》のこととはいえ、大切なご息女を突き飛ばしてしまいました。緊急事態でしたのでご容赦いただければと」

「シオンとてガーディナー家の女だ。その程度のことは気にするものでもない。……むしろ気にするべきは、不測の事態が生じた、という事実そのものについてだな」

辺境伯は嘆息と共にソファに体重を預ける。

体格からして相当な重量があるはずだが、応接間に設けられた魔獣革のソファは音もなく彼の身体を受け止めた。

「……やはり、アレは稀有《けう》な出来事だったのでしょうか？」

「稀有という言葉で片付けるのには少々無理がある。むしろ前代未聞だ。あの場所で『調律』以外の術式が発動する、などというのはな……」

両者が語るのは、『調律』を行った祭壇から五十五階層にまで跳ばされた転移罠についてだ。

あの日、突如発動した転移罠により強制転移させられたヘリアンとリーヴェは、転移先の異空間で正体不明の神話級脅威である『蒼騎士《あおきし》』を撃破し、迷宮内のとある広間に弾《はじ》き出《だ》された。そして身動きが取れなくなった二人の迎えにガルディを呼んだところ、五十五階層の隠し部屋に弾き出されていたことが判明したのである。

中層では幾つかの隠し部屋が発見されていたものの、その隠し部屋は未発見のものだった。

「あの後何度か調査隊を向かわせたが、君たちを跳ばした魔法陣は既に効力を失っていたようだ。魔力の残滓《ざんし》すらもなく、転移先の隠し部屋についても特筆すべきものは見当たらなかったらしい」

魔法陣についてはセレスからも同様の報告が上がっていた。

ヘリアンたちが跳ばされた直後、即座に魔法陣の解析と再起動を試みたものの、既に役目を終えた魔法陣からは大した情報も得られなかったという。

紅茶で唇を湿らせたヘリアンは、辺境伯の目を見て新たな問いを放った。

「……跳ばされた先の広間で、少々手強《てごわ》い魔物と遭遇しました。蒼《あお》い鎧を身に纏《まと》う騎士の風貌《ふうぼう》をした魔物だったのですが、何か心当たりなどはないでしょうか？」

「騎士の風貌……？」

辺境伯は「ふむ」と考え込むように腕を組む。

「それは騎士団と同じ鎧を身に着けていたかね？」

「いえ。これまで見たことのない装備でした」

「そうか。もしや道半ばで散った騎士の成れの果てかと思ったのだが……」

濃厚な魔素溜《だ》まりで死んだ人間が強い執念や怨念を抱いていた場合、時に生前の面影を残したまま魔物化する場合がある。そんな話が、冒険者の間でまことしやかに噂《うわさ》されていた。

真偽は定かではない。宮廷魔術師を筆頭とする一部の識者らは根も葉もない噂に過ぎないと一笑に付していたが、長年魔物と戦い続けている冒険者らの見識は馬鹿《ばか》にできないと捉《とら》える知識人もいる。

辺境伯もそのうちの一人だった。

「そもそもの話、迷宮暴走《ダンジョンスタンピード》であれだけの大立ち回りをみせた従者殿をして、なお手強いと称させる騎士となると思い当たる節はないな。生者ならば何名か心当たりはあるが、ここ数年、そこまでの腕を持つ騎士があの迷宮で果てたという話は聞かん」

「そうですか……」

ある程度予想の範疇《はんちゅう》だった答えを受け、ヘリアンは引き下がる。

「引き続き調査は継続させるが……どの道、当面の間は娘を迷宮にやるわけにはいかなくなったな。それだけに、今回『調律』を執り行えたのは不幸中の幸いだった。とりあえず一年は保つだろう。娘も直接会って感謝を伝えたいと言っていた」

「……そういえば、そのシオン様のお姿が見えないようですが」

「娘は別の儀式の準備をしている。ここ数日はそれにかかりきりでな。君と会えぬことを残念がっていた。今朝《けさ》顔を合わせた時などは、分かりやすく頰《ほお》を膨らませておったわ」

アレはアレで可愛《かわい》いのだがな、と辺境伯は父親の表情で笑みを深める。

「なにせ娘にとっての君は、家族以外で初めて目にした黒髪黒眼故《ゆえ》な。君からすればうっとおしいかもしれんが、興味を惹《ひ》かれるのは致し方ないものと諦《あきら》めてくれ」

「は、はぁ……」

父親の口からそんな話を聞かされたとあってか、ヘリアンは得体のしれない気まずさに襲われる。あえて例えるなら、付き合っている彼女の父親から唐突に娘のプライベートを暴露された時の心境だろうか。いや、男女交際などしたこともないのだが。

とにもかくにも微妙な空気から逃れるべく、ヘリアンは話題変更の為の話を振る。

「そ、そういえば、かくいう私も黒髪黒眼の人間に出会ったのは今回が初めてのことでして。やはりこの辺りでは珍しい色合いなのでしょうか？」

「……うん？　それは勿論《もちろん》そうだが……」

問われた辺境伯は腕を組んだ姿勢のまま首を傾げる。

そして自分の中で何らかの結論を見出したのか、ああ、と納得したような吐息を零《こぼ》した。

「なるほど。君は王国の出ではないのだったな」

「ええ。生憎《あいにく》ですが田舎《いなか》出身なもので、この地の常識には疎《うと》いところがありまして……お恥ずかしい限りです」

「卑下する必要はないぞヘリアン殿。そんな姿は君には似合わん。君はもっと堂々としているべきだ」

ピシャリと辺境伯は言い切った。

互いを大して知りもしない間柄にも拘らず、さも知った風な物言いではあったが、辺境伯が心からそう思っているであろうことが不思議と伝わってくる。

どうやら意外にも高評価を受けているらしい。

「そも、出自だけでその人物を判断することを私は良しとしない。事実、懇意《こんい》にしている冒険者にはどこの出身か分からぬ者がいる。中には脛《すね》に傷を持つ者もいるだろう。出自を晒《さら》すのをあからさまに忌避《きひ》する者もいる。

だが私は、己《おのれ》の目で見て直接言葉を交わし、その上で信じられると見込めたならばそれでいいと考えている。北の民だろうが、西の民だろうが、東の民だろうが、境界都市シールズは拒まぬ」

もっとも南だけは勘弁してほしいがね、と辺境伯はおどけて言った。

それは確かに、とヘリアンも苦笑を浮かべつつ同意する。

魔族領域《みなみ》からの来訪者は少ない方がありがたいだろう。

「さて、話を戻すが黒髪黒眼は非常に稀有だと思ってもらって構わん。なにせ歴代勇者に共通する、最たる外見的特徴故な」

「……ゆ、勇者……ですか？」

前触れもなくチープな単語が飛び出てきた。

目を白黒させるヘリアンの前で、辺境伯は表情を変えずにウムと頷《うなず》く。

（……いや待て。そういえば、この世界には魔王が実在するんだったか）

これが地球であれば馬鹿馬鹿《ばかばか》しいと笑い飛ばす話だが、ここは［タクティクス・クロニクル］に似た幻想世界《ファンタジー》だ。そして同盟国《ラテストウッド》から入手した情報によれば、この世界にはかつて魔王が実在し、人類の脅威として猛威を振るっていたという。ならばそれに対抗する存在として勇者がいてもおかしくはない。

魔王の存在についてはすんなり受け入れたにも拘らず、勇者という単語に安っぽさを感じてしまったのは、ひとえに［タクティクス・クロニクル］の影響だろう。

というのも、国家運営型戦略SLRPGである［タクティクス・クロニクル］では、人間の王が魔物の民を率いるというファンタジー要素が盛り込まれているからだ。そしてその特性上、ノリのいいプレイヤーが『魔王』的なロールプレイングを行うのはある意味当然の結果であり、実際にとあるワールドでは覇権国家の王《プレイヤー》が『魔王』として君臨していたりする。

しかしその一方で『勇者』を名乗るプレイヤーは聞いたことがない。

意外に思うかもしれないが、ある意味当然の話である。なにせプレイヤーが率いている民は一人の例外もなく魔物なのだ。しかもプレイヤー本体の戦闘能力が皆無ときては、勇者のロールプレイをするには少しばかり無理がある。手下に戦闘を任せて高みの見物を決め込んでおきながら勇者を自称するのは、普通にダサい。

ヘリアンが『勇者』をチープな単語《もの》と捉えてしまったのは、そういう馴染《なじ》みの差からくるものなのだろう。

「うむ。魔王を討《う》つ存在、人間を超えた人間、神に祝福されし願いの結晶。歴史に名を残す勇者はただ一人の例外もなく、漆黒の瞳《ひとみ》と髪を有しているとされている」

辺境伯は教科書を読み上げるような口調で説明を続ける。

対するヘリアンは話が進むにつれて嫌な汗が浮かんでくるのを自覚しつつ、目の前に座る辺境伯の瞳と髪を直視した。

そこには娘のシオンと同じ、純粋な漆黒の色がある。

「もっとも勇者降臨が絶えて久しく数百年。今では我が家のような英雄の系譜の特徴と勘違いしている者もいるがね。しかし元はと言えば、黒髪黒眼《これ》は勇者の特徴だったのだよ」

「……では辺境伯は。いえ、ガーディナー家とは……」

「勇者の子孫、その末裔《まつえい》というわけだ。少なくとも言い伝えとしてはな」

淡々と語られたその内容に愕然《がくぜん》とする。

そして無法地帯の荒野でシオンを助け出した際、信じられないものを見る目で凝視されていた理由についても合点がいった。

あの時は危機的状況から助けられたことによるショック状態の一種かと解釈していたが、彼女はヘリアンの瞳と髪の色に驚愕《きょうがく》していたのだろう。

「私は身内以外にも黒髪黒眼を目にしたことがあるが、先も言った通り、シオンは家族以外の黒髪黒眼など見たこともない。娘にとっては君が最初の一人目なのだよ。しかもそれが、荒野で襲われていたところを颯爽《さっそう》と助け出してくれた恩人とあっては、何とも運命的とは思わんかね？」

まるで吟遊詩人《ぎんゆうしじん》の唄う英雄譚《えいゆうたん》のようではないか、と辺境伯は快活《かいかつ》に笑う。

しかしながら対面に座るヘリアンは、先ほどとは比べ物にならないほどの気まずさに囚《とら》われていた。

慌てて口を挟む。

「念の為に申し上げておきたいのですが、私は決して勇者などでは……」

「ああ、それについては承知している。こう言ってはなんだが、君はどう見ても戦える者ではないしな」

辺境伯はあっさりとそう述べた。

どうやら『聖剣伯』と謳《うた》われる戦士の目は、ヘリアンの戦闘力が一般人未満であることを見抜いているようだ。案外、先日の依頼で命からがら生還したという事実もその推察の後押しをしてくれたのかもしれない。

とにもかくにも勇者と思われているわけではないことを察し、ヘリアンは安堵《あんど》の息を吐く。

……情けないことこの上ないが、これも怪我《けが》の功名と言うべきだろうか？

「とはいえ、だ。シオンにとっては、君が二度も危機から救ってくれた恩人であるという事実になんら変わりはない。そのうち君の店にも顔を出しに行くことだろう。その際は邪魔にならん程度で構わんので相手をしてやってくれ。一人の親として、娘と仲良くしてくれると嬉《うれ》しく思う」

「……は、はぁ。なにぶん開店準備中ですので大したもてなしもできませんが……それでもよければ、はい」

歯切れの悪い返事になってしまったが、辺境伯は父親の顔で満足そうに頷いた。

それから十五分ほど世間話を交《まじ》えながら情報交換を行い、そこで今回の会談はお開きとなった。

2.

辺境伯の館を辞したヘリアンは、用意された箱形馬車に揺られながら帰路についていた。

御者台と切り離された個室の窓は小さく、馬車の室内は一種の密室と化している。

そういえば現実世界でも車は動く密談場所として活用されているんだっけかと、そんな益体《やくたい》もないことを考えつつ、隣に座る従者に問い掛ける。

「リーヴェ。監視の目の類いはあるか？」

「いえ。乗り込む際に確認しましたが、この馬車に別段変わった点は見受けられません。尾行の気配もないようです」

「そうか……」

と、答えるなり視界が揺らいだ。

まるで強烈な立ち眩《くら》みに襲われたような感覚。

同時に身体から力が抜け、車輪が小石を踏んだ振動でぐらりと横倒しになる。

「――ッ、ヘリアン様⁉」

咄嗟《とっさ》にリーヴェがその身体を支えた。

リーヴェの肩に頭を乗せるような体勢で、ヘリアンは目眩《めまい》に耐えつつ呻《うめ》く。

「……大丈夫、だ」

そうは言ってみたものの、どう見たところで強がりでしかなかった。

なにせリーヴェにもたれかかったまま姿勢を戻すことすらできないでいる。目眩は徐々に治まってきたものの、爪先《つまさき》から頭の先までが酷《ひど》い怠《だる》さに襲われていた。まるで力が入らない。

しかし、これはある意味予想されていた事態だった。

今の状態で無理をすればこうなるだろうと、そういう確信を抱いた中で執り行われた会談だったのである。

「……まさか、〈秘奥〉の反動がここまで尾を引くとはな」

苦々しい口調でヘリアンが思い返すのはここ数週間の記憶だ。だが、どの日を思い返そうともその内容に大差はない。なにしろ迷宮から生還して以来、実に二週間もの間、ヘリアンの活動範囲はベッドとその周辺ぐらいのものだったのである。

一週間ほどでベッドの上で身体を動かせるようになったが、そこから部屋の外で活動できるまで更に二日を要した。そして十日目からはある程度自由に動けるようになったものの、一日あたり数時間の活動がやっとの状態が続いている。

（これも『現実化』の影響ってやつか……）

［タクティクス・クロニクル］においても、【生命力】が枯渇している状態で無理に〈秘奥〉を発動した場合、一定確率で【体調不良】や【衰弱】などといったバッドステータスにかかるという設定はあった。だが、身動きすら取れないようになったかと問われれば断じて否である。せいぜい視界が狭《せば》まったりだとか音が聞き取りづらくなったりだとか、規制に応じたソフトな表現に収まって

いたのだ。

しかし実際には、ここ数週間のヘリアンは日常生活にすら支障をきたすレベルで弱りきってしまっていた。

（おまけに自然回復速度もガタ落ちだしな……ゲームだと一日もしないうちに完治したってのに、二週間以上も経《た》って未《いま》だにこれかよ）

迷宮からの生還と引き換えに支払った【生命力】枯渇の代償。その負債は決して軽くはなく、二週間以上が経過した今もヘリアンの身を蝕《むしば》んでいた。

しかしながらその一方、一日あたり一定時間以内なら健康体として活動できるようになっていたりもする。そしてその一定時間が過ぎるなり、電池が切れたように突然身体が動かなくなるのだ。こんなところだけ微妙にデジタルな気がして余計に納得がいかないが、自分の身体でしか試せない以上、徐々に検証を進めていくしかない。

「……やはり、外出されるのは早すぎたのでは」

憂《うれ》いの籠《こ》もった声でリーヴェが問い掛けてくる。

現在は完全人化形態を取っている為に耳と尻尾《しっぽ》はないものの、それを見るまでもなく彼女の感情は読み取れた。なにせ声色《こわいろ》どころか、いつもの澄まし顔さえ僅《わず》かに崩れてしまっている。

今にして思えば、彼女が澄まし顔以外の表情を見せるのはいつだって自分が弱っている時ばかりだ。その事実に苦い感情を得つつ、ヘリアンは返答する。

「いや、今回の会談はどうしても必要なものだった。辺境伯とて十分以上に待ってくれていたのだ。

そのような状況で招待状を届けられたのならば必然、受けざるをえまい」

むしろ偽装身分としてはただの平民であるヘリアンに対し、大都市の領主ともあろう人物がよくもまあここまで待ってくれたものだと感心する。

招待状には「体調が悪ければ日取りを改める」との旨も記されていたが、互いの立場を考慮するに、延々と先延ばしにするわけにもいかないだろう。

「それに、今回の会談はアルキマイラにとっても有意義なものだった。無理をした分、得たものは大きい」

そのようにフォローを行うも、リーヴェの表情は晴れなかった。

未だに肩にもたれかかっているような状態じゃ無理もないか、とヘリアンは気合を入れて身を起こす。

リーヴェが慌てて肩に手を添えようとしてきたが、軽く右手を挙げて制した。

「そのような顔をするな。このような有様《ありさま》とはいえ、会談は無事に乗り切ったのだ」

告げると、リーヴェは僅かに瞳を丸くして自分の顔をペタペタと触り始めた。

どうやら本人はいつも通りの澄まし顔を維持していたつもりだったらしい。頰や目尻をしきりに触って、今の自分がどんな表情をしているのか探ろうとしている。

冷静沈着キャラを保とうとしている様子だが、そんなものは『あの日』の宿での一幕にて木《こ》っ端微塵《ぱみじん》に砕け散ったのではなかろうかとヘリアンは思う。が、なんとか表情を戻そうとしているリーヴェにそれを告げるだけの勇気はなかった。

やがて納得のいく表情に戻せたのか、はたまた諦めたのか。リーヴェは微妙に逸《そ》らしていた顔を元に戻し、コホンと咳払《せきばら》いをしてからその口を開いた。

「では、急ぎ宿に戻りましょう。雑事については私が処理しておきますので、ヘリアン様は休息をとっていただければと」

「できればそうしたいところだが、今日中にどうしてもやらねばならぬ重要な用事が一つ残っている。宿で休むのはその後の話だな」

実のところ、本日分の活動時間はまだ三十分以上残されている。

一日ごとに活動時間が徐々に増えている事実と昨日の活動時間から逆算するに、これは根拠のある数値だ。緊張から解放された反動からか強烈な目眩に襲われてしまったが、このまま馬車内で少し休めば再び動けるようになるだろう。

三十分後には本気で一歩も動けない状態に陥《おちい》ることは目に見えているが、逆を言えばまだ三十分は活動可能な状況なのである。

「…………」

しかし案の定というか、リーヴェは表情を曇らせた。

先ほどよりもゼロコンマ数ミリほど眉尻《まゆじり》が下がってしまっている。

そんな微細な変化に気付けるようになった自分が、何故かおかしく思えた。

現実世界《リアル》では女性の表情の変化などろくに気付けもしなかったくせに、大した成長ぶりではないか。

「それは私でも代行可能な仕事でしょうか？　私の権限で可能な範疇《はんちゅう》であれば、是非とも代行させていただきたく」

「いや、仕事の類いではない。ある意味、それよりも重要な用事なのは確かだがな」

「……と、おっしゃいますと？」

リーヴェはしばらく思考を巡らせるも、答えが導き出せなかったのかその内容を訊いてきた。

生真面目《きまじめ》なその顔に向け、ヘリアンもまた真顔のままに返答する。

「お前との買い物だ、リーヴェ」

そう告げると、リーヴェは琥珀《こはく》色の瞳を丸くした。

鳩が豆鉄砲を食ったような顔とは正にこのことかと、ヘリアンは内心でクスリと笑いながら言葉を続ける。

「身体が治ればすぐにでも出向こうと言っただろう？　辺境伯からの呼び出しがバッティングしたのは予想外だったが、約束は約束だ。このまま買い物に繰り出そうではないか」

ヘリアンは御者台方向に備え付けられた小窓を開け、行き先変更の旨を告げる。御者の青年は承知しましたと返答し、手綱を操《あやつ》って馬車の進行方向を調整した。

「────」

それを眺めるリーヴェは澄まし顔を保っていたものの、その内心は混乱の最中《さなか》にあった。

臣下としての己は「今すぐ宿に帰還するよう主を説得しろ」と心中で喚《わめ》き立てていたのだが、一方でリーヴェ＝フレキウルズという個人としての己が「この機を逃すな。次の機会などいつともしれないのだぞ」という甘い囁《ささや》きを送っていたのである。

そうして相反する意見の狭間《はざま》で身動きが取れなくなったリーヴェは、行き先変更を止めることも賛意を示すこともできず、ただただ固まり続けるしかなかった。そのまま時間だけが着実に過ぎてゆき、馬車は次第に宿から遠ざかっていく。

琥珀色の瞳を揺らしているその様子からなんとなく彼女の内心を察したヘリアンは、さっと脳内で台詞《せりふ》を組み上げ、リーヴェの背中を押す為の言葉を口にした。

「では命令だ、リーヴェ。これから私は拠点構築作業の一環として、現地市場の視察を行う。ついては私の護衛をお前に任そう。また実際に商取引を経験したいと考えている故、何か目を惹く品物があればすかさず私に伝えるように。よいな?」

「――ハッ。承知いたしました」

命令ならば仕方がない。

そんなことを考えているのがバレバレな態度で、リーヴェは拝命の意を発するのだった。

3.

さて、そんなわけで到着したのは『迷宮区』にほど近い露店通りである。

正直な感想として人通りはそこそこあるものの、賑《にぎ》わいの度合いで言えば境界都市を訪れた際に目にした大通りの方がよほど盛況だった。またわざわざこの露店通りを訪れずとも、境界都市には商業施設が集中する『商業区』が別途存在する。しかしリーヴェ本人の希望により、あえてこの場所を選んだ次第だ。

どうやら主《ヘリアン》の体調と自身の願望、その両者を考慮した結果の落としどころがココらしい。宿に近いこの場所なら買い物の時間もある程度確保できる為、ヘリアンとしても好都合だった。

「さて、どこから見回ったものか」

フードで髪を隠したヘリアンは馬車から降りて呟《つぶや》いた。

そして通りの両脇《りょうわき》にズラリと並ぶ露店を見渡し、傍《かたわ》らに静《しず》と佇むリーヴェへと問い掛ける。

「何かめぼしいものはあるか、リーヴェ？」

「いえ。現時点では、特に」

「む。……そうか」

端的な回答を受け、ヘリアンはしばし思案した。

とりあえずの名目として『現地市場の視察』を掲げたが、まさか本当に視察で終わらせるわけにはいかない。真の目的はリーヴェへの労《ねぎら》いであり、先日の功績に報いる為のものだ。

なにせ今回の一件は、個人的な要望を滅多《めった》に口にしないリーヴェがあえて望んだことである。

彼女が告げた要望は「買い物に出向く際の付き添いに自分を選んでほしい」とのことだったが、せめて付き添いだけでなく、何か記念となるものを贈ってあげたい。ヘリアンはそう考えていた。

「ならば適当に散策するとするか」

「承知いたしました」

とりあえずの台詞を口にして雑踏の中に踏み出せば、リーヴェは従者としての言葉で応《こた》えてヘリ

アンの隣を歩き始める。

その視線は鋭く、周囲を行き交う人々に対する警戒を怠《おこた》らない。先日のセレスは興味深そうに露店の品を見ていたものだが、リーヴェは目をくれようともしなかった。

「……むぅ」

護衛役に徹している様子からして、そして本人の性格を考慮するに、リーヴェの方から「これが欲しい」などと言ってきたりはしないだろう。彼女に何かを買い与えようと思うなら、少なくともヘリアン側から話を振る必要がある。

だがしかし、それを行うにあたっては現実的な問題が存在した。

（……考えてみれば俺《おれ》、女性相手のプレゼントなんて買ったことないんだよな……）

虚しくも哀しく、そして頭の痛い問題であった。

ゲーム時代――「タクティクス・クロニクル」であれば、目覚ましい活躍をした配下《NPC》には希少な宝飾品や優れた武装を下賜《かし》したものだが、まさかこの露店通りでそんなものを見つけられるはずもない。そして希少性や物品の価値で勝負ができない以上、後はどれだけリーヴェの趣味趣向に応じた品を買えるかという話になるが、女性相手の贈り物など買ったことのない自分である。ぶっちゃけ何を買っていいのか分からなかった。

リーヴェが確実に好きなものといえば、誰も居ない食堂でこっそり食べている骨付き肉だが――

（いや待て。さすがにそれはない。いくらなんでもそれはないぞ、俺）

ふと浮かびかけたアイデアを却下する。

ヘリアンの脳裏《のうり》には尻尾を振りながら骨付き肉にかぶりついているリーヴェの姿が投影されていたが、そもそも隠れて食べているという背景からして、本人が隠し通したいと思っているであろう好物をポンと渡すのは悪手に過ぎる。

それに妙齢の女性相手に肉を贈るという時点で色々とアレだ。さすがにそれはナイということぐらいは自分でも理解できた。

「おぉーい、ちょいとそこ行く兄さんや」

「うん？　……俺か？」

「そうそう、アンタだよアンタ。何か探しものかい？　よかったら俺の店も見てってくんな」

悩みながら歩いているヘリアンに声を掛けてきたのは、とある露店の店主だった。

どこか軽薄そうな空気を纏う店主の男は、締まりのないヘラっとした表情を浮かべながら手招きをしている。

興味を惹かれたヘリアンが招かれるままに歩み寄れば、その露店は隣の店と比較してひどく素朴な作りをしていた。地面に布を広げ、薄っぺらい天幕を張り、実用性一辺倒の飾り気のない机に商品を並べているその様は、ともすれば縁日の屋台並みの簡素さである。

「飾り気がないのは勘弁してくんな。俺は兼業冒険者でね」

訝《いぶか》しむヘリアンの視線から何かを読み取ったか、男はヘラヘラとした笑みはそのままに言った。

テーブルの奥に座る男の腰には剣帯が巻かれており、いつもはそこに差しているのであろう小剣が傍らに置かれている。

「兼業冒険者？　行商じゃなく街商の？」

「おうよ。採れたての素材が目当てならテーブルの左側を、加工した品をお求めなら右側をご覧あれってな。ちょっとしたアクセサリーなんかも扱ってるぜ」

どうやら普段は冒険者稼業を生業にしているらしい。

そしてその傍ら、採取した素材や加工品などをフリーマーケットのように売り捌《さば》いているようだ。

冒険者ギルドでも素材の買取を行っていると聞くが、中にはこうして個人で売買する者もいるのだろう。

「後ろの姉さんはアンタのツレかい？　そんじゃこの首飾りなんか贈り物にどうだ。銀髪と白い肌によく似合いそうな、銀細工の――」

と、そこで男の台詞がピタリと止まった。

そして台詞だけでなく、軽薄そうな笑みはそのままに表情までもが硬直する。

男の視線の先にはリーヴェの姿があった。

「お久しぶりです。先日はどうも」

リーヴェが澄まし顔のままにそう応えれば、何らかの確信を得た男の表情があからさまに引《ひ》き攣《つ》った。

「お、おう。久しぶりだな姉さん。……ひょっとして、そこの兄さんがアンタの……？」

「はい、私の主です。――それが何か？」

「い、いやいやいやいやなんでもねえ！　た、確かに人を見る目がありそうな御仁《ごじん》だと思っただけだ。

フードで顔は見えねえがきっとそうに違いない。そういう雰囲気をビンビンに感じるぜ！　なあ、そこのオッチャンもそう思うだろ⁉」

「へ？　な、なんだ、おれのことか？」

「そうそうアンタだよ！　なあ、アンタもそう思うだろ⁉　頼むからウンと言ってくれ！　俺の命が懸かってんだ‼」

男が一気に挙動不審になった。そしてたまたま通りかかっただけの不運な通行人を捕まえ、漫才じみた応酬を始める。

いや、漫才と言うには男の方が必死過ぎるのだが、それはさておき。

「……アクセサリーを取り扱っているのか？　戦闘用ではなく、普段使いの？」

「へ？　あ、ああ。迷宮産の銀を使った品でな。ウチのクランお抱えの職人が加工したものが――」

「ふむ。よかったら見せてもらえるか」

ヘリアンは端的な要求を口にした。

何やらリーヴェに対して怯《おび》えているらしい店主の男だが、一方のリーヴェ本人は普段通りの表情で平然と佇んでいる。その様子からして、恐らくは彼に絡《から》まれたか何かして穏便に返《かえ》り討ちにしたとかそんなところだろう。ならばここで問題に取り上げる必要はない。

そして、そんなことよりも――

「その……『贈り物としての銀細工』とやらに興味があってな。できれば、あー……女性に似合いそうな品を幾つか出してもらえるとありがたいんだが……」

後半部分は声を潜めて言った。

なにせ何を買っていいものかと悩んでいた最中に出てきた『連れの女性《リーヴェ》に似合いそうな贈り物の銀細工』である。今のヘリアンにしてみればこっちの台詞の方がよっぽど重要だった。

自分の審美眼にイマイチ信用が置けないヘリアンにとって、リーヴェに似合いそうな品があるという男の言葉は福音に等しかったのである。

「ほほぅ……。いや、了解だ兄さん。ちょいと待っててくんな」

男はヘリアンの背後に佇むリーヴェを一瞥《いちべつ》し、納得するように頷いた。

そして不運な通行人を解放するなり、背後に立ててあった衝立《ついたて》の裏に回る。

こちらの視界に入らない場所で鍵《かぎ》を開ける音が鳴ると、しばらくの間ゴソゴソと物色するような気配が生じた。

どうやら大切な商品は貴重品箱《コッファー》か何かに仕舞っていたようだ。

「待たせたな兄さん。とりあえずはこれだけ用意できる。銀細工限定ならチョーカーかネックレス、後はイヤリングあたりだが……指輪とかご所望かい？」

「いや、指輪はさすがにな……。できれば首飾りの類いも避けたい」

リーヴェは既にチョーカーを装備している。

アルキマイラの紋章が刻まれた宝玉をはめ込んでいるその首輪《チョーカー》を、彼女は大切にしてくれていた。

少なくともヘリアンの記憶にある限り、下賜したその日から今日に至るまで彼女が外したところを見たことがない。

今更他の首飾りを贈るのはよろしくないだろう。

「となればイヤリングかね。人間用ならこれとこれと……オススメはこの三点だな。どれがいい」

「手に取って見せてもらっても？」

「勿論だ」

テーブルの上に並べられた三組のイヤリングを手に取る。

お抱え職人が加工したというだけあってか、どれもこれも綺麗《きれい》な銀細工のように思えた。しかしヘリアンに分かるのはあくまでその程度である。この中のどれがリーヴェに一番似合うのか、判断がつかない。

遊び慣れてそうな店主がわざわざオススメと言うからには、どれを引いてもハズレではないのだろうが……。

「ん。これは……月の意匠か？」

「おー、兄さんお目が高いね。そいつはウチの職人会心の一作だ。専用の台座とセットで、耳につけてない時はこうして飾ってインテリアにもできるんだぜ」

「ほう……」

銀細工に月の意匠という組み合わせもいいが、インテリアとして使えるというのも悪くない。

イヤリングとしては人間用らしいが、これなら魔人形態《いつものすがた》のリーヴェでも無駄にすることなく、飾って楽しんでもらうことができるだろう。

「試しに着けてみるかい？　きっとお似合いだと思うぜ」

「そうだな。なら、リーヴェ。このイヤリングを……」

「おいおい兄さん。そこは兄さん自らが着けてあげるところでしょうや」

店主の男が締まりのない笑顔を浮かべてそんなことを言ってくる。

ヘリアンとしてもその発想がなかったわけではないが、そのようなシチュエーションはもはや漫画か映画の世界だ。そもそも着け方が分からない。

「ほら、まずはこれを右手に持って。んで、左手の指で姉さんの髪を掻《か》き上げてだな――」

「お、おう」

言われるがままにイヤリングの片割れを手に持ち、リーヴェの耳にかかった銀髪を掻き上げる。

身震いするほどキザな仕草に赤面しそうになるが、威厳《いげん》の二字を脳内で唱えつつ根性で堪《こら》えた。

そして真顔のまま佇んでいるリーヴェの片耳に、男のアドバイスに従いイヤリングを装着する。

その難行をもう一度繰り返すと、気を利《き》かせた男が手鏡を持ってきた。

「おーぅ、案の定バッチリだ。ほれ姉さん。ご感想はどうだい?」

「そうですね。良い品だと思います」

「……あ、あれ。そんだけか?」

「加えて言うなら自己主張が強すぎず、若い女性にも好まれそうな一品かと。インテリアとして使用可能という点も含め、贈呈品として相応《ふさわ》しいのではないでしょうか」

リーヴェは淡々とした口調でそんな感想を口にした。

そのあっさりとした反応に、ヘリアンと男は思わず顔を見合わせる。

「もしかして趣味に合わなかったか？　時間についてはまだ幾らかの猶予《ゆうよ》がある。これが好みでなければ、他の品を見繕《みつくろ》うが……」

「いえ。個人的な趣向としても好ましい品に映ります」

「……そうか」

意外な反応である。

買い物の約束を取り付けた際の気合の入りようからして、もっと喜んでくれるものかとばかり思っていたヘリアンだったが、返ってきたのは想像以上に淡白な回答だった。

戸惑いつつも男に購入の旨を告げ、懐《ふところ》から財布を取り出す。

しかしそんなヘリアンの隣で、用は済んだとばかりにリーヴェがイヤリングを外し始めていた。

「おいおい姉さん。そりゃあんまりだぜ。さすがに兄さんがかわいそうだ」

「……と、言うと？」

「時間がねえのかもしれねえが、それでも兄さんは兄さんなりに贈り物を選びぬいたんだぜ？　だったらせめて、帰りの道中ぐらいは着けておいてあげましょうや」

「――？」

男はやんわりとした苦言を口にするが、当のリーヴェは疑問符を頭に浮かべていた。表情こそ澄まし顔のままだが、ほんの僅かに上がった柳眉《りゅうび》が内心の困惑を示している。

「私が着けたままなのは、むしろ問題なのでは？」

「うん？　そりゃまたどうして」

「女性への贈呈品をいつまでも他人が身に着けているのは問題でしょう。モデルとしての役割を終えたからには、速やかに外しておくのが道理かと」

「……あん？　モデル？」

男が理解不能な言語を耳にしたように固まった。

困惑顔を向けられたヘリアンもまた、首を傾げて言う。

「待て、リーヴェ。もしかして何か勘違いをしていないか？」

「？　勘違い、とは……？」

「他人だのモデルだのとよく分からんが、これはお前への贈り物だぞ」

告げると、リーヴェの澄まし顔が一瞬のうちに崩れた。

琥珀色の瞳が大きく見開かれ、ヘリアンの視界に二つの満月が浮かぶ。

「……シ、シオン嬢への贈呈品を選定していたのでは……？」

恐る恐るといった口調で、リーヴェはそんな言葉を口にする。

「いや、姉さんよ。アンタみたいな別嬪《べっぴん》を連れ回しておきながら他の女への貢ぎ物選ぶとか、さすがにそりゃねえだろ……」

男の呆《あき》れたような台詞を耳に、リーヴェはイヤリングを外そうとする姿のまま完璧にフリーズした。

どうやら彼女は辺境伯の言葉を真に受けてか、シオンへの贈り物を選んでいるとばかり思いこんでいたらしい。

「……改めて訊くが、選び直すか？　時間ならまだ……」

「いいえ！　これで構いません！　もとい、これが良いです、ええ‼」

フリーズの解けたリーヴェが顔を近づけて言い募ってきた。

目と鼻の先に迫った双眸《そうぼう》に押されつつ、ヘリアンは「そ、そうか」と首肯《しゅこう》する。

「そんじゃ、兄さん。インテリア用の専用台座は別途包んでおくぜ」

「あ、ああ。よろしく頼む」

「あいよ。代金は勉強させてもらうぜ。……で、代わりと言っちゃあなんだが姉さんや。この前の裏路地での一件についちゃ、これで手打ちとさせて……っておーい。聞こえてるかい、姉さん？」

リーヴェは男が持ってきた手鏡を凝視し、自分の両耳を飾るイヤリングを眺めていた。

男の言葉などまるで耳に入っていない様子である。

処置なし、と男は肩を竦《すく》めて包装に取り掛かり、ものの一分で全《すべ》ての作業を完了した。ヘリアンは少し多めに取り出した硬貨を男に渡し、思いの外綺麗に包装された商品を受け取る。

男は多めに渡された硬貨を見て怪訝《けげん》そうな顔になったが、ヘリアンの隣でしきりにイヤリングを触るリーヴェを目にし、納得するような笑みを浮かべた。

「まいどあり。そんじゃ道中お気を付けて。兄さんはエスコートしっかりなー」

ヘリアンは護衛《エスコート》される側なのだが、それをこの場で口にするのはいくらなんでも無粋だろう。黙したまま眉尻を下げた笑みで応え、露店を後にする。

そこから馬車までの僅かな道中、傍らを歩くリーヴェは護衛役として周囲を警戒し続けていたが、馬車に辿《たど》り着くなり〈魔法の小袋《アイテムポーチ》〉から手鏡を取り出し始めた。そして鏡を見つつ、再びイヤリングを触り始める。

「気に入ってくれたようでなによりだ」

いつもの耳と尻尾があれば随分と面白《おもしろ》いことになっていただろうな、と思いつつ、ヘリアンは僅かな悪戯《いたずら》心を籠めてそう呟いた。先ほどは淡白な反応に困惑させられた身である。この程度の意趣返しは許される範囲内だろう。

顔を上げ、慌てて何かを言い募ろうとするリーヴェに先んじて、ヘリアンは言葉を続けた。

「イヤリングとしては人間用とのことだが、魔人形態に戻った際にはインテリアとして飾っておくといいだろう。これも一緒に渡しておく」

「ハッ！　頂戴《ちょうだい》いたします！」

綺麗に包装された包みを渡せば、リーヴェはハキハキとした応答と共に両手で受け取った。

まるで勲章を授与される騎士のような対応である。

そのチグハグな様子に苦笑を零すと、リーヴェは気まずげに視線を逸らした。

しかし馬車が動き出して数十秒と経たぬうちに姿勢を整えると、彼女は意を決したように形の良い唇を開き、

「その……あ、ありがとうございます、ヘリアン様」

と、そんな言葉を口にしてペコリと頭を下げるのだった。

（――喜んでもらえてよかった）

ヘリアンは心の底から安堵し、意図せず柔らかな笑みを浮かべる。

そうして宿屋に辿り着くまでの道中、リーヴェの耳で揺れるイヤリングを眺めつつ、心地の良い沈黙に身を浸すのだった。

二章　仮説

辺境伯との会談から一夜明けた翌日。

ヘリアンは仮宿の一室にて、ベッドの上で身を起こしたまま仮想窓《ウィンドウ》を眺めていた。

腕を組んで考え込んでいるのは、辺境伯との会談を通じて得た幾つかの情報についてだ。

「リーヴェ。先日の会談で話に上がった蒼騎士《あおきし》についてだが、お前は辺境伯の回答をどう思った？」

視界の妨《さまた》げになる仮想窓《ウィンドウ》を閉じ、書類整理をしていた傍《かたわ》らの従者に問い掛ける。すると一時的に魔人形態に戻っているリーヴェの狼耳がピンと跳ね、琥珀《こはく》色の双眸《そうぼう》と目が合った。

問われたリーヴェは手元の書類を机に置き、僅《わず》かに黙考した後に口を開く。

「恐らく嘘《うそ》はついていないかと思われます。辺境伯は蒼騎士の存在について、何らかの情報を得ていたようには思えません」

「その理由は？」

「隠す意味がないからです。蒼騎士の存在を知っていたと仮定して、我々に対しその情報を伏せることによるメリットが見当たりません。また、セレスたちの話ではシオン＝ガーディナーや護衛の騎士たちも転移現象の発現に狼狽《ろうばい》していたと聞きます。あれが前代未聞の出来事だったという主張も、恐らくは真実かと」

「……だろうな」

リーヴェが口にした回答はヘリアンの推察とほぼ同様だった。

なにしろあの蒼騎士は、人類最高峰の戦力とされる辺境伯の実力を遥《はる》かに凌駕《りょうが》するどころか、アルキマイラが誇る八大軍団長のリーヴェでさえ苦戦を強いられた程の神話級脅威だったのだ。

もし仮に、あんな化物が迷宮内に存在していると知っていたのなら――効くかどうかは別の話として――即刻封印処理とやらを施していることだろう。

「強い執念や怨念を残したまま果てた騎士がアンデッドになるという話もあるらしいが……この線もなさそうだな」

「はい」

蒼騎士が執念や怨念の類いを抱いていたかどうかは別にして、もしもそんな理由であんな化物が生まれるのなら、人類はとうの昔に滅んでいなければおかしい。

しかし現実には、人類の盾たる境界都市シールズは数百年間もの間変わらず健在だ。

辺境伯の口ぶりからして生前の力量が影響するらしいが、その点からも蒼騎士がソレに該当するとは思えない。

また遭遇時の蒼騎士の状態を鑑《かんが》みるに、アレが迷宮内を自由に闊歩《かっぽ》していたとも考えにくかった。

鎖で雁字搦《がんじがら》めに束縛されていた上、永い歳月を感じさせるような埃《ほこり》が積もっていた点から察するに、恐らくは自分たちが何百年ぶりかの客だったのだろう。少なくとも辺境伯が生まれるよりもずっと以前から、アレは迷宮の奥深くで人知れず眠り続けていたということだ。

「同時に、ただの野良《のら》魔物という線も考えにくい。なにせ第一軍団長たるお前があれだけ痛めつけられたのだ。〈秘奥〉を使わなければ確実にやられていた。どう考えても異常だ」

今にして思えば、自分とリーヴェの二人が同時に転移させられたのは不幸中の幸いだったかもしれない。もしもどちらか一方のみが跳ばされていたのなら、確実に死亡していただろう。

ヘリアンのみが転移させられたケースについては言うに及《およ》ばず、リーヴェのみが転移させられた場合でもそれは変わらない。〈秘奥〉は王《プレイヤー》が傍《そば》にいなくては発動できないからだ。〈秘奥〉で強化に強化を重ねてもギリギリの勝利だったことを鑑みれば、リーヴェ単独では蒼騎士に殺されていた可能性が極《きわ》めて高い。

「特異個体《イレギュラー》……とでも称すべきか」

文字通り特異な存在だ。これまでに遭遇した魔物や人類の力量、その他歴史などの背景に照らし合わせても、明らかに浮いている。

この世界の常識的な通常戦力とは別個の、全く異なるカテゴリーの潜在脅威として評価する必要があるだろう。

「ともあれだ。境界都市の領主たる辺境伯ですら知らないとなると、人づてに得られる情報ではアレの正体は判明しそうもないな」

「残念ながら」

「まあいい。これに関しては会談前から推察されていたことだ。その事実が明らかになった、というだけでも前進したと思うことにしよう。……それよりも、他に頭の痛い懸念《けねん》事項が明らかになったしな」

ヘリアンはベッドの上で重苦しい溜息《ためいき》を吐く。

「よりにもよって、黒髪黒眼《こくはつこくがん》が勇者の特徴とはな……」

正直、勘弁してくれという心境である。

会談時には軽い気持ちで質問したものの、辺境伯から返ってきたのは厄ネタといっていい驚愕《きょうがく》の新事実だった。

「想像すらしていなかった新情報だが、どう思う？」

「はい。『勇ましき者』という称号はヘリアン様に相応《ふさわ》しいお言葉かと」

「………」

自分を見るリーヴェの瞳《ひとみ》がなんだかキラキラしているような気がするが、聞きたかった答えとは方向性が違う。

そしてヘリアンとしては、この新情報は不都合極まりないものだ。

勇者という称号が自分にほど遠いものなのは当然のこととして、これで迂闊《うかつ》にフードを取るわけにはいかなくなったからである。

だって勇者だ。英雄の家系の象徴だ。もはや悪目立ちどころの話ではない。

黒髪黒眼が珍しいという情報は耳にしていた為、余計な面倒事を引き寄せないよう隠し続けていたものの、今後はこれまで以上にしっかりと隠蔽しなくてはならなくなったというわけだ。

厄介事の種が一つ増えたというのが、ヘリアンの正直な感想である。

（……というか、俺《おれ》ってどちらかと言えば魔王の方だしな）

今の自分は魔物の民を率いる王である。

勇者か魔王かと問われれば、間違いなく魔王カテゴリーだろう。

現にラテストウッドの民の一部には、今でこそ誤解は解けたものの、当初は本気で魔王と恐れられていたのだ。

それを思えば、アルキマイラを隠すことに決めた当初の方針は結果的に大正解だったと言えるだろう。なにせ勇者は魔王を討《う》つ存在とされており、境界都市を治める辺境伯は勇者の子孫とされる一族なのだ。ヘリアンとしては魔王を気取るつもりなど一切《いっさい》ないが、魔物の国《アルキマイラ》の存在がバレれば即時敵対待ったなしである。

辺境伯とは良好な関係を築いていきたいと考えている現状、それだけは避けたい展開だ。

「一つ確かなこととしては、だ。これで以前にも増してアルキマイラを晒《さら》すわけにはいかなくなったということだな」

「はい。ですが第七軍団長《ロビン》と第六軍団長《カミーラ》が例の計画を遂行すれば、ラテストウッドを前面に押し出すことが可能となります。当初予定に大きな支障はきたさないものかと」

「確かにお前の言う通りだ。それだけに、当面の間は私も気を張らねばな」

〈秘奥〉の反動で絶賛衰弱中の身ではあるが、一日あたり五時間強ならば健康体として活動出来るようになっている。しんどいからと言ってベッドで惰眠を貪《むさぼ》るわけにはいかない。ここまで回復したからには、汗水垂らして働いてくれている彼らの上位者として、本格的に仕事を再開させねばならないだろう。

蛇足だが、まるで回復していなかった最初の数日間については思い出したくもない。あの数日間ほど世話役《リーヴェ》が女性であることを恨《うら》んだ日々はなかった。そして意識を取り戻すまでの二日間については何も考えないことにしている。迂闊に想像すれば発作的に死にたくなりそうだからだ。

「……あの、ヘリアン様」

「うん？　なんだ？」

考え込んでいると、リーヴェが控えめな口調で声を掛けてきた。

そして数秒間という躊躇《ためら》いを経て、意を決したように引き結んだ唇を開く。

「恐れながら、今後は本国にて指揮を執られるのはいかがでしょうか。現場に関しては我々にお任せいただき、本国から指示をいただければと愚考いたします」

耳と尻尾《しっぽ》を緊張に固まらせたリーヴェの進言。

それを受けたヘリアンは、ふむ、と腕を組んで思考を働かせる。

「――それは、安全な居城で指揮を執るべきだ、という進言と受け取って構わないか？」

重みを伴った主からの問い掛けに、リーヴェの頰《ほお》に一筋の汗が流れる。大粒の汗はやがて顎《あご》を伝って落ち、木造の床に一つの染《し》みを作った。心中には猛烈な後悔の感情が殺到するが、一度口にしてしまったからには手遅れである。

それに進言した内容自体は、彼女の嘘偽りない本心であり心からの願望だった。覚悟を決めたリーヴェは琥珀色の双眸に明確な意志を宿し、主からの問い掛けに肯定の意を示す。

そんな彼女の眼前、ベッドの上で腕を組んでいるヘリアンは、おもむろに回答を口にした。

「なるほど。こうして無様な姿を晒しているようでは、そのような言葉が出てくるのも無理はないか。――だがあえて告げよう。却下だ」

ヘリアンは厳粛《げんしゅく》な物言いを意識しながら言葉を続ける。

「確かに今の私は万全とは言えぬ。神話級脅威《SSランク》との遭遇戦などという馬鹿《ばか》げた事態に見舞われ、未《いま》だ疲弊に喘《あえ》いでいる状態だ。それは事実として認めよう。しかし、だからといって謁見《えっけん》の間で告げた言葉を覆《くつがえ》す理由にはなるまい」

人類領域に向けて旅立つ前、ヘリアンは居並ぶ軍団長たちに向けて今後の方針を告げた。

自身に付き従うアルキマイラの民に対し、不安に思うことなど何一つないのだと、己《おのれ》が身を以《も》って示さなくてはならないと確かに口にしたのだ。

そして辺境伯のような力もレイファのような信念も持たず、かといって卓越した外交術や指導力を持つわけでもない自分が『万魔の王』として崇《あが》められているのは、これまで様々な艱難辛苦《かんなんしんく》を乗り越えてきたという『実績』があるからに他ならない。[タクティクス・クロニクル]という架空の歴史において、一度は世界を制したという壮大な背景《れきし》こそが、三崎司《ヘリアン》という弱者を王の座に収めている。少なくともヘリアン自身はそう考えていた。

それを思えば、先日の一件はむしろ幸運だったとさえ言える。

遭遇戦自体は不幸な出来事だったものの、旅立って早々に『神話級脅威の撃破』という快挙を成し遂げることができたのだ。国民に対し、新たな王の物語《サーガ》を示すことができたのである。この事実はヘリアン王への【忠誠心】を維持するにあたり、かなり有効な働きをしてくれることだろう。それはさておき。

冷静に考えれば神の悪戯とでも言うべき災難に巻き込まれているような気もするが、

「これしきのことで本国に逃げ帰るようでは、汗水垂らして働いている国民らに笑われよう。少なくとも私が民ならば、臆病者《おくびょうもの》な王の姿に幻滅することは間違いない」

「そ、そのようなことは……！」

「いや、いい。これについて反論は要らん。あくまで私ならばそう思う、というだけのことだ。それに――」

と、ヘリアンはそこで言葉を区切り、琥珀色の視線を真《ま》っ直《す》ぐに見据えて、

「私には頼れる臣下が付いている。装備すら不十分な状態で予期せぬ戦闘を強いられておきながら、それでも王の身を立派に護《まも》り抜いた忠臣がいるではないか。ならば私が城に逃げ帰る理由など、どこにもあるまい？」

一息に告げれば、リーヴェは澄まし顔のまま頭頂部の狼耳を跳ね上げた。

そして数秒置いて言葉の意味が脳に浸透したのか、銀色の尻尾が勢い良く往復運動を開始し、積まれていた書類の何枚かがその風圧で床に舞い散る。

……格好つけて言ってはみたものの、予想以上の反応だった。

「まあそういうことだ。重ねて言うようだが、神話級脅威の単独撃破は紛《まご》うことなき快挙である。この程度の代償で済んだのはむしろ僥倖《ぎょうこう》と言えよう。故《ゆえ》に、お前が罪悪感を覚える必要など何一つ

ない」

「……ぁ」

思わず口から出てしまったような呟《つぶや》きがリーヴェの唇から零《こぼ》れた。

やっぱり気にしてたんだなと思うヘリアンの眼前、リーヴェの頬に羞恥《しゅうち》の朱色が差す。

（ゲームの時でさえ、滅多《めった》に発動要求寄越してこない奴《やつ》だったしな……）

〈秘奥〉の発動は、配下の要求に応じて許可を与える方法と、王《プレイヤー》が能動的に発動させる方法との二種類に大別される。リーヴェの場合は大抵が後者の方法だった。

たまに要求してきたとしても〝紅月ノ加護《クリムゾンムーン》〟のようなコストの安い〈秘奥〉ばかりであり、最大の切り札については一度も発動要求をしてきたことがない。たとえ格上の強敵を前にしても、よほどの危機的状況に陥《おちい》らない限り〈秘奥〉抜きで戦い抜こうとする傾向にあった。

ちなみに一部の軍団長については、危機的状況でなくても気軽に〈秘奥〉の発動要求をしてきたりする。その代表格が第八軍団長のノガルドだ。軍団長抜きの通常戦力ですら殲滅《せんめつ》可能な敵軍を相手に、【生命力】消費量七割超過の秘奥発動要求を寄越してきた時などは、さすがに閉口したものである。

ともあれ――

「当面の方針として、ラテストウッドの件に際しては一度帰国するつもりではいる。だが、それまでは予定通りシールズでの活動を続行だ。【転移門《テレポータル》】の設置が可能になり、それを隠しておけるだけの物件も手に入れた以上、このまま安全圏まで【支配力】を稼ぐ為の地盤を築いておきたい。故に、まずはこの街での活動拠点構築を推進し、人類領域における我々の立場を確かなものとする。よいな？」

「――ハッ。畏《かしこ》まりました」

リーヴェは頰の色を元に戻した後、粛々《しゅくしゅく》と拝命の意を返す。

そして何故《なぜ》か床に落ちていた書類を不思議そうに眺めた後、テキパキと回収し始めた。

2.

（さて。それはそれとして、と――）

書類を回収するリーヴェの姿をなんとなしに眺めつつ、ヘリアンは思考操作で仮想窓《ウィンドウ》を再開錠する。

新たに表示したのは境界都市シールズの地理情報だ。

眼前に浮かぶのは、数週間にわたるガルディの探索活動によってより詳細になった〈地図《マップ》〉であり、それを見つめながら思い返すのは奇妙な既視感である。

（迷宮暴走《ダンジョンスタンピード》が起きる前にも、感じたことではあるんだが……）

正面には、縦長の十字架形をしたシールズの全体図が航空写真のように投影されている。

縦長部分に該当する都市の南部分については、境界領域方面に位置するという関係からか、数多《あまた》の防衛施設や幾重もの堅牢な防壁が築かれていた。

しかし十字架の中心地については、利便性に富んだ整然とした構造をしており、街の中心に走る大通りを〈地図《マップ》〉の真ん中に据えて縮尺を拡大すれば、そこにはどことなく見覚えのある街並みが広がっていたのである。

そうして脳裏《のうり》に思い浮かべるのは、［ワールドNo.Ⅲ］に存在したとある国家の姿。

始原文明《シヴィライゼーション》に【日本】を選択した『アズマコク』という名の大国、その首都についてだ。

（やっぱり似てるんだよな、この街……）

アズマコクの王《プレイヤー》は日本贔屓のアメリカ人で、下手な日本人よりも日本文化に詳しい人物だった。

そして、その彼が十六世紀頃《ごろ》の京都を参考にして作ったという首都と、シールズの一部の街並みが似通っているように見受けられたのである。

［タクティクス・クロニクル］での一般論として、初めて作った街がそのまま首都になるパターンは多い。しかし最初の街は技術レベルや人口の成長に伴って肥大化、拡張していくものであり、都市計画ありきで新設された街に比べて煩雑な構造になることが殆《ほとん》どだ。ひどいものになると、九龍城《クーロンじょう》もかくやという歪《いびつ》な地図ができあがる。

しかしアズマコクの王《プレイヤー》は「これが俺の天正の地割だ！」という謎《なぞ》の宣言と共に、国の一大事業として首都の区画整理に取り組み始めた。そして首都の中心地を含め、大規模な区画整理を敢行した結果——首都経済に多少の打撃を与えながらも——整然とした美しい街並みに整えると共に、首都名を『東京都』ならぬ『真京都』と改名したのだった。

（それを踏まえて考えると、戦力構造についても類似点がある）

アルキマイラやアズマコクは――というより［タクティクス・クロニクル］の大国が保有する戦力構造は、現実世界の軍とは異なった特徴があった。

まず、軍団長を筆頭とする飛び抜けて戦闘能力の高い魔物が数体存在する。そしてそこから一ランクから二ランクほど格下の魔物が、前述の魔物の数十倍から数百倍ほど存在し、後は三ランク以上格下の魔物が通常戦力として大量に存在するという構成だ。経験値獲得システムの都合上、順当に育成を行えば自然とこのような形に行き着くことが多い。

そして一方のシールズはといえば、辺境伯という絶対的な戦力を筆頭として、そこから一ランクほど下に一流冒険者や極々限られた一部の騎士が存在していた。普通の冒険者や傭兵、一般的な騎士は更にその下、Dランク以下に位置し、数で以って底を支えるという構図である。

無論、アルキマイラとシールズの保有する戦力には絶対的な格差がある。それは純然たる事実だ。しかしながらアルキマイラを極端にスケールダウンさせれば、シールズの戦力構造と似通う一面があるように思えるのもまた事実である。

そうしてヘリアンの脳裏に浮かび上がるのは、とある一つの仮説だ。

「……アズマコクの王《プレイヤー》も、この世界に転移させられたのか？」

しかしその仮説には一つの大きな問題がある。

それは、境界都市シールズが数百年以上の歴史を有している、という覆《くつがえ》しようのない事実だ。

もし仮に彼がこの世界に転移させられたのだとしたら、そしてこのシールズが『真京都』の成れの果てだとしたら、彼が転移させられたのは数百年以上も昔だということになる。なってしまう。

だが、そもそも論で言えば、異世界転移という現象自体がわけの分からない異常現象だ。転移した時代に差があったとしても不思議ではないのかもしれない。

「────」

そして仮定に仮定を重ねた話ではあるが、辺境伯が語っていた勇者とやらが王《プレイヤー》のことだとしたら、どうだろうか？

事実、日本贔屓なアズマコクの王《プレイヤー》も黒髪黒眼の外見《アバター》を使っていた。

ならば勇者の子孫だとされるガーディナー家は、もしかすると彼の──。

「……いや。いくら何でもそれは飛躍しすぎだな」

ポツリと呟き、頭を振って思考を打ち切る。

何もかもが根拠の薄い状況証拠からの推察であり、あくまで仮定の話だ。

情報収集活動を本格化させる為の準備段階に過ぎないこの状況で、思考の幅を狭《せば》めるような考察を推し進めるべきではないだろう。

第一、辺境伯は人間としてはありえない程の力を有していたが、一方の王《プレイヤー》の戦闘能力はほぼ皆無なのだ。

さすがにゲーム通り攻撃力がゼロというわけではなく、この世界に来てからは現実化とでも言うべき変化の一つとして物を壊したり傷つけたりすることができるようにはなったものの、依然最弱の存在であることに変わりはない。もしもガーディナー家が彼の子孫だとしたのなら、辺境伯がアレだけの戦闘力を有しているというのは全く以っておかしな話であり——

（……ん？　現実化？）

ふと、ヘリアンの頭の中で連想ゲームが始まった。


一部の街並みが真京都に似ているシールズ。

その領主一家は黒髪黒眼の家系。

この世界の通常戦力とは隔絶した戦闘能力を有する辺境伯。

対するは【配合】という王《プレイヤー》専用の特殊能力。

両親のステータスや特性を受け継いだ子供を作れるという【配合】の仕様。

そして今、目の前で書類を拾い上げているのは、隔絶した戦闘能力を有する一人の女性配下《NPC》。


「………………………、いや」


いや。いやいやいやいやいや。ない。それはない。とにかくない。

だってアレだ。［タクティクス・クロニクル］は健全なゲームである。少しばかり頭を使うジャンルな為か、購買層の平均年齢は若干高めだったものの、決して大人向けゲームというわけではない。その証拠に三崎司《じぶん》がプレイを開始した当時は中学生だった。青少年でも人目を憚《はばか》ることなく購入可能なゲームなのだ。

確かに近年ではＶＲ《ヴァーチャルリアリティ》タイプのその手のゲームは増えており、ただでさえ低かった日本人の出生率が更に低下して割と笑えない状況になっているが、「タクティクス・クロニクル」は断じて、決して、その類いの代物ではない。肝心要の【配合】とて直接的な描写がされているわけではなく、城の一角にある特殊施設で一晩過ごせばいつの間にか子供を宿しているという謎現象で表現を濁していたぐらいだ。きっとコウノトリとかが運んできてくれたに違いない。もしくはキャベツ畑。

そして何より、【配合】の対象は魔物に限られる。王《プレイヤー》は言うまでもなく対象外だ。子供を作ることなど絶対に不可能である。というかデキてたまるものか。

（…………けど。ゲームの時と比べて色々と仕様変わってるよな……）

現実化とでも称すべき、仕様や能力の変化の数々。

その具体例としては、攻撃力がゼロであるはずのヘリアンが物を壊せたり、疲労や痛みを感じるようになったりと、人間として極々当たり前の事象についてはゲームより現実に則した状態になっている。

幾つか存在するプレイヤー専用機能のうち、【配合】については一切検証しておらずする気も無かったが、これについても仕様が変化している可能性は否定《ひてい》できないところだ。

そして音声会話《ボイスチャット》のように能力対象範囲の拡大がなされていたとすれば、一般的な生命体《にんげん》として極々当たり前な繁殖能力、即《すなわ》ち子供を作る機能が王《プレイヤー》に備わっていたとしても何ら不思議ではないということであり――……

「？　ヘリアン様、心なしか顔色が……」

屈《かが》んで書類を拾っていたリーヴェが、こちらを見上げながら問い掛けてきた。

背中に嫌な汗をかき始めていたヘリアンは、その追及から逃れる為に脳細胞をフル稼働させる。

「いや、なんでもないとも。部屋にこもりっぱなしな為か、少々気分が優れなくてな。お前が気にする必要はない」

なのでその上目遣《うわめづか》いを止めてほしい。ついでに体調を診ようとして顔を近づけるのも待ってほしい。むしろこちらを見ること自体勘弁してほしい。色々と落ち着く時間をいただきたいのである。

そんなヘリアンの必死の対応が実を結んだか、リーヴェは不思議そうに首を傾げつつも、数秒後にはすんなりと引き下がってくれた。

ヘリアンは己の頭の中で組み上がりそうになった仮説に次ぐ仮説を一旦《いったん》破棄することに決め、悶々《もんもん》とした気分を払う為の話題転換を図る。

「と、ところでだ。依頼の報酬として手に入れた家屋の改装について、進捗《しんちょく》はどうなっている？」

「ガルディとセレスの両名が、本国からの工兵を率いて作業中です。おおよそ形になってきたとの報告を受けていますが……」

「ならば視察に出向くとしよう。苦労して手に入れた物件を一度見ておきたいと思っていたのだ。気分転換にもなるだろうしな」

そうと決まれば善は急げだ。さあ行こうすぐ行こう今行こう、とヘリアンはリーヴェを急《せ》かす。

リーヴェはその琥珀色の瞳に僅かな戸惑いを浮かべるも、部屋にこもりっぱなしで気分が優れない、というヘリアンの主張を真面目《まじめ》に受け取ってか、「すぐに支度《したく》を整えます」と書類を片付けにかかった。

そしてそれから数分後。フードを目深《まぶか》に被ったヘリアンはリーヴェを引き連れ、数人の従業員に見送られながら宿屋を後にした。

3.

「おぉ……！」

そうして仮宿から歩くこと十数分。

迷宮区の大通り前という区内における一等地を訪れたヘリアンは、その物件を一目見るなり感嘆の声を漏《も》らした。

見上げるヘリアンの眼前には、広大な敷地に屹立《きつりつ》する四階建ての建物の威容《いよう》がある。

「話には聞いていたが、随分と奮発してくれたものだな」

ぽっと出の商人風情《ふぜい》には贅沢すぎるほどの好物件だ。

これならば【転移門《テレポータル》】を設置してもバレる心配はないだろう。外部と隔絶した空間として、人類領域における活動拠点に仕立て上げることが可能である。迷宮暴走《ダンジョンスタンピード》の謝礼も含んでのことかもしれないが、一度の依頼《クエスト》の報酬としては破格もいいところだった。

ヘリアンは『始まりの地の酒場』を改装した時の記憶を思い返しつつ、大通りに面する表口から敷地内に足を踏み入れる。

「あぁん？　誰《だれ》でい、客か？　悪いが今はまだ改装中――――」

数々の大工道具を腰にぶら下げた小男が、招かれざる客に対し面倒臭そうに振り返る。

そして「邪魔だから出て行け」との旨を伝えようとしていた彼はしかし、来訪者の顔を目にするなり言葉を詰まらせた。

「わ、我らがお――ぐぁ⁉」

王、と口走りかけた小男の後頭部に野太い角材が命中《ヒット》した。

悶絶《もんぜつ》する彼の脇《わき》を通り過ぎ、束《たば》ねた角材を肩に担《かつ》いだ大男――第五軍団長のガルディが顔を出す。

「よぅ大将！　もう出歩いて大丈夫なんですかい？」

「完全復調とは言い難《がた》いが、多少出歩く程度ならば問題はない。……ところで、彼は放っておいて大丈夫なのか？　見たところ会心の一撃《クリティカルヒット》を喰《く》らったようだが」

「迂闊な口を閉じさせてやっただけでさぁ。まだこっちの身体に慣れきってねえ様子ですが、そこまで強く打ったわけでもないんで問題ありやせん。――だよな、オイ？」

最後の一言は、後頭部を抱えてうずくまっている小男に対しての言葉だ。凶悪な面構えにぴったりの重低音な詰問《きつもん》に対し、小男はガクガクと頷《うなず》いてなんとか立ち上がる。立派に伸びた顎髭《あごひげ》が震えているのはヘリアンの見間違いではないだろう。

小柄ながら筋骨隆々とした太い手足が特徴的な彼は、アルキマイラ本国から呼び寄せた工兵の一人だ。第五軍団に所属する魔物であり、つまりは第五軍団長《ガルディ》の手下である。

現在は完全人化形態を取っているが、彼の本来の種族は【高位の鉱妖精《ハイドワーフ》】だ。

元々は第七軍団に所属する技術者だったが、安全な工房で金槌を振るうより砲撃飛び交う戦地で築城している方が性に合っているとして、第五軍団に移籍を行った経緯がある。

「大将の前で情けねえ姿晒してんじゃねぇよ。シャンとしろシャンと」

「いや、そうは言いますがねボス。この身体メチャクチャ弱っちいんでさ。ボスの馬鹿力《ばかぢから》でドタマ殴られた日にゃ、悶絶するのも無理はねえといいますか……」

「身体どうこうについちゃ俺様だって同条件だ。貧弱なのはお互い様だっつうんだよ。第一、テメェも完全人化形態《そのからだ》で選抜戦勝ち抜いたからここにいるんだろうが。言い訳にゃなんねえよ」

ガルディの言う選抜戦とは、ヘリアンが寝込んでいる間に本国で開催された、とある模擬試合《トーナメント》のことである。

その参加条件は大きく二点。

今現在特殊任務に従事しておらず、かつ工兵として高水準のスキルを有していることだ。

ただしその選抜戦には特殊ルールが設けられており、ラテストウッド経由で入手したこの世界基準の武器を用いることと、参加者全員が完全人化形態で戦うことが定められていた。

そして優勝者及び上位入賞者には、ヘリアン王率いる人類領域遠征隊への増員候補として、参加希望を表明する権利が与えられると告知されていたのだった。

当然の如《ごと》くと言うべきか、戦いは熾烈《しれつ》を極めた。何回かのサドンデス形式による集団戦闘の後、勝ち抜いた上位百名からなる一対一の死闘が繰り広げられ、そうして権利を得た者のうちの数名が増員として招集された運びである。ガルディに小突かれている小男もそのうちの一人だ。

蛇足だが、種族固有のスキルを封じられた完全人化形態での戦いを強いられ、かつ二ランクダウ

ンという能力差《デメリット》に高位の魔物ほど戸惑っていたという面もあり、選抜戦では数多の下剋上や大金星が発生したという。

「どうでもいいが、大工姿が恐ろしく似合ってるな、お前は」

どこか呆《あき》れた口調でヘリアンは言う。

頭に鉢巻《はちまき》を巻いて腕まくりをし、工具片手に角材を肩に担いだガルディは生粋の大工のようだった。人相の凶悪さにさえ目を瞑《つむ》れば、今すぐにでも棟梁《とうりょう》を名乗れるだろう。

「そりゃあ簡単な拠点設営なら何度も経験してっからなぁ。昔取った杵柄《きねづか》ってやつでさ。どっちかってえと、俺様はぶっ壊す方が得意なんだが」

「そちらの方は私とて熟知している。お前に破壊できぬ防衛陣地など、そうそうあるものではないしな」

しかし改めて考えてみるとガルディは便利なやつだ。

治安維持能力、暴徒鎮圧能力についてはバランに次いで高い適性を有しており、部下と共に仮設住宅を作ったり家屋の修繕を行ったりと、本来《メイン》の役目である攻城戦以外にも多方面に適性を示していた。

まともな専門職など満足に用意できなかった時代、なんでもやらなければならなかった動乱期を生き抜いてきた配下だけあって、何気に多才である。特に単純な肉体労働については「コイツに任しときゃどうにかなるだろ」という謎の安心感すらあった。

「てっきり、招集した工兵に任せて陣頭指揮を執っているものとばかり思っていたが」

「あー。バランやエルティナなんかだとそうかもしれねえが、俺様ぁ身体動かす方が性に合ってっからな。自分でやりながらの方がむしろ楽なんでさ。大将だってそうだろ?」

「……何故そこで私の名が出てくる」

「あん? そりゃだって大将、いっつも最前線に出張ってんじゃねえか。戦いは俺らに任して高みの見物してりゃいいってのによぉ」

ああ、そういう意味《こと》か、とヘリアンはガルディの言い分を理解した。

しかし実態としては、ヘリアンとガルディのそれは性質が大きく異なる。ただ単に、ゲーム時代のヘリアンは〈秘奥〉と〈王軍〉を活用した戦力《メリット》の最大化を狙《ねら》うタイプだったというだけの話だからだ。死亡によるデスペナルティ《デメリット》を警戒して玉座で指揮を執る平均点狙《ベター》いなプレイスタイルではなく、リスクを呑《の》み込《こ》んで最高得点《ベスト》を獲りにいくプレイスタイルだった為、結果として最前線に身を晒していたに過ぎない。

そして今現在は、最前線で身体を張り続けることによる【忠誠心】維持を目的の一つとして、ヘリアンは現場に出張っていた。飾ることなく言ってしまえば、その根底にあるのはただの保身である。そういう意味合いで、生粋の現場主義者であるガルディとは明確な違いがあった。

(というか……俺って脳筋《ガルディ》に同類と思われていたのか)

何気にショックである。

「……ところで、セレスはどうした。姿が見えんようだが」

「あー……アイツなら現地素材を使った調合実験とやらで、ちっと前から二階の部屋に引き籠《こ》もって――」

ボン、という間の抜けた爆発音が唐突に生じた。

音の発生源に目を向ければ、開け放たれた窓から黒煙が立ち上る一室がある。

「……あの部屋か？」

「へい」

直後、その窓からセレスが顔を出した。

そして簡易な風魔術で換気しつつ「なにこれ。ふざけてるの」「なんであの程度の魔力で飽和するのよ」「いくらなんでも脆《もろ》すぎでしょ」などと悪態を吐いて煤《すす》のついた頰を拭《ぬぐ》っている。その左手には半壊したビーカーが握られていた。

「あっ、若様」

やがてこちらの存在に気付いたセレスが声を掛けてきた。

しかし二階――つまりは主より高い位置から喋《しゃべ》り続けるのは失礼ではないかと思い至ったセレスは、しばらくの間むにゃむにゃと口を開けたり閉じたりを繰り返し、最終的には部屋を飛び出して一階の表口にまで降りてきた。

「ご苦労。……まだ黒煙が消えきってないようだが、火事にはならんだろうな？」

「はい。安心してください若様。最低限の後始末はちゃんとしてきましたから」

「頼むぞ。現地素材の活用に関する研究は重要事項の一つとして捉《とら》えているが、拠点予定地を灰にされては敵《かな》わんからな。それに今後は周辺住民との付き合いもある。早々に彼らの不興を買うような真似《まね》は慎め」

「は、はい」

セレスは身を小さくしながら答えた。

平時では研究分野を担当している第四軍団長の彼女には、研究好きが高じるあまり周囲が見えなくなりがちという一面があった。それを熟知しているヘリアンは最初の釘《くぎ》刺しが重要かと思い少々強い言葉を使ったのだが、しゅんと項垂《うなだ》れている姿を見るとさすがに罪悪感があった。

（……まあ、フォローぐらいはいいだろ。せっかくやる気出して頑張ってくれてるんだし。うん）

ヘリアンは自分の心にそんな言い訳を生み、再び口を開く。

「だが研究熱心なその姿勢は嫌いではないぞ。何らかの成果が出たなら私に報告してくれ。吉報が届くその日を楽しみにしている」

「……！　はい、若様。丁度いい実験体もここにいるのですぐに成果を挙げてみせます、ええ！」

セレスはぐっと拳《こぶし》を握って返答した。ヘリアンもまた満足気に頷いてみせる。

その片隅で角材を担いだとある大男が「実験体って俺様のことじゃねぇだろうな……」などとボヤいていたのだが、一同は聞かなかったことにした。

「ところで、作業の進捗状況はどうだ？　見たところ店舗部分の改装に人員を集中させているようだが」

「へい。住居部分はほぼ終わってんですが、店舗部分は精々六割ってとこでさぁ」

「侵入者迎撃用の術式を刻みながら作業を進めてるんですけど、その分ちょっと時間がかかっています。要塞化《ようさいか》にはもう少し時間が――」

「いやちょっと待て」

不穏なワードが聞こえてきた。

要塞化って何だ。

「……ガルディ、セレス。私は確かにこの施設を活動拠点にすると述べたが、拠点といっても戦闘城塞に仕立て上げるつもりはないぞ。そこについては理解しているか？」

「？　はい、勿論《もちろん》です」

キョトンとした表情でセレスが答え、背後に立つガルディも首肯《しゅこう》する。

どうやら拠点の意味合いについて理解は得られているようだが、ならば何故要塞化などというワードが出てくるのか。

「あ、要塞化といってもそんな派手なものにするつもりはありません。時間の関係もありますし、今回はあくまで侵入者を迎撃する為の罠《わな》を仕掛けるだけにしてます」

「侵入者対策か。……具体的には、どのようなものなのだ？」

「はい。まずは侵入感知と同時に建物周囲に沿って発動する《雷撃の網《ライトニングネット》》で侵入者の動きを止め、その隙《すき》に重力系閉鎖結界で捕縛します。そうして身動きを封じたところで閉鎖結界内部に敷設している《連鎖爆轟地雷《チェインエクスプロージョンマイン》》を起爆させ、万が一それを突破された際の備えとしては《火焔穿槍《フレイムジャベリン》》の一斉掃射による自動迎撃機構を――」

「いやいや待て待てちょっと待て！」

お前らはいったい何と戦うつもりだ、とヘリアンは慌てて声を挟む。新米商人が経営するただの店舗にどれだけの迎撃能力を持たせようというのか。

確かに街の中枢たる中央区と比べれば迷宮区の治安がよろしくないのは事実だが、迂闊な侵入者が肉片一つ残さず消し飛ぶような迎撃システムなど過剰防衛もいいとこだ。客を迎え入れる為の店舗の扉が地獄の門に変貌する勢いである。

「全く……いくら何でもそれはないぞ、セレス。そんなことだから賢い馬鹿などと呼ばれるのだ。ヘリアン様も呆れておられるではないか」

額に手を当てたポーズのリーヴェが溜息まじりに言った。

おぉ、とヘリアンは内心で歓声を上げる。

さすがは〝アルキマイラの瞳〟にして国王側近だ。

あまりに過剰な防衛機構を聞かされた俺の気持ちを代弁して――

「《火焔穿槍《フレイムジャベリン》》などを組み込んでは火事になる可能性が高いだろう。ただでさえ周囲には木造建築が多いのだ。《風塵疾矢《テンペストアロー》》などの他属性に切り替えろ」

――くれなかった。

というかお前もちょっと待てリーヴェ。

今の説明を聞かされて心配するのは火事だけなのか。

もっとこう、他にも色々とあるだろう。更に巨大な問題が。

「範囲指定ミスって飛び火するようなヘマは犯さないわよ。このアタシを誰だと思ってんの。っていうか『賢い馬鹿』なんて言ってるのは主にアンタでしょうが、リーヴェ」

「僅かな可能性にも気を払えと言っている。他の選択肢があるにも拘《かかわ》らず、わざわざ火属性の術式を選ぶことはないだろう。違うか？」

「アタシはエルと違って風より火の方が得意なのよ、知ってるでしょ。一番重要なのは若様の大事な店舗に忍び込もうとした不届き者を確実に排除することなんだから、《風塵疾矢《テンペストアロー》》よりも慣れてる《火焔穿槍《フレイムジャベリン》》の方がこの場合は相応しいの」

「それが最も重要なことなど誰でも分かる。だが周囲に一切被害を出さないという前提条件のもとで《火焔穿槍《フレイムジャベリン》》を仕込むとなれば、ここにいる人員ではお前ぐらいしかこなせない高等技術だろう。それも研究と同時並行で作業しているとなれば、改装作業の進捗に悪影響を及ぼしているのではないか？」

「アタシが足を引っ張ってるみたいに言わないでよ。別にスケジュールに遅れが出てるわけでもないし、アタシに振られたタスクも規定時間内にちゃんと終わらせてる。疑うんならロードマップ提出してもいいけど？」

リーヴェとセレスは喧々諤々《けんけんがくがく》と議論をぶつける。

そのあまりに素晴らしすぎる会話を耳にしたヘリアンは、〈秘奥〉の反動とは異なる目眩《めまい》を覚えていた。

セレスが当然のように口にした『最重要事項』とやらを、リーヴェは誰でも分かることなどと同意していたが、他ならぬヘリアン自身がその過激思考についていけず、また理解もできない。

鈍痛を訴える額に手を当てながら、ヘリアンは応酬を続ける二人の女性を制した。

「二人とも、戯《たわむ》れはそこまでにしておけ。そしてセレス、ガルディ。防衛機構については迎撃用ではなく捕縛用のモノのみで構わん。それなら工数も大幅に削減できるだろう」

殲滅《せんめつ》不要。自衛が叶《かな》えばそれでよし。

主人のその発言に改装作業員一同は互いの顔を見合わせていたが、鶴の一声により迎撃システムという名の殲滅機構は見送りになった。

そして哀れな犠牲者の発生を未然に防いだヘリアンは、引き続きガルディたちから進捗状況を聞き出し、居住施設部分がほぼほぼ完成している事実を知る。また未完成なのは商会主《ヘリアン》専用の個室部分のみであり、それも天蓋付きベッドや現在鋭意製作中の絵画といった、王に相応しい品格とやらを備えたインテリアの搬入待ちが殆どだという話だった。

その情報を耳にしたヘリアンは、即座に仮宿を引き払ってここに引っ越すことを決定した。

国元ならば王の義務として調度品のあれこれにも拘《こだわ》るというものだが、ここは自分の居城ではない。そして身の丈に合わない家具のあれこれよりも、他の客や宿の従業員らの目を気にせずに過ごせる居住環境の方がヘリアンにとっては何倍も重要なのである。

「というわけで、私は私物を取りに戻る。お前たちは引き続き作業に戻れ」

軍団長の三人――特にリーヴェとセレスの両名は、王を迎え入れるに足る環境が整っていないことに懸念を示していたが、他ならぬ主の言葉ならば仕方がないと意見を呑み込んだ。

しかしながらリーヴェと密《ひそ》かに意思疎通を図っていたセレスは、ヘリアンが宿を引き払って戻ってくるまでの時間でなんとか天蓋付きベッドだけは確保し、工兵の手を借りて設置を済ませたのだった。

「…………」

そして新たな自室の扉を開けたヘリアンは、自己主張も甚《はなは》だしい巨大なベッドを目にするなり沈黙に身を浸した。

「……こういうの、ディスコミュニケーションって言うんだっけ」

部下との付き合い方について、今度レイファに相談してみよう。

ヘリアンは心のメモ帳にしっかりとその旨を書き込み、深い溜息を吐きながら私物の荷解きを始めるのだった。

+　　+　　+

「……なにが気に食わなかったんだ、大将？」

「知らないわよ。こっち見ないで単純馬鹿。……え、なによその目。もしかしてホントにアタシのせい？　嘘でしょ？　まさかリーヴェの言ってた通り、他の属性使うべきだったとか……」

「やー。ありゃそういう感じでもなかったように思えましたがねえ。ボスには何か心当たりはないんで？」

「ねぇよ。リーヴェも意味不明ってな面《ツラ》してただろうが。国王側近《アイツ》に分からねえことが俺様に分かるか」

「ですか。……あの、第四軍団長。多分貴女様のせいってわけでもないと思うんで、俯《うつむ》いたままブツブツ呟くのはやめていただけませんか。普通に怖いので」

その場に残された改装作業員一同はしばし首を傾げて唸《うな》っていたが、結局その答えが出ることはなかった。

三章　獅子千尋

――時は遡《さかのぼ》り、約一ヶ月前。

開拓事業で慌ただしくしているアルキマイラの首都『アガルタ』に、とある一団が訪れた。

やや長身なドワーフ種に、兎耳を生やした小人種《ハーフリング》と獣人種とのハーフ。背中に小さな羽を生やした鳥人系の獣人や、純血の小人《ハーフリング》の女性。そして中途半端《ちゅうとはんぱ》な耳の長さが特徴的なハーフエルフを中心とした多種族からなるその集団は、同盟国ラテストウッドより派遣された戦士団の面々である。

一様に大荷物を背負った彼ら彼女らは、大扉の守り人に迎え入れられ、そして都市内部に足を踏み入れるなり揃《そろ》って息を呑《の》んだ。

「これは……」

外壁を通り抜けた彼らの視界に飛び込んできたのは、アルキマイラの全《すべ》てが集約された首都の街並みだ。

何十人もが横に並んでなお余るほどに広い大通り。その両脇《りょうわき》に秩序だって連立する建物の群れ。地面を見れば歪《ゆが》みのない綺麗《きれい》な石畳が並べられており、目を凝らさなければ継ぎ目を見抜けないほど緻密《ちみつ》に敷き詰められている。

また広場に設けられた噴水からは聖水と見紛《みまご》うような澄んだ水が流れ続け、随所に設けられた街路樹は瑞々《みずみず》しく、色とりどりの花を咲かせた美しい景観が広がっていた。

それはまるで、吟遊詩人《ぎんゆうしじん》の詩に出てくる楽園のような光景だった。

「――――」

ここが魔物の国であるという事実すら忘れ、一団は感嘆の吐息を吐く。

まるで別世界に迷い込んでしまったかのような感覚に囚《とら》われた彼らは、門を抜けた先の広場でしばし呆然《ぼうぜん》と立ち尽くすしかなかった。

「……いくぞ。ここで呆《ほう》けていても仕方がない」

やがて一団の先頭に立つ男が言った。

己《おのれ》に言い聞かすように呟《つぶや》いた青年の名は『フェルク』。ラテストウッドの新たな戦士長に任命された、第四世代のハーフエルフである。

エルフ至上主義国家であるノーブルウッドとの戦争において、アルキマイラの同盟国にして多種族国家たるラテストウッドは、国を運営していた主要な面々を喪《うしな》っていた。先代の戦士長もそのうちの一人だ。結果、王女姉妹《しまい》の世話役も務めていた戦士長補佐『ウェンリ』が繰り上がりで序列一位となり、暫定的《ざんていてき》に戦士長の任に就いたという経緯がある。しかしながら現在はその任を解かれ、生き残った戦士の中で最も腕の立つフェルクが、新たな戦士長に任命された次第だ。

エルフの血が薄い故《ゆえ》に生き残った彼は、見た目通りの年齢で未だ年若い戦士だった。自分などに戦士長が務まるのだろうか、という不安を心の奥底に抱えている。しかし一度その役職に就いた以上は、立派に勤め上げねばという決意を胸に秘め、彼は呆けていた仲間たちを我に返らせた。

そうして一団は、戦士長のフェルクを先頭にキョロキョロと周囲を見回しながら進んでいく。

やがて広場の噴水近くまで足を進めたところで、甲冑の足音を鳴らしながら一人の騎士が近付いてきた。街中であるにも拘《かかわ》らず兜まで装着した全身鎧《フルプレートアーマー》の騎士は、一団の前で歩みを止め、誰何《すいか》の声を放つ。

「失礼。貴君らが同盟国ラテストウッドより派遣されし、戦士団の一行か?」

「――はい。私はこの度の代表を務めている、戦士長のフェルクと申します」

「確認した。事前通知内容との一致を認む。ようこそアルキマイラへ。貴君らの来訪を歓迎する」

抑揚《よくよう》のない口調で騎士は歓迎の意を発する。何故《なぜ》か兜を被っていながらもくぐもった声ではなく、やまびこに似た響きでフェルクの笹耳に届いた。仮に鎧の中身が空洞だとしたらこのような響きになるのではないかという、奇妙な声色《こわいろ》だった。

事務的なやり取りを一通り交わした後、一団は騎士の先導でアルキマイラの街中を進んでいく。

「時に。ここまでの道中、特に問題はなかっただろうか。案内人の不手際などがあれば苦情を受け付ける」

「いえ、本国からの道中は案内人の方々に護《まも》っていただきましたので。問題となるようなことは、特になにも」

「承知した。たとえ外縁部であろうとも、貴君らにとって深淵森《アビス》は恐怖の対象と聞く。その通行が不可避な道程について我が軍の長は懸念《けねん》を示していた。杞憂《きゆう》に終わり幸いに思う」

騎士の言う通り、大樹海の住民にとって深淵森《アビス》やそこに棲《す》まう魔獣は恐怖の的だ。

特に魔獣は深淵森《アビス》を抜け出て暴《あば》れだすことがあり、竜巻や豪雨といった自然災害の一種として捉《とら》えられている。つまり人の身でどうにかできる代物ではないということだ。様々な逸話《いつわ》を持ち禁忌《きんき》とされている深淵森《アビス》は、本来ならば近寄ることすら憚《はばか》られる人外魔境に他ならない。

だが、今のフェルクたちにとっては話が別である。

ラテストウッドとアルキマイラを結ぶ道程では深淵森《アビス》を通行しなければならないものの、外縁部のような浅い層に限って言えば、アルキマイラの魔物たちは方向感覚を失わずに済む。フェルクたちだけでは到底辿《たど》り着けないような道程でも、アルキマイラから派遣された案内人にとっては大した障害でもないというわけだ。

そして深淵森《アビス》に棲む魔獣については今更怯《おび》えるだけ無駄である。何故ならば今のフェルクたちは、深淵森《アビス》の魔獣すら容易《たやす》く屠《ほふ》れる力を持つ、強大な〝魔物〟たちが闊歩《かっぽ》するその最中《さなか》を歩いているからだ。彼らに比べれば深淵森《アビス》の魔獣など、むしろ易しい手合いだろう。

なにせ軽く周囲を見渡すだけでも、自分たちでは抗《あらが》いようもない強大な魔物の姿がある。ゴブリンやオークといった代表的な魔物種は序の口として、オーガにトロール、蝙蝠《コウモリ》に似た翼を持つ人型や浮遊する巨大眼球に触手が生えたナニカ……考えたくはないが、今しがたすれ違ったのは死霊の類いではなかろうか。

同盟を結ぶ前の自分たちなら一目散に逃げ出していたであろう、恐るべき光景である。

「ひっ……!?」

突如として、一団の中から悲鳴を呑み込《こ》む音が生じた。

しかし、その悲鳴は恐ろしい魔物を目にして発せられたものではない。一団を物珍しそうに眺める住民の中にエルフが居たからだ。

胡乱《うろん》げに見つめるそのエルフの視線は、ラテストウッドの集落で治癒士として働いていた一人の女性を捉えており、エルフ至上主義国家《ノーブルウッド》にトラウマを刻み込まれていた彼女は条件反射的に身を凍らせた。

「如何《いかが》した。なにか問題でも？」

「……い、いいえ。なんでもありません」

震えを懸命に押し殺し、女性は騎士に返答した。

無理もないとフェルクは思う。自分は早々に捕らえられてしまっていたが、ノーブルウッドの魔の手から逃げ延びた者たちも一様に、つい先日まで地獄のような日々を過ごしていたのだ。

だがしかし、自分たちは過去を乗り越えなければならない。新たに戦士団を再編し、その一員として名を刻む自分たちは、過去の記憶に打ち勝つ強さが求められているのだ。

この国を訪れた理由もそれである。

フェルクを代表とする戦士団一行は、戦う力を求めてこの都市を訪れた。同盟国アルキマイラによる『訓練』を受ける為に、遥々《はるばる》ラテストウッドからやって来たのである。

（……そうだ。強くなる為に、我らはこの魔国の門戸を叩《たた》いたのだ）

フェルクは心中で呟き、改めて来訪目的を強く意識する。

両国間の相互理解を深める為に企画された交流活動と銘打たれているが、その実態はラテストウッド戦士団の戦力底上げである。先の戦争で手痛い被害を被ったラテストウッドには、森の魔獣を退けるだけの自衛力すら欠如している有様《ありさま》だからだ。一定以上の力量を有した戦士が、絶望的に不足している。

しかし人手が足りないという問題が早急に解決できる類いのものではない以上、せめて一人ひとりの力を高めて少しでも穴埋めを行わなければならない。それも可及的速やかにだ。

今回の取り組み――交流活動の一環と銘打たれた『訓練』は、そういった背景から実現されたものである。

「到着した。ここが、本日より貴君らが滞在する館である」

騎士の言葉を受け、考え込んでいたフェルクはハッと顔を上げる。

視界の先には大きな館があった。壁一面には大小様々な槍が飾られ、屋根には盾に似た装飾が施されている。また正面玄関の扉には剣の柄を模した取っ手が付けられているなど、どこか物々しい雰囲気を漂わせる洋館だった。

案内を終えた騎士は「小官の職務はこれにて終了である。貴君らの無事を祈る」という微妙に不安を掻《か》き立《た》てる言葉を残し、足早に去っていった。

取り残された一団は顔を見合わせ、しばし館の前で所在なさげに立ち尽くす。が、こうして突っ立っていても仕方がない。フェルクはゴクリと唾《つば》を飲み込んだ後、一団の代表として館の扉を押し開いた。

2.

「む、来たか」

館内で待っていたのは人型の獅子だった。

兜こそ被っていないが、重装甲の鎧を身に纏《まと》っている。

大柄な体格も相まって相当な重量があるはずだが、獅子は足取りも軽く一団のもとに歩みを進めた。

「お初にお目にかかる。吾輩の名はバラン＝ザイフリート。この度行われる両国間異文化交流の一環事業――諸君らの『訓練』について全責任を任された者である」

「ご、ご丁寧にありがとうございます。私の名は――」

と、フェルクは先ほどと同様の自己紹介を行い、バランと名乗る獅子と一通りの挨拶《あいさつ》を交わす。

ここまでの道中も計り知れない強さを持つであろう魔物たちを見てきたが、その獅子からは一線を画する何かが感じられた。仲間の獣人種は殊更《ことさら》本能を刺激されるのか、対峙《たいじ》するだけで総毛立たせているほどである。

しかしながらフェルクは、ラテストウッドの代表者であるという自負を支えにして、胸を張り堂々と対応してみせた。

「事前に通知している通り、訓練期間中は諸君らを客人ではなく訓練兵として扱わせてもらうことになる。自然、ある程度厳しい態度を取らざるを得ないのだが、構わぬか？」

「はい、勿論《もちろん》です。我々は皆、戦士としての覚悟を抱いてこの地を訪れました。そのように扱っていただければ幸いに存じます」

フェルク以外の者たちもまた、しっかりとバランの目を見て同意を示した。対するバランは満足そうに頷《うなず》く。

「承知した。吾輩もまた諸君らの覚悟に十全に応《こた》えられるよう、全力で取り組ませてもらう。では時間が惜しい。早速だが荷物を置いて本日の鍛錬に移るとしよう」

バランは真面目《まじめ》な顔で応じた後、魔道具の鈴を鳴らした。

軽《かろ》やかな音が館に響き、やがて館の管理人が現れる。管理人を名乗る男性は鶏の特徴を持つ人型の魔物だった。彼の案内で幾つかの大部屋に分けて通された一団は、荷物を置くなり素早く装備を整えて先ほどのロビーに再集合する。その後、バランの先導で館に隣接されていた巨大な練兵場へと移動した。

練兵場には見慣れぬ施設や道具が散見された。またつい先日まで他の用途に使っていたのか、分解後の建材を纏めている作業員の姿もある。その殆《ほとん》どが既に撤収準備を済ませており、最後の二人が残りの建材を担《かつ》いだところだった。二人はバランと戦士団の面々を見るなり、慌てて撤収していく。

すれ違いざま、会釈《えしゃく》と共に去っていく作業員らの声が耳に届いた。

「……なあ、アイツらってもしかして例の」

「あぁ、ラテストウッドの民だな。なんでも訓練を受けにきたという話だったが」

「ここにいるってことは……アレか？　よりにもよって第二軍団の訓練メニューを受けるってこと

なのか?」

「らしいな。しかも第二軍団長殿が直々に、だ」

「……気の毒に。死人が出なきゃいいんだが」

――心胆を寒からしめる会話であった。

隣に立つドワーフ種の仲間には聞き取れなかったらしいが、聴力に優れたエルフ種《フェルク》の笹耳は全てを漏《も》らさず聞き届けてしまっていた。大きな背中を丸めてそそくさと退散していく魔物らの姿に、戦士長として固めたはずの覚悟が萎《しぼ》んでしまいそうになる。

そんなフェルクの心境を知る由《よし》もないバランは、練兵場の一角で足を止め、一団へと振り向いた。

「それでは鍛錬を開始する。なお、先ほど同意を得た通り、ここから先は諸君らを訓練兵として扱う。訓練期間中、吾輩のことは教官と呼ぶように。返事は『了解しました教官殿』だ」

「……りょ、了解しました、教官殿!」

真っ先に返答したフェルクに続き、一団は同様の言葉を口にした。バラン改め教官はウムと頷き、指令台に登る。

いったいどのような苦行を課せられるのか。

フェルクは未知の恐怖に身を震わせつつ、しかしどのような試練であれ決して逃げ出したりはすまいと、密《ひそ》かに覚悟を固め直し――

「――では走り込みを行おう。まずはこの練兵場を十周だ」

と、教官の口から放たれたその言葉に思わず目を瞬かせた。

意外に感じたのはフェルクだけではなく、戦士団の面々も同様の様子だ。皆が互いの顔を見合わせながら困惑している。告げられた指示があまりに拍子抜けな内容だったからだ。練兵場はかなり広いものの、それでもたったの十周である。

「……たった十周でよろしいのですか？」

「うむ。主上からはくれぐれも、と諸君らのことを頼まれているのでな。諸君らの安全には人一倍気を使い、かつ着実なレベルアップを果たせるよう鋭意取り組む所存である。言うまでもないが、できないことを無理にさせるような真似《まね》は決して行わぬことを誓おう」

教官は厳粛《げんしゅく》な表情で言葉を続ける。

「吾輩としても、身の丈に合わぬ鍛錬で訓練兵を潰《つぶ》すのは甚だ心外である。故に、『頑張ればできる』程度の達成目標を随所に盛り込み、一つ一つ乗り越えていく形で確実に力を付けられるよう訓練計画を作成した。食事や睡眠時間に至るまで緻密な計算を行っている故、諸君らは心置きなく鍛錬に励むといい」

驚きの台詞《せりふ》だった。

いったいどれほど苛烈《かれつ》な訓練を受けさせられるのかと思いきや、教官の口から出てきたのは『安全第一』『無理なことはやらせない』『頑張ればできる内容』といった、配慮に満ちた言葉の数々である。

野卑な蛮族とされる魔物の口から出たとは思えぬ台詞に、戦士団の面々は揃って呆気《あっけ》に取られた表情になる。

（……不覚。私も偏見を捨てきれずにいたか）

相手が魔物だという先入観に惑わされまいと心がけていたつもりだが、あくまでつもりでしかなかったようだ。他の者ならいざ知らず、曲がりなりにも戦士長として任命された己が先入観で物事を見誤るというのは、あってはならないことだろう。

フェルクは捨てきれないでいた『偏見』の二字を振り払う為、自分の頬《ほお》を強く張った。そしてパン、という乾いた音を鳴らした後、彼は教官の言うとおりに先陣を切って走り出す。他の面々もまた「行くぞ！」という彼の声で我に返り、慌ててその後を追った。

そうして走り込みが始まった。

種族がバラバラな関係上、中には走るのが苦手な者もいるが、それでも戦士団として日々鍛錬を重ねてきた一員だ。走れなくなれば死ぬしかない、という状況に陥《おちい》ることもしばしばな『森に生きる民』であるという事情もあり、一定以上の走力を有している。あっという間に三周目を走り終えたが、戦士団の面々はバラけることなく一塊の集団になって周回を続けていた。

『ふむ……これが諸君らの通常速度というわけか。聞いていたよりも若干速いな。ならばこれに合わせて微調整を施そう』

そのまま四周目の周回を終えた頃、教官の声が飛んできた。

教官が立つ指令台とは少々距離が離れているが、まるですぐ隣から話し掛けられたように聞こえた。恐らくはその手に持つ貝殻に似た形状の道具で、声を拡張しているのだろう。

魔道具は些細《ささい》なものでもそれなりに高価な代物のはずだが、教官は慣れた手つきで扱っていた。

ひょっとするとこの国では、個人所有の魔道具すら一般的なのかもしれない。先頭を走るフェルクには、そんなことを考える余裕すらあった。

そうして考え込むフェルクの視界の中、ふと高所から赤い光が上がった。光の出処《でどころ》を視線で追えば、練兵場の各所に設置されていた高台のうちの一つに、書物らしきものを手にした魔術師風の男の姿がある。

はて何を打ち上げたのだろうかとぼんやり見上げていると、赤光が――否《いな》、焔《ほのお》に包まれた大玉が放物線を描いて落ちてきた。


「…………えっ？」


そしてきっかり三秒後。煌々《こうこう》と燃え盛る火球はフェルクの視界を通り過ぎ、周回を続ける集団の最後尾付近に着弾した。

同時に派手な爆裂音が生じ、衝撃波と熱波が背を叩く。

目を剥《む》く彼が振り返ったその先には、唐突な爆発に身を竦《すく》める仲間たちの姿と、着弾点とおぼしき小クレーターがあった。

ぶわりと汗が噴き出る。

「きょ、教官殿⁉」

『どうした』

「今の爆発はなんなのですか⁉」

『鍛錬に臨場感を持たせる為の演出である』

演出、と言い切られたフェルクは数秒ほど言葉の意味を理解できなかった。

しかし足を止めることはできない。

練兵場を一望できる高所から再び炎弾が降ってきたからだ。

あまりの事態に立ち止まりかけていた仲間たちもまた、慌てて足を動かす。

そして、最後尾から数メートルの至近距離で次の炎弾が爆《は》ぜた。

「ひぃぃぃぃっ⁉」

「止まるな！　走れ、死ぬぞ‼」

最後尾を走っていた小人《ハーフリング》――集落で治癒士として働いていた女性が悲鳴を上げていた。

彼女は戦士団に組み込まれているものの、主に後方支援を担当している女性だ。足は一団の中で最も遅い。やや前方を走っていた仲間に手を引かれ、なんとか遅れずに付いてきているような有様である。

さながら戦場と化した練兵場で、フェルクは悲痛な声を上げた。

「教官殿ぉ！　あんなものを喰らっては我々は死んでしまいます！　到底耐えきれるような威力とは思えません‼」

『問題ない。ここまでの平均速度を維持すれば決して当たらぬよう、細心の注意を払っている。呼吸を乱さず走り続ければ傷一つ負うこともない』

淡々とした教官の台詞にフェルクは絶句した。

着弾時の余波からして、自分たちが全力で障壁を展開したところで防ぎきれるとは思えない。いや、そもそも自分たちの詠唱速度では障壁を張ること自体、間に合わないだろう。

そんな恐ろしい攻撃に晒《さら》されながら、呼吸を乱さずに走り続ける……？

『言ったであろう、あれはあくまで演出に過ぎん。短期間でレベルアップを果たすには実戦を繰り返すのが最も近道ではあるが、諸君らにそれを強いるのは些《いささ》か以上に酷というもの。しかしながら少しでも実戦に近い緊張感を得られるよう、訓練官の一人に魔術師《キャスター》を採用し、工夫を凝らした次第である』

安心しろ、腕は確かだ。

教官はそう続けたが何一つ安心できる要素がない。

最も足の遅い者に合わせて『爆撃』を行っているらしいが、それはつまり、少しでもペースを落とせば爆発に巻き込まれるということだ。

そして防御が意味を成さない以上、巻き込まれれば死ぬしかない。

端的なその事実を自覚した瞬間、フェルクの心拍数が急激に跳ね上がった。

釣られて呼吸が乱れ、次第に足も重くなる。

しかし決して速度を落とすことなどできない。

フェルクは歯を食いしばって懸命に足を動かすが、着弾音が少しずつ近付いているような気がして頬が引《ひ》き攣《つ》るのを自覚した。

「ひやぁ⁉　い、今、何かが！　何かの破片が頬を掠《かす》めて……！」

「喚《わめ》くな黙れ呼吸が荒れる！　足が鈍れば死ぬしかないんだぞ！　黙って走れぇ――！」

仲間たちが悲痛な叫びを上げる。だがどうしようもない。走り続けねば死が待つのみだ。

やがて五周目に入るも爆撃は止まない。

既に十発以上放っているはずなのに魔力切れの気配すらなかった。

しかも気のせいだと思いたいが一発ごとに威力が増している気がする。

六周目に入り、爆発痕の半径が微妙に大きくなっているさまを見て、それが自分の気のせいではないことをフェルクは知った。

もはや悲鳴を上げる余裕すらない。ただただ必死に足を動かすのみだ。

爆撃による小クレーターを避けながら一周ごとに足場が悪くなる練兵場を駆け続け、穴に躓《つまず》きかけた仲間の手を引っ張り無理矢理立たせてひた走る。

そして十周を走り切るなり、戦士団の面々はバタバタと地面に倒れ伏した。

後続者は倒れている仲間の身体に躓き、転がり込む形でゴールインを果たしていく。

フェルクは身体に残された最後の力を振り絞り、倒れた仲間の身体を引きずってゴール真ん中の道を開けた。

最後尾を走る小人《ハーフリング》の女性が、爆風に背を押されながらゴールに飛び込んでくる。

「ひゅーっ、ひゅーっ、ひゅーっ……――」

そうして、掠れた吐息と咳《せ》き込む声だけが周囲に満ちた。

軽く見渡すだけでも死屍累々《ししるいるい》の有様である。

最後の力を使い果たしたフェルクもまた、その場に崩れ落ちて屍《しかばね》の仲間入りを果たした。

『うむ。これで定刻通り走り込みは終了である。では三分間の休憩の後、訓練を受ける為の体力づくりへと移る』

教官は平然とした口調で告げた。これだけの惨状を目《ま》の当《あ》たりにしても、教官の声色に一切《いっさい》の乱れはない。

対するフェルクは聞き間違いであってほしいという祈りを籠《こ》めながら、戦士長としての矜持《きょうじ》を奮い立たせて教官に質問する。

「あの……教官、殿……」

『む？　どうした。体力回復に努めねば後が辛《つら》いぞ』

「今しがた……訓練を受ける為の、体力づくりに、移ると……おっしゃったような、気が、したのですが……」

息も絶え絶えながらどうにか疑念を口にすると、教官は生真面目《きまじめ》な表情のまま首肯《しゅこう》した。

『その通りだ。諸君らには訓練を受ける為の耐久力《VIT》が不足している故、まずは体力づくりに励んでもらう予定である。耐久力《VIT》がFランク以下では事故死が心配なのでな』

いまいち要領を得ない回答だったが、訓練とやらは始まってすらいなかったらしい。

体力や耐久力が根本的に足りていないと指摘されているようだが、こうして情けない姿を晒している以上、反論などできはしないしする気もない。

だがしかし、今ここで問題にすべきは他の点である。

訓練にあたり耐久力や体力が不足していることは分かった。これから『訓練を受ける為の体力づくり』とやらを行うことも理解した。しかし、ならば、今しがた自分たちが死ぬ思いで成し遂げた走り込みはいったいなんだったのか――？

フェルクはできる限り丁寧な口調を心がけ、恐る恐る教官に問う。

『本格的な鍛錬に移る前の準備運動だ。事前に身体をほぐしておかねば余計な怪我《けが》を負いかねんからな。主上に諸君らの身を託された以上、そのような『事故』の類いは全力で排除する所存である』

――私は今日、死ぬかもしれない。

教官の回答を耳にしたフェルクは、ここが自分たちにとっての死地であることを自覚した。

3.

そして太陽が僅《わず》かに傾き始めた頃。

教官ことバランはウムと首肯し、練兵場に向けて終了の意を発した。

「――これにて本日分の基礎鍛錬は終了である。ご苦労だった」

教官のその言葉を耳にするなり、ラテストウッド戦士団の面々は力なく地面に倒れ伏した。

もはや返事をする気力もない。正しく精根尽き果てた状態だ。フェルクですらガクガクと震える膝《ひざ》に手を付き、なんとか二本の足で立っているような有様である。

なにせ最初の走り込みといい、ここまで課せられた鍛錬の内容は決して達成不可能な代物ではなかったが、その全てに『演出』が組み込まれていたのだ。実戦以上の緊張感を持って鍛錬に励むことができたものの、心身の消耗具合は尋常なものではない。

「このまま本日の総仕上げとして実戦演習を行う……と言いたいところだが、些か疲労がたまりすぎているようだな。――ヘイズル、例のものを頼む」

「畏《かしこ》まりました」

教官がパンパンと手を叩けば、どこからともなく数十人もの女性の集団が現れた。

皆が皆、お揃いの侍女服に身を包んでいる。

そのうちの一人が前に一歩進み出て、フェルクと視線を合わせた後に品よく一礼した。

「館の副管理人と侍女を兼任しております、第三軍団所属のヘイズルと申します。ご滞在中は私《わたくし》どもが皆様のお世話をさせていただきますので、どうぞよしなに」

頭部に山羊に似た角を生やした女性――ヘイズルと呼ばれた侍女は、優しげな顔立ちに柔らかな微笑みを浮かべて言った。

対するフェルクもまた、息も絶え絶えながらなんとか自己紹介を行う。

そしてずらりと居並ぶ侍女たちは、ヘイズルの指示を受けるなり地に伏す戦士団の面々に酒杯を渡して回った。フェルクは戦士長であるという身分を考慮されてか、侍女頭らしきヘイズルから直接酒杯を渡される。

「これは……?」

「当館自慢の蜜酒にございます。あまり量が作れず保存も利《き》かないので一人あたり一杯だけですが、味は私《わたくし》が保証させていただきます。どうぞ召し上がってください」

やはり酒か、とフェルクは酒杯を見つめる。

しかし、自分たちは未《いま》だ訓練を……いや、訓練を受けられるようになる為の体力づくりをしている最中だ。まだ実戦演習とやらが残されている。そんな中、アルコールを口にするのはまずいのではないかという思いがあった。

「酒精は弱めてありますのでご心配なく。また、この蜜酒には疲労回復や諸々の効果が含まれております故、館をご利用になられた訓練兵の皆様には必ずお出ししております。さ、グッとお呑みになってください」

重ねて勧められてしまった。

これを断るのは無礼にあたるかと判断したフェルクは、念の為に伺《うかが》いを立てるように教官を見て、彼がコクリと頷いたのを確認した後に酒杯に口をつける。

——瞬間、途方もない幸福感に包まれた。

なんだこれは、とフェルクは思う。

喉《のど》に流し込んだ途端、否、酒に舌が触れた瞬間、身体中の細胞という細胞が歓喜に沸き返った。

まるで神の雫《しずく》を口にしたのではないかと真剣に疑うほどの芳醇《ほうじゅん》な味わい。

これが酒だというのなら今まで自分が口にしてきたものはいったいなんだったのか。

議論の余地なく、これまでに呑んだどの酒よりも素晴らしい逸品《いっぴん》である。

「ご満足いただけたようで何よりです」

フェルクの顔色から全てを読み取ったヘイズルが微笑んだ。

なるほど確かに、これほどの逸品ならば自慢の品と紹介するのも道理である。

フェルクは心地よい敗北感に浸りつつ、酒杯に残った蜜酒を丹念に味わいながら喉に迎え入れていく。

名残惜《なごり》しみつつ蜜酒を飲み干すと、いつの間にか自分がしっかりとした足取りで直立していることに気付いた。驚いたことに疲労感が消え失せている。先ほどまでは一歩も動けない状態だったにも拘らず、今すぐ走り出したいという衝動に駆られている程だ。疲労回復や諸々の効果とやらが十全に効果を発揮した結果がこれか、とフェルクは驚嘆する。

諸々の効果という点が多少気になるが、天にも昇る幸福感を経験した今では些細なことと思えてしまう。

「うむ。どうやら十分に活力を取り戻したようだな。それでは本日の締めくくりといこう」

全員が蜜酒を飲み干したのを確認した後、教官は話を切り出した。

「――吾輩が諸君らの事前情報を得た際、諸君ら戦士団に大きく欠けているものが存在することに気付いた。それは『勝利の経験』だ」

教官は腕を組んだままピシャリと言い切り、言葉を続ける。

「敵《かな》わぬまでも、長年魔獣の脅威から国を護り続けたその手腕と覚悟や見事。されどそれらは拠点防衛を第一とした防御戦であり、相手を退ければよしとされる類いのものだ。つまるところ敵の撃破に至った絶対数がそもそも少なく、諸君らには『勝利』が欠けていると結論した次第である」

教官の語った内容に誤りはない。

確かに自分たち戦士団は魔獣の脅威から都市や集落を護り続けてきたが、必ず敵を仕留め続けてきたわけではないのだ。

時には手傷を負わせて追い返し、時には都市や集落以外の方角へ我が身を盾に誘導し、防衛対象から脅威を遠ざける方針のもとに防衛戦を続けてきた。

勿論トドメを刺して勝利を得るに越したことはないが、それが容易に叶《かな》わない魔獣が多かったのも事実である。

「それはいけない。極《きわ》めてよろしくない。勝利を知らぬということはそれ即《すなわ》ち、勝利に至る為の理法に疎《うと》いということだ。故に我が国での滞在期間中、諸君らには一つでも多くの勝利を得てもらう。模擬戦という形式ではあるが、勝利という成功体験を重ねることでレベルアップを図り、同時に勝利に至る為の術理を身に付けてもらおうというわけだ」

気力と体力を回復させた戦士団の面々は、いずれも真剣な眼差《まなざ》しで教官の言葉を聞いていた。

ここまでの話を聞く限り、教官の語る内容には道理があるように思える。

蜜酒で精神が――少々異様なまでに――高揚していることもあり、彼らは一様にやる気に満ちた表情を浮かべていた。

「模擬戦の相手は既に見繕っておいた。一日の鍛錬の仕上げとして、諸君らには毎日彼との戦闘を重ねてもらうことになる。――出てこい」

教官の呼びかけに応じて姿を見せたのは、鉄靴と革の鎧、それに鉄兜を身に着けた兵士の姿だ。

ただし体格は小柄で、フェルクの半分程度の背丈しかない。それがガシャガシャと音を鳴らして駆けてくる様は、まるで不格好なブリキの人形のようだった。

到着したその兵士は兜を脱いで脇《わき》に抱え、教官に一礼する。

ぎくしゃくとした一連の動作は明らかに付け焼き刃のそれではあったが、彼は練習した通りに上官への礼儀を示してみせた。

教官がうむと頷く傍《かたわ》ら、戦士団の面々は兵士の素顔を直視し、多少の驚きを得る。

兜を脱いだ兵士の種族がゴブリンだったからだ。

彼らの常識として知っているゴブリンは三種類ほどいるが、その中でも荒野に棲むゴブリン種に似ている。ゴブリンの中で最も矮小《わいしょう》とされる種だ。

「彼が諸君らの模擬戦相手を務める『ゴブ次郎』だ。先の戦争において、兵士長を含む四つの首級をあげた兵士でもある。諸君らを侮《あなど》っているわけではないが、まあ手頃《てごろ》な相手と言えるだろう。

——さて、挨拶をしたまえ、ゴブ次郎」

「オレ、ゴブ次郎。ゴブ太郎血統ノ、末裔《まつえい》。王様カら、名前モらッタごぶりん。精一杯、頑張ル。ドぞヨロしク」

がしゃり、と鎧の音を鳴らしてゴブ次郎は頭を下げた。

対する一団もそれぞれの流儀で礼を返すと、教官は「それでは早速始めるか」と準備を促す。

治癒士などの後方支援者を除いた戦闘員で班分けをするようにと指示されたフェルクは、手早く数人のリーダーを選出し、戦力が平均的になるように班員を選べと言いつけた。フェルクもまた、第一班のリーダーとして四十人程度の班員を確保する。

そうして班分けを行った後、教官に呼ばれた第一班が練兵場中央に設置されている舞台に上がった。対面には既に準備を済ませていた兵士――ゴブ太郎血統の末裔にしてヘリアンから直々に名を与えられたゴブ次郎が、模擬戦用の武器をブンブンと振って待っている。

第一班は試合に臨むにあたり「先鋒は誰《だれ》にするか」と相談を始めようとしたが、それに先んじて拡声器を手にした教官が声を張り上げた。

『では、これより模擬戦を開始する。時間無制限。勝敗はどちらかの勢力が戦闘続行不可能になった時点で決着とする』

「勢力……とおっしゃるのは？」

『言葉の通りだ。諸君らとゴブ次郎、どちらか一方が戦えなくなるまで戦闘を続けるということである』

どうやら一対一を繰り返す勝ち抜き戦ではなく、一対多で模擬戦を行うらしい。

その指示を屈辱だとは思わない。ゴブリンとはいえ、相手が自分たちより遥《はる》か格上であろうことは容易に想像がついたからだ。それを考慮した上で、誰をどの順番でぶつけて相手の消耗を誘おうかとフェルクたちは考えていたのだが、アテが外れてしまった。

しかし、いくらなんでもこの人数差で勝負になるのだろうかと誰もが思った。

最初の数人から十数人は返《かえ》り討《う》ちにあうかもしれないが、それでも数の暴力を頼りに襲いかかれば圧倒できるはずだ。

勝利を得る為の模擬戦とは聞いたが、このような形で勝利を得たところで有用な経験に――何かの糧になるのだろうか？

そんな疑問を抱く一団だったが、教官は構うことなく試合の準備を進めさせた。

両軍の開始位置が定まり、それぞれが武器を構え、魔術を修めている何名かが詠唱準備に入る。

徐々に高まる緊張感が一定値を超えたところで、教官は号令を下した。

『両軍構え！　ゴブ次郎対ラテストウッド戦士団第一班――死合開始である！』

咆哮《ほうこう》のような声と共に、戦いの火蓋《ひぶた》が切って落とされた。

教官の口にした言葉のニュアンスが少しばかり気にかかったフェルクだったが、一度戦闘が始まった以上は余計なことを考えている暇はない。疑問を思考の隅に追いやり、ゴブ次郎に向かって駆け出した。腰のホルダーから投げナイフを引き抜き、握り込んだ右手の指に挟むようにして三振りを確保する。

そしてある程度間合いを詰めるなり、頭上に掲げた右手を振り下ろす動きで投げ放った。そのまま流れる動きで腰の短杖《たんじょう》を引き抜き、風の刃を射出する攻撃魔術『放つ風刃《フェルジア》』の詠唱に入る。

（さあ、どちらへ避ける……⁉）

背後では仲間たちが弓を引き絞り、杖に魔力を籠めている。

投げナイフを避けようとした敵が、左右どちらかに動いたところをすかさず仕留める態勢だ。

可能性は低いものの上下の動きで避けようとした場合には、フェルクの『放つ風刃《フェルジア》』で確実に追撃し、あわよくばそのまま一気に突き崩そうという保険もかけている。

牽制《けんせい》射を避けた瞬間を狙《ねら》って本命の攻撃を放つというこの連携攻撃は、ラテストウッド戦士団が魔獣を退ける為に鍛えた戦術の一つであり、同時に最も多用されてきた信頼性の高い攻撃方法だった。

しかし結論から言うと、ゴブ次郎は上下左右いずれにも回避しなかった。

また、投げナイフを鎧で防御したわけでも、まともに喰らったわけでもない。

彼はただ、飛んできた投げナイフに対して得物《ロングソード》によるフルスイングを敢行し、投擲者《フェルク》に向けて真正面から打ち返したのだ。

（なっ――――⁉︎）

放ったナイフが凄《すさ》まじい速度で戻ってくる。

しかも奇跡的に刃がこちらを向いていた。

咄嗟《とっさ》の判断で詠唱を中止したフェルクは、身を沈めることによってその弾丸ライナーを回避する。

屈《かが》んだ瞬間に頭上を通り過ぎていったナイフは、髪の毛先を切断しながら後方に消えていった。

背中側で仲間の悲鳴が上がったが構っている暇はない。

フェルクはすかさず顔を上げてゴブ次郎の動きを注視しようとして、しかしそこに居たはずの敵の姿がないことに気付いた。

どこに消えた、と素早く左右に視線を巡らせるも、その姿は見えない。

「ぐあぁ⁉︎」

背後で再び生じる悲鳴。

流れ矢《ナイフ》に驚いたものとは明らかに異なる苦悶《くもん》の声。

フェルクが咄嗟の動きで振り返れば、そこには天高く宙を舞う仲間たちの姿があった。

「…………は？」

仲間が、宙を、飛んでいた。

その異様な光景に一瞬呆気に取られたが、自分に向けて降《ふ》り注《そそ》いでくる仲間の群れを見てフェルクは我に返った。

一人目は辛《から》くも受け止めたが二人目以降は無理だ。受け止めた仲間をなんとか立たせた後、フェルクは落下地点から急いで離れる。高所から落下したことによる肉を打つ鈍い音が耳に届いた。

手を差し伸べたい衝動に駆られたが構っていられない。敵の姿を見失ったままだからだ。いったいどこへ、と思考したその矢先、再び別の仲間の悲鳴が上がる。フェルクはすかさず声の発信源に視線を走らせて敵の姿を捉え——次の瞬間、瞳《ひとみ》を驚愕《きょうがく》に見開いた。

——ゴブ次郎が暴れていた。

左手に持つ盾と、右手に握ったロングソードの腹を使い、最も人数が密集している中心地へと突撃しては戦士団の面々を打ち上げていく。

ロングソードの刃は模擬戦用に潰されているものの、鋼の塊であることになんら変わりはない。彼らの知るゴブリンとは一線を画する膂力《りょりょく》によって振るわれた鈍器が、ラテストウッドの戦士たちをボールのように天高く舞い上がらせる。

「よ、避けろ！　防御しても無駄だ、とにかく距離を取れ！」

「くそ、射線が通らない！　頼むから皆離れてくれ！　これじゃ何もできない！」

「固まっていてはただの的だ！　散開しろ、早く――!!」

怒号まじりの声が飛び交う。戦場が一瞬にして大混乱に陥った。統制の取れた連携技などもはや叶うはずもない。為《な》す術もなく仲間が打ちのめされていく。

そして敵の魔の手はフェルクにも及《およ》んだ。

ゴブ次郎は集団の中心から一時的に抜け出るなり、一息に彼の懐《ふところ》に飛び込む。

ただでさえ思考がかき乱されていたところへ簡単に間合いを詰められ、一瞬身体が硬直した。

流れるような動きで繰り出されたアッパースイングが、フェルクの顎《あご》を直撃する。

「ご……、ぁ……！」

一瞬で目の前が真っ暗になった。

そして途絶した意識が復帰するなり、透き通るような蒼穹《そうきゅう》が視界に飛び込んでくる。

次いで奇妙な浮遊感が訪れた。

自分が他の仲間たちと同様に宙を舞っているのだと自覚した次の瞬間、フェルクの身体は舞台の端へ無防備に叩きつけられる。

「……、……っ！」

全身を襲う激痛に悲鳴すらあげられない。

ただ掠れたような声が喉から漏れただけだった。

咳き込むと同時、空気以外に粘着質な液体が吐き出される。

赤くべっとりと濡《ぬ》れるそれを見て、臓腑《ぞうふ》に甚大《じんだい》な損傷を負ったらしいことをフェルクは自覚した。

「……！　――、――！」

どうやら治癒士たちが待機しているすぐ近くに落下したらしい。白濁し始めた視界の中で、幼馴染《おさななじみ》である小人《ハーフリング》の治癒士が必死に何事かを叫んでいた。彼女の悲壮な表情と自身の血で染まった地面を見て、己が致命傷を得た事実をフェルクは悟る。

そうして意識が遠のく。視界が白に染まっていく。呼吸は既に止まっていた。やがて同胞の声すら聞こえなくなり、彼はその瞳を静かに閉じようとして――

「《癒やしの光《ヒール》》」

瀕死の身体に柔らかな光が降り注いだ。

途端に聴覚と視覚が復帰し、冷水を浴びたように意識が明瞭になる。

傍らには翳《かざ》した両手に残光を纏わせる、見慣れぬ魔術師の姿。

がばりと身を起こしたフェルクは、快癒した己の身体を見下ろして愕然《がくぜん》とした。

今までも幾度となく治癒術を施されてきたが、瞬時にこれほど劇的な変化が生じたことはない。

「こ、これは……」

「無理を言って第三軍団から借り受けた専門家による治癒魔術である。完全に回復したはずだが、身体に違和感はあるか？　痛みや動かしづらい箇所などは？」

問われ、フェルクは恐る恐る潰れたはずの腹を撫《な》でたが、筋肉質な感触が返るだけで痛みらしきものは感じられなかった。

手足を動かしても何の違和感もない。教官の言うように、完全に回復し終えていた。

「……いえ、ありません。信じられませんが、完全に治っているようです……」

「そうか。――では、往《ゆ》くといい」

教官はビッと指を差して言った。

真《ま》っ直《す》ぐに伸びた指先には、集団の中心地で暴れ続けているゴブ次郎の姿がある。

まさか、という感情に後押しされたフェルクは教官の顔を凝視した。

「言ったであろう？　これは勝利を得る為の模擬戦である。勝つ術を知らぬうちは蹂躙《じゅうりん》され続けるだろうが、こうして完全なバックアップ体制を敷いているが故、何度でも挑戦することが可能だ。勝利を得られるまで幾度なりとも挑むといい」

平然と告げられた教官の言葉にフェルクは青褪める。

敵との実力差は今しがた思い知った。辛うじて目で追えたものの、喰《く》らった攻撃は見えていても避けられるものではなかった。もう一度挑んだところで返り討ちにあうことは目に見えている。相打ち覚悟ならばダメージを与えられるだろうが、その結果、自分は再び死の淵を彷徨《さまよ》うに違いない。

だが、舞台の周囲には何人もの術者らしき姿が待機していた。次から次へと量産される半死人を手早く回復している光景が目に映る。

たとえ自分がもう一度、否、幾度となく死にかけようが、彼ら彼女らの手によって瞬時に治療されるに違いない。そしてその度にあの化物に挑みかかり、再び治療されるというサイクルを延々と繰り返すのだ。――恐らくはあの化物に勝利する、その瞬間まで。

「…………………」

フェルクは一縷《いちる》の望みをかけて教官を仰《あお》ぎ見る。

しかし、教官の表情に変化はない。

強いて言うとするならば「回復済みなのに何故復帰しないのか」という疑問の色が僅かに窺えるだけだ。

「う……うおあああぁァァ――――!!」

救いはないと悟った彼は、戦士長としての責任感か、一人の男としての意地か、はたまた死を前にした生物としての本能か、とにかくそういう類いのナニカに背を押され、やけくそじみた叫び声を上げながら突撃した。

＋　＋　＋

「ああ……やってますね、バラン……」

ラテストウッドの戦士が舞い散る中、練兵場に姿を現したのは第三軍団長のエルティナだ。

ヘリアンが作った計画書を基に内政全般を任されていた彼女は、僅かな休憩時間を捻出《ねんしゅつ》して訓練の様子を見に来ていた。

しかしその足取りはどことなく怪しく、声にも張りがない。

「エルティナか。……どうしたのだその表情は。まるで幽鬼のようだぞ」

「ええ……少々疲れていまして……。定期的に治癒は施しているのですが、さすがに誤魔化《ごまか》しきれなくなってきました……」

「む。お前の治癒魔術でも癒やしきれぬのか」

「治癒魔術も万能ではありませんからね……。怪我や病気の類いならいざ知らず、活力を補うとなると限界があるのです。こんな時、セレスがいればいいのですが……」

バランは後半部分の台詞を聞かなかったことにした。

栄えある〝始まりの三体〟同士であり一五〇年来の付き合いとはいえ、深く知らずともよい一面というものはあるだろう。バランは、カミーラを正座させた彼女の自説を耳にして以来、エルティナのそういうところには触れるべきではないという結論を下していた。

なお、エルティナは第四軍団長の名を口にしたが、別に彼女でなければいけない制約はない。ただ単に、身近な人の中ではセレス《セレス》が最もそういう表情を見せてくれやすいというだけの話である。

「エルティナ様、よろしければこちらを」

「……あら、ヘイズル。お久しぶりですね……。元気そうでなによりです……」

エルティナはヘイズルから酒杯を受け取り、コクコクと蜜酒を呑んでいく。

ヘイズルが生成するその蜜酒には、一定値まで活力を回復させる効果があった。回復量は絶対値計算な為、高レベルの魔物には相対的に効果が薄くなりがちなのだが、この館と練兵場内でしか服用できないという制約も相まってそれなり以上の数値を誇っている。それこそ、レベル一〇〇以下の魔物ならほぼ全回復させることが可能な程だ。

やがて蜜酒を呑み干したエルティナは、ほぅ、と満足げな吐息を漏らした。心なしか僅かに身体が楽になった気がする。手鏡を取り出して自分の顔色を確認すれば、ここに来る前よりも幾分かマシな状態になっていた。

鏡の中の表情が自然な笑みを象《かたど》る。称号にも使われている黄金髪だけは色艶を死守していたものの、徹夜続きの日々で目の下に隈が浮かび始めていたのだった。それが綺麗サッパリ消えていることを確認し、エルティナは笑顔のまま酒杯を返す。

「——ありがとうございます、ヘイズル。とても美味《おい》しかったです。ここでしか呑めないのが本当に残念ですね」

「光栄です、エルティナ様。製法が製法だけに大量には作れませんが、お疲れの際には当館をお訪ねください。エルティナ様の分は確保しておきますので」

ニコリと微笑むヘイズルに対し、エルティナもまた心からの笑みで応じた。「貴女も無理をなさらぬように」と告げれば、ヘイズルは微笑みを深くして粛々《しゅくしゅく》と館へ戻っていく。

「さてバラン。戦士団の皆さんの様子はいかがですか?」

「まだ初日である故、評価は差し控えたいというのが本音である。だが伸びしろは非常に大きい。歯車が嚙《か》み合《あ》いさえすれば、ある程度の力量《レベル》まで一気に引き上げることも可能だろう。……少々懸念点がないわけではないが」

「と、いうと?」

バランにしては歯切れの悪い口ぶりに、エルティナは小首を傾げる。

「膂力や耐久力《STR VIT》については推し量れる。魔物と同様にランク付けすることも可能である。しかしその一方、レベルに関してはどうにも不明瞭なのだ。まだまだ未熟であり伸びしろがあることはハッキリと分かるのだが、数値化ができぬ」

「あら。貴方《あなた》の観察眼でも見抜けないというのは珍しいですね」

「魔物と人類の違いの一つなのやもしれんが、奇妙な感覚である。とはいえ実害はない。少なくとも、訓練課程において支障をきたすほどの問題ではないな」

「なるほど。それで、今は模擬戦を？」

「うむ。借り受けた治癒士らのおかげで効率よく戦闘経験を得られている。幾度となく挑み続けることができるというのは大きな利点だ。彼女らとお主には感謝している。……しかし、この調子では日が暮れるな。明日からはペースアップを図らねば」

ぶつぶつと呟くバランの隣で、エルティナはしばしその訓練光景を見守る。

ラテストウッド戦士団の面々は、バランの言うように幾度となく敵兵《ゴブリン》に戦いを挑み、その度に返り討ちになり重傷を負っていた。しかしながら相打ち覚悟で敵兵にダメージを与え、自身は第三軍団魔下《きか》の治癒士の手によって回復されるなり戦線に復帰していく。

もし仮にヘリアンがここに居たならば『ゾンビアタック』という俗語を思い浮かべていたことだろう。

挑みかかる戦士らの表情が窮鼠《きゅうそ》や死兵の類いに見えてしまったエルティナは、恐る恐る傍らの同僚の顔を見た。

「………あの、バラン？　これは一種の拷問ではありませんか？」

戦士の訓練については門外漢であるものの、凄惨《せいさん》な光景を目の当たりにしたエルティナはそう問わずにはいられなかった。

しかし騎士団長にして教官役を務めるバランは、真剣な表情で首を横に振る。

「否、断じて否である、エルティナ。彼らは志願兵であり戦士だ。国を護る為に武器を取り、戦う力を求めてここに来たのだ。ならばこの程度の『頑張ればできる』鍛錬を乗り越えられぬ道理はない。現に脱落者は一人も出ていないであろう？」

ここで訓練中止を願い出ようものなら、どんな目に遭わせられるか分からない。

そういった恐怖がラテストウッド戦士団の背を押していたりしたのだが、幸か不幸か教官《バラン》がそれに気付くことはなかった。

「加えて言うなら実際の戦場は過酷である。いざ戦場に身を投じた際、少しでも平常心を保てるようにと鍛錬に工夫を凝らしているが、いずれは鍛錬の強度そのものを段階的に上げるつもりだ。戦場よりもなお過酷な体験を経たならば、大抵の修羅場《しゅらば》は乗り越えられるようになるだろう」

「……そういうものでしょうか？」

「そういうものである」

バランは確信を持って断言する。

対するエルティナは懐疑的な表情を浮かべていたが「専門家《バラン》が言うのならそうなのでしょう」と最終的には納得するに至った。

「ところで、彼女たちがラテストウッドの治癒術使いですか？」

「うむ。魔術を破るのならともかく施すことに関する教育は門外漢故、借り受けた魔術師らに指導協力を仰ぐことにした」

エルティナは舞台の傍《そば》で戦いを見守っているラテストウッドの術者を眺める。

そしておとがいに指を当てた姿で思慮に耽《ふけ》り、ふと思いついたアイデアをバランに伝えた。

「なるほど。……では、最後の模擬戦で負傷した方々についてはそのままにしておいてください。教育実習として、ラテストウッドの皆さんの手で癒《いや》していただきましょう」

「む？　だが負傷の程度はかなりのものだぞ。彼らの腕で癒やしきれるのか？」

「最初は難しいでしょうが、いずれはできるようになってもらいます。幸い負傷者には事欠かないようですし、反復練習を行う機会は十分にあるでしょう」

「……仲間の身体を使って教育実習を行わせるのか？」

バランはしばし考え込んだ。

確かに反復練習は上達に必要な行為だとは思う。技術《スキル》は使い込むことで精度や効力を増していくものだからだ。

しかし、仲間の身体を使って、というのは如何なものだろうかとバランは疑問を抱く。模擬戦での負傷は、いわゆる致命傷に近いものが多い。そして致命傷である以上、治癒士が対処をしくじれば被験者はそのまま死に至るのだ。

（万が一の時の備えもしてはいるが……）

バランは先の戦争における一番槍の功績として、訓練中に『事故死』が発生した場合に王の御力で『対処』をしていただく、という取り決めを王《ヘリアン》と交わしている。しかしラテストウッドの戦士たちは王の力を知らない。彼らにとって『死』は決して覆《くつがえ》せないものだ。

つまりエルティナの告げた提案とは『一つ対処を間違えば仲間を死なせてしまうというプレッシャーに晒されつつ』『瀕死の仲間を対象に治癒魔術の教育実習を行い』『しかも一定水準の力量に至るまで幾度となくそれを繰り返す』という構図になる。

バランはその絵面を想像し、真剣な表情で傍らの同僚を窺った。

「…………エルティナよ。それは一種の拷問ではなかろうか？」

治癒士の教育について専門外ではあるものの、さすがのバランもそう問わずにはいられなかった。

しかしエルティナは、真摯《しんし》な表情でバランに向き直る。

「いいえ。いいえバラン、それは違います。彼女らは先の戦争にて、仲間の生命を喪う悔しさを、苦しみを、そしてなにより自身の力が足りないが為の絶望を思い知ったはずです。だからこそ、彼女らは二度とそのような想《おも》いを得てはならぬと、そのような祈りを抱いてこの地を訪れたのです。ならばわたくしたちは彼女らの祈りに、願いに応えなければなりません。一月余りという短い期間ではありますが、その中で少しでも多くの術理を心身に刻んで帰ってもらうことこそが、彼女らの願いに応えるというものでしょう」

エルティナは、生と死の両方を知る聖女の眼差しで断言する。

そこに一切の迷いは無い。

彼女の双眸《そうぼう》に壮絶な覚悟を垣間見《かいまみ》たバランは、気圧《けお》されたように僅かに身を引いた。

「それに戦場とは過酷なものです。親しい友人や愛すべき家族が、直視を躊躇《ためら》うほど惨《むご》い傷を負うこともあるでしょう。数多《あまた》の火線が飛び交う中、最前線に飛び込む必要に迫られることもあるでしょう。そのような場面でも心乱されず冷静に治療を施せるよう、訓練の段階で凄惨《せいさん》な状況に慣れておく必要があります。何事も反復練習が大事ですから」

「……そういうものなのか？」

「そういうものです」

エルティナは確信を持って断言する。

対するバランは懐疑的な表情を浮かべていたものの「専門家《エルティナ》が言うのならそうなのだろう」と最終的には納得するに至った。

その会話を傍らで聞いていた戦士団の治癒士は涙目で首を横に振っていたのだが、真剣に話し合う二人がそれに気付くことはなかった。

「ところで。ラテストウッドといえば、第七軍団長《ロビン》はどうしているのでしょうか」

「聞く限りでは大方の予想通りだが、大きな問題は起きていない。……相変わらずな様子ではあるものの、辛うじて許容範囲である」

「まあ……。わたくしの耳にはまだ何も入ってきていませんが、現地の皆さんが少々心配ですね」

「こういう言い方は好まぬが、必要な犠牲である。例の計画が発動するまでの間、現地の民には耐え忍んでもらう他なかろう」

〝始まりの三体〟である二人は、同じ光景を想像したのか揃って溜息《ためいき》を吐いた。

第七軍団長の性格をよく知る者なら、この二人でなくても同じ反応をしたことだろう。

バランは眉間に皺を刻んだ渋い表情を作り、エルティナは限りなく苦笑に近い微笑を浮かべ、ラテストウッドの現地民に思いを馳《は》せる。

戦士団の最終班がゴブ次郎を撃破したのは、それから四時間後のことだった。

4.

「ん。これがバランからの報告書か」

境界都市シールズの北側、十字架部分の最上部に位置する迷宮区の一角。未だ改装中の家屋の一室にて、ヘリアンは次の書類に手を伸ばした。

新たな自室は、六畳一間の部屋で暮らしていた三崎司にとっては少々広すぎて落ち着かないが、宿屋と違ってプライベートが保たれているというのは大きい。

さすがに居城の寝室ほどの絶対的安心感はないものの、曲がりなりにも主人《ヘリアン》の個室だ。ノックも無しに入ってくる無法者はいない。その為、ヘリアンは久々に演技を気にすることなく、素の状態で過ごすことができていた。

「本国の治安については一切問題なし、と。それでこっちが……ラテストウッド戦士団の訓練課程

について か」

リラックス状態のヘリアンが手にしているのは、教官役に任命したバランからの報告書だ。ラテストウッドの戦士団に施した訓練内容が要点を絞って書かれている。王の貴重な時間を必要以上に使わせまい、というバランの配慮が垣間見えるようだ。

詳細な訓練内容の報告については、やたらと分厚い添付資料に別途記載されているらしい。だが、目を通さなければいけない報告書は他にも山積みである。要点が纏められた本資料だけで十分だろうと考え、数十枚綴《つづ》りの添付資料を一旦《いったん》脇に置く。

そうして椅子《いす》の背もたれを揺らしつつ、本資料に書かれている文章を読み上げた。

「えぇと……まずは準備運動としての走り込みを行い、然《しか》る後に訓練に耐えうる耐久力《VIT》を獲得すべく基礎鍛錬を実施。また随所には一定基準の緊張感を維持する為の工夫を凝らしつつ、実体験を通した教育課程にて必要な知識を学ばせる。一日の締めくくりとして一般兵を相手にした乱取り稽古を行い、日が暮れぬうちにその日の鍛錬を終えることを目標とする……ふむふむ」

なんというか、思ったよりまともな内容だった。密かに戦々恐々とした思いを抱いていたのだが、拍子抜けと言っていいほど常識的な訓練メニューである。

ちなみに何故戦々恐々としていたかというと、ゲーム時代で行ってきた『訓練』の内容が内容だったからだ。

ゲーム「タクティクス・クロニクル」では、国の規模に応じた一定レベルまでは実戦を行わなくても訓練を通してレベル上げをすることができる。そして〈配下蘇生《フレンドリーリバイヴ》〉の使用を前提にした、通称

『剪定方式』と呼ばれる訓練方法が最も効率的な速成手段とされていたのだが、剪定という文字が示す通り、その内容は現実に置き換えればただの惨事である。

また一歩間違えれば【忠誠心】が大きく減衰する為、アルキマイラではなるべく使わないようにしていた訓練方法でもある。しかし幸か不幸か、鬼教官として知られる第二軍団長バランはあらゆる訓練方法を修めており、『剪定方式』についても熟知していたりした。

だからこそヘリアンは、くれぐれも慎重に、丁寧で優しく、安全第一の精神で訓練を行うようにとバランに厳しく言い含めていたのだった。

しかし――

「むぅ……」

報告書を手にしたヘリアンは思わず唸《うな》る。

確かに安全第一の精神で訓練メニューは組まれていた。

不要な怪我をしないよう、準備運動をしてから基礎鍛錬に臨むのは良いことだ。

緊張感を維持する為の工夫を凝らしていると書かれているが、要はモチベーションの維持にも気を使っているということだろう。

実体験を通した教育課程とやらもそうだが、同じ練習ばかりしていては飽きるだろうという気配りが見受けられる。

また日が落ちる前に訓練を終えようという姿勢も十分に評価できた。

しかしながら、この訓練メニューを一言で評価してしまうとするのなら――

「……部活の基礎練？」

としか思えないのである。

安全面には十二分に配慮されているようだが、果たしてこの程度の訓練でいいのだろうかという疑問が生じていた。

何故なら、彼らラテストウッド戦士団は自衛能力を身に付けたいと教練を願ってきたのだ。訓練期間中はお客様ではなく訓練兵として扱うという旨を伝えた際にも、レイファは当然だと同意していた。彼女の隣に立っていた新戦士長の青年についても同様である。

そんな彼らに、この安全第一訓練を受けてもらい怪我一つなく帰っていただくというのは、彼らの覚悟に対する侮辱《ぶじょく》ではないだろうか。戦士としての矜持《きょうじ》を踏みにじる結果にならないだろうか。

ヘリアンの心中にはそういう不安が渦巻いていた。

「うーむ……」

魔物《アルキマイラ》流の厳しさを押し付けるのは論外だ。

しかし接待じみた訓練でお茶を濁すのもそれはそれで違う気がする。

彼らの戦士としての覚悟を考慮するに、スペッナズやデルタフォース並みのとは言わぬまでも、せめて警察学校の基礎訓練程度の厳しさは必要であるように思えるのだ。

「……だよな。新しい戦士長も覚悟を持って訓練に臨むなんて決意表明してたんだ。だったら、その覚悟に見合うだけのものを返すのが礼儀だ」

そうと決まれば、とヘリアンは仮想窓《ウィンドウ》に投影鍵盤《キーボード》を表示させ、文章を作り始めた。

あまり厳しくしすぎては本末転倒な為、まずは『この訓練メニューをベースにして、もう一、二段階ほど負荷を上げるように』という指針を立てる。

また教官役であるバランの顔も潰さぬよう、安全面に気を使った彼の心意気と性格に配慮しつつ、試行錯誤で文章を組み立てていく。

「……ま、こんなもんかな」

やがて納得のいく文章を作成したヘリアンは、文章会話設定《テキストチャット》にした〈通信仮想窓《チャットウィンドウ》〉を通じて、バランに返信した。

＋　＋　＋

王直々に訓練の采配《さいはい》を任されていた第二軍団長バラン。

その彼は王からの返信を受け取るなり、壮絶なまでの感情の波に襲われた。

感情の名は『怒り』だ。

それも手足を震わせるほどの憤怒《ふんぬ》である。

ただしその向き先は外部ではなく内側。

手足の震えは不甲斐《ふがい》ない己に対する、堪えがたい激情の発露であった。

「吾輩が……吾輩が愚かであった……ッ!!」

王からの返信は労《ねぎら》いの言葉で始まっていた。治安維持や外敵への備えといった通常業務に従事しつつ、教官役の仕事もこなすバランの働きを褒める内容だ。

提出された訓練メニューについても、指示したとおり安全面に配慮した適切な内容であったと記されている。思ってもみなかった温かい言葉を受け取り、バランの胸は充足感で満たされた。

しかしながらその先に続く言葉はこうだ。

『されど、彼らは自国防衛の為に力を求め、異文化甚だしき異郷の地を訪れた勇士の一団である。その覚悟に応え、確かな成果を得て本国に凱旋《がいせん》いただくことが我が国の誠意と考える。然るに、提出した訓練メニューを元に訓練強度を一段階から二段階程度強化し、彼らの戦士としての気概に応えるよう望むもの也』

その文言を読み込んだ瞬間、バランは己の不甲斐なさのあまり不覚にも涙を流すかと思った。

ラテストウッドから訪れてきた彼らは戦士である。

己が未熟であることを知る彼らは、恥を忍んで訓練を受けたいと申し出てきた。

ならばその気概に応えねばならない。力を身に付けて帰ってもらわねばならない。そうした心意気でバランは教官役を務めていたのだった。

だが甘かった。あまりに甘すぎた。自分は知らず知らずのうちに、彼らを格下と見下していたに違いない。だからこんな生温《なまぬる》い訓練メニューを作ってしまったのだ。もっと生と死の境界線《ギリギリのライン》を攻め込むことができたに違いない。

それを他ならぬ王に見抜かれた。

戦士としての気概に応えるには足りぬのだと指摘された。

なんたる恥かとバランは憤慨する。

よりにもよって騎士団長に任じられた己が、戦士としての矜持を王に説かれようなどとは――。

「こうしてはおられぬ‼」

バランは王からの返信を一言一句違えず文書に書き留めると、鍵《かぎ》付きの引き出しへ大切に仕舞い込み、返す刀で訓練メニューを手に取る。

徐々に訓練の強度を上げる方針ではあったが、その基準値と上げ幅を根本的に見直さなければならないだろう。既に訓練開始から相当な日数が経過している。遅れを取り戻す為には多少の無理も必要だ。

今後は鬼教官として振る舞うことを心に決め、バランは彼らの戦士としての気概に応えるべく、真剣な目で訓練メニューを精査し始める。


――こうして、ラテストウッド王国戦士団一同の地獄行き切符に許可印が発行されるのだった。

それから当面の間、城下町の一角にある『とある練兵場』から悲鳴と怒号が絶えることなく響き続けることになる。

そして近隣の住民らはしばらくの間気味悪がっていたものの、第二軍団長が教官を務めて訓練を施していることを知ると「いつものことか」と一様に流すのだった。

幕間

――魔物とは、悪である。

それは今更語るまでもない『常識』だ。子供でも知っている人類の共通認識である。かくいう自分もまたご多分に漏《も》れず、そのように教えられて育った。

魔物という言葉は、魔に属する人類敵の総称だ。ゴブリンやオーガなどの魔種は勿論《もちろん》のこと、魔族領域に棲《す》まう人類の天敵種たる『魔族』、世界各所に生息する獣の似姿をした『魔獣』もまた、広義の意味では魔物と呼称される。

学者の中にはそれぞれ別の呼称を正しく用いるべきだと説く者もいるらしいが、自分にとってはどうでもいいことだ。それら全《すべ》てが等しく脅威である点に何ら変わりはない。人類の敵であり、心の通わぬ怪物であり、凶悪な蛮族であり、恐ろしく忌むべき化物ども。それが魔物である。

――少なくとも、つい先日までは、間違いなくそうだった。

なのにどうしてこうなったのか。今でも理解が追いつかない。

いや、理解が追いつかないなどと呑気《のんき》なことを言っていられる立場ではないのだが、今まで抱いていた常識と目の前にある現実との乖離《かいり》が酷《ひど》すぎて、未《いま》だに戸惑っているのが正直なところだ。

――万魔国アルキマイラ。

――異世界国家を名乗る魔物の国。

――唯一人の例外を除いて、そこに住まう全ての者が魔物とされる、恐るべき魔国。

中にはエルフや獣人などといった人類種も住んでいるらしいが、彼《か》の国の常識としては彼らもまた『魔物』と称される存在だという。

まったく常識とは何なのかと思い知らされる話だ。

このことを安全な都市内でぬくぬくと育った学者どもに聞かせれば、さぞや愉快な反応を見せてくれるに違いない。

「よーし、そこの瓦礫《がれき》片付けたらグリッドE8に移動だ。今日中に城周りは全部済ますぞ」

「あいさー。……ところでこの瓦礫、どこに捨てりゃいいんだっけか」

「捨てるな馬鹿《ばか》。集積所に持っていくんだよ。ウチの職人どもが手ぐすね引いて待ってんだから」

いや、それよりも窓の外に見えるこの光景を見せつけるべきか。

愉快な反応どころか狂乱するかもしれないが、どうせ毒にも薬にもならない論議をぶつけ合うのは大概が人間種の学者だ。乱心しようがどうでもいい。むしろくたばればいいと思う。

だが学者でなくとも、この光景を目にすれば己《おのれ》の正気を疑うことだろう。

なにしろ窓の外で話し合っているのは、家屋よりも大きな巨人と、その肩に乗る小さなコボルトなのだ。

一般的に語られる常識として、魔物は異種族間の繋《つな》がりに乏しい。集団生活を営むことはあっても精々が部族や群れという単位であり、複数種族による洗練された組織を形成することは極《きわ》めて稀《まれ》とされる。だからこそ生命体としての強度に劣る人類が『文明』という名の武器で繁栄を勝ち取ることができたのは、大陸に生きる誰《だれ》もが知るところだ。

にも拘《かかわ》らず、窓の外では愚鈍で凶暴な魔物とされる巨人に対し、人間種よりも小さなコボルトが当然のように指示を出していた。

信じがたいが肩に乗っているコボルトの方が役職が上らしく、巨人の頭をポカリと殴りつけている。

「ああ、それとこの辺りでは周囲に気を使って動け。間違ってもそのデカイ図体を城にぶつけるんじゃないぞ。復興支援に来てるのに建物壊しちゃシャレにならんからな」

「へいへい。了解ですぜ監督官」

巨人はコボルトに急《せ》かされつつ、小城周りの瓦礫や残骸《ざんがい》を摑《つか》んで去っていった。

異種族間の壁を感じさせぬ軽快な会話を交わす彼らは、我が国の復興支援に派遣された同盟国アルキマイラの魔物である。

中でも目を瞠《みは》るのが巨人らの働きだ。

本来ならば機材を用い、十数人がかりで撤去作業に取り組むであろう巨大な残骸を、彼らは指先二つでヒョイと摘《つま》んで持ち去っていく。

小城周りの撤去作業は今朝《けさ》始まったばかりのはずだが、数時間足らずで完了しつつあった。

自分たちラテストウッドの民だけであれば何十日かかっただろうかと考えると、乾いた笑いしか出てこない。

しかも、彼らはその巨体に反して燃費が凄《すさ》まじく良い。

いや、あの巨体のままであれば食事量も相当なはずなのだが、彼らは食事時には人間になるのだ。

改めて考えると不条理にもほどがあるが、どうやら彼《か》の国に住まう国民らは一人残らず、あの王から人化能力を与えられているらしい。その能力を使うことで彼らは人間の似姿を、または完全に人間と同じ姿を取ることができるのだという。これにより、たとえ二〇メートルを超える巨体を持つ巨人だろうが——大食らいではあるものの——人間的な食事量の範疇《はんちゅう》に収まっているというわけだ。

先方からは人員派遣の対価として派遣員らの食事の面倒を見てほしいと言われているが、提供されている労働力を思えばなんてことのない対価である。むしろ負担が軽すぎて怖くなるほどだ。


——恐らく、これは彼《か》の王からの恩情なのだろう。


何か裏があるのでは、などと今更邪推《じゃすい》はしない。

当初こそ『魔物を率いる王』とあって魔王そのものだと誤解し、同胞とは名ばかりの隷属を強いられるものだとばかり思い込んでいたが、その誤解は既に解けている。

なにしろあの王はレイファ様の身柄を固辞したばかりか自治権を譲り渡し、更には癒えぬ傷を得た者たちの全てを目の前で救ってみせたのだ。それも、自らの身を削ってまで。

会談に同席していたアルキマイラ側の幹部らの反応を見るに、恐らくはかなり危険な行為だったのだろう。

ともすれば命の危機すらあったとさえ思えた。

歯を食いしばり、苦悶《くもん》の声を押し殺し、手足を痙攣《けいれん》させながら、それでもなお最後まで立ち続けたあの姿は今も目蓋《まぶた》に焼き付いている。

自分が頭の固いハーフエルフだという自覚はあるが、あのような姿を見せつけられてなお、彼のことを魔王だと思いこむほど盲目でなければ恥知らずでもない。「隷属は求めない。良き隣人であることを望む」という彼の言葉は本物だった。彼《か》の王は本気で、我々《ラテストウッド》と友好的な関係を望んでいるのだ。


——だからこそ、まるで理解できない。


こうして手記をしたためることで情報整理を行えば或《あ》るいは、と試みたものの、やはり駄目だ。

今回の人事に関して、あの王の意向がまるで理解できない。

これまでの常識を捨て、先入観からの思い込みをなくそうと全力で心がけているつもりだが、一欠片《ひとかけら》も理解に至らないのは自分の頭が固すぎるせいか。

しかし他の女官らも戸惑っている様子を見るに、これは自分個人の問題ではないように思う。

——ああ、駄目だ。やはり分からない。全く以《も》って理解できない。

——いったい如何《いか》なる理由から、彼《か》の王はあの、、、、、ような人物を総責任者として派遣し

「——きゃあああああああ!!」


絹を引き裂くような悲鳴。

甲高い悲痛な叫びが小城に満ち、木製の扉を貫通して室内に届く。

『女官長室』という文言が扉に刻まれている部屋の主——ラテストウッド女王レイファの側近である女官長ウェンリは、筆を動かしていた手をピタリと止めた。

しかし、慌てて部屋を飛び出すことはしない。

だからといって唐突な悲鳴に身体を硬直させたわけでもない。

彼女はただ、手記を記していた筆を卓上に置き、頭痛を堪えるようにして頭を抱え込んだのだ。

そうして俯《うつむ》いた姿勢のまま深く深く息を吸い、その全てを吐き出した後、彼女は力ない呟《つぶや》きを零《こぼ》す。

「……始まったか」

声には隠しようもない、疲労の色が混じっていた。

+　+　+

アルキマイラが世界に誇る八大軍団が一つ、第七軍団。

その所属者のうちの一部は今、同盟国ラテストウッドの復興支援の為、アルキマイラ本国からラテストウッドの首都に派遣されていた。

第七軍団は平時において、アルキマイラにおける主要な生産活動を一手に引き受けている軍団だ。鍛冶、木工、彫金、裁縫、革細工、その他生産に関連するあらゆる分野の職人が集い、日々その技術の研鑽《けんさん》に励むと共に第二次産業の礎《いしずえ》を担っている。

第七軍団には各分野を代表する第一人者が集結しているというわけだ。他軍団が職人を抱えていないわけではないが、隔絶した技術力を有しており、他軍団はおろか［ワールド№Ⅲ］の列強諸国と比較しても群を抜いていた。

そんな技術集団の長を務めているのは、八大軍団長の中で最も年若い魔物だ。

彼はハーフリング種とドワーフ種との【混合種《ミックス》】として生を授《さず》かった、生まれながらの職人にして先駆者である。

彼は自由をこよなく愛していた。

彼は束縛をなにより嫌っていた。

見た目通りの、無邪気な、陽気で、いつだって楽しむことを忘れない、日々を全力で生きる『子供』という概念が形を成したかのような存在。それこそが第七軍団長ロビンその人である。

そう。彼は草原に吹く風にも似た、何ものにも囚《とら》われることのない、誰よりも自由を愛する少年だったのだ。


「ヒャッハアアアァァァァァァ――――ッ!!」


そして、ちょっとばかり自由すぎた。

「青、六〇点！　水色、デザインで加点して六五点！　白、基本を押さえてるのはグッドだね七〇点！　おおっと大人しめな顔立ちに反して黒！　ギャップが活《い》きてて高得点だよ八五点！　イィヤッフゥー!!」

ロビンは小城の廊下を疾走し、女官の姿を見つけるなり素早く足元に潜り込む。そして続けざまワンピーススカートの内側にちんまい腕を引っ掛け、万歳《ばんざい》をするように振り上げた。当然の結果として全開になったスカートの中身に対し、彼は素早く視線を走らせ、狩人が如き鋭さで鑑定術を駆使する。

色、形状、装飾は基本中の基本だ。だが玄人《くろうと》であるロビンの採点基準はそれだけにとどまらない。着用者の顔立ちや性格と照らし合わせた際の調和やギャップなどといった、十を超える採点項目で厳しく評価するのだ。そして瞬時に算出された点数を子供特有の大声で告げるなり、次の獲物目掛けて走り去っていく。

後には何が起きたのかも分かっていない表情の女官が残されるも、大きくめくれ上がったスカートが元の形を取り戻すと同時に我に返り、甲高い悲鳴を響かせた。

そんな光景が小城の至る所で連鎖的に発生し、静謐《せいひつ》であるべき空間が混沌《こんとん》に叩《たた》き込《こ》まれていく。

「………………はぁ」

重い足取りで廊下に出てきたウェンリは思わず溜息《ためいき》を吐いた。初日こそ悲鳴を聞きつけて廊下に飛び出したものだが、今ではもう日常の一コマと化しつつある。

部屋の近くで蹲《うずくま》っていたのはショートカットの若い女官だった。

ウェンリの記憶が正しければ、彼女が被害に遭ったのは今回が二度目だ。

こんなことを真面目《まじめ》に考察するのは馬鹿馬鹿《ばかばか》しいのだが、どうやら彼の犯行は無差別ではないらしい。女官らに『慣れ』が生じぬよう、日によって対象を選別しているフシがあるのだ。

しかし、何故《なぜ》か女官長である自分だけは例外扱いらしく、来る日も来る日も被害に遭い続けていた。

もはや彼女らのような初心《うぶ》な反応などできまい、とウェンリは本日三度目の溜息を零す。

スカートの裾《すそ》を押さえてしゃがみこんでいるハーフエルフの女官は、執務室から出てきたウェンリを見つけて弱々しい声を発した。

「ウェ、ウェンリ戦士長ぉ……」

「今はもう戦士長ではない。女官長だ。……で、またなのか？」

「……はい、またです。女官長」

予想通りの回答に、ウェンリは額に手を当てて天井《てんじょう》を仰《あお》いだ。これでかれこれ六日目である。もはや怒る気力もない。

女官長たるウェンリを含め、小城に勤める女官らは揃《そろ》いの服を身につけていた。紺のワンピーススカートに、フリルの付いた純白のエプロン。胸元《むなもと》にリボンを付け頭にホワイトブリムを載せたその服装は、いわゆる侍女服と呼ばれる代物である。

これは友好の証《あかし》の一つとして、派遣された第七軍団から女官らに贈られた品だった。

当初は何故侍女服なのかと訝《いぶか》しんでいたウェンリたちだったが、服に魔術付与《エンチャント》が施されているのを知り、揃って息を呑《の》んだ。

魔術付与《エンチャント》されている物品はただそれだけで価値があるが、この侍女服一式には合計四種類もの術式が付与されているという。しかもそのうちの一つは物理、魔術攻撃双方に高い効果を発揮する複合防御術式とのことだった。間違っても侍女服などに付与されていい代物ではない。

これを市場に流せばどれだけの値が付くのかは想像もできないが、少なくとも自分たちが一生かけても払いきれない金額になるのは間違いないだろう。本来ならば空恐ろしくて袖《そで》を通す気にもなれない逸品《いっぴん》だが、これはアルキマイラ側の厚意により贈られた正式な贈呈品だ。着衣を拒める勇気の持ち主はいなかった。

こうしてラテストウッドの女官らは揃って侍女服を、つまりはワンピーススカートを仕事着として身につけることになり、贈られた翌日から今日に至るまで、あの小人《ロビン》によるスカートめくりの被害に遭い続けているという次第だ。

着心地や機能性は勿論のこと、何故か防御力までもが優れた逸品であることは確かなのだが、あえて侍女服にしたのは彼の仕業《しわざ》ではなかろうかとウェンリは疑っていた。

「あの、女官長。やはり我々はそういったことを望まれているのでしょうか？」

「……私も最初はそれを疑ったが、邪推であることが判明した。あの御仁《ごじん》にその類いの意図はない」

これは確かな情報だ。なにせウェンリ自身が実際に確かめた。

エルフ種である彼女らは、人間種の美的感覚からして一様に美しい容姿をしている。事実、百年前の戦争にて虜囚となったエルフたちは、浅ましい獣欲に晒《さら》されることになった。ラテストウッドのハーフエルフは、その結果として生まれた者の子孫だ。

そういった背景を持つからこそ、ウェンリもまずそこを疑った。

彼の美的感覚に関しては不明だが、性的な悪戯《いたずら》を続けるからには暗に要求しているのだろうと推察したのだ。

だからこそその日の晩、他の誰かが犠牲になる前にとウェンリは夜更けに彼の部屋を訪れたわけだが、白けた顔のロビンにすげなく追い返されることとなった。

「あのさー、悪いけどボクそーゆーのはお断りなんだよねー。っていうか知り合って間もないのにそんな格好で男の部屋に来るとか、もしかしてキミ痴女なの？」

ウェンリなりに覚悟を固めていただけに、その台詞《せりふ》は色々と刺さった。

しかも台詞の後半部は完全に素の口調だった。

怒りを押し殺した声で「失礼いたしました」と返答し、寒々しい夜の廊下を薄着で帰ったあの日の屈辱は生涯忘れまい。

ともあれ、彼はそういったものをお望みではないようだ。

ならば風紀を乱す行為は控えていただきたいとの陳情を——最初は命懸けの心境で——何度も重ねたのだが、面白《おもしろ》がってむしろ被害が拡大する始末だ。手のつけようがない。

「何故あのような子供が……あ、いえ、あの方が派遣されたんでしょうか？」

「私にも分からん。しかしああ見えて八大軍団長なる称号をお持ちの御仁だ。我々には想像もつかない、強大な力の持ち主に違いない」

「あの方が、ですか？　正直なところ、私にはただの悪戯好きな子供にしか見えないのですが……」

「……ああ、そうか。お前はあの光景を見ていないのだったな」

ウェンリが遠い目で思い出すのは、集落で契約を交わした直後の出来事である。

白亜の城のバルコニーから見届けた光景は、正しく万魔の集いだった。

一体だけでも恐ろしい力を持つ数多《あまた》の魔物が一堂に会し、意志を一つにして熱狂に身を浸している様は思い出すだけでも背筋が震える。

へたり込み失禁するに至った記憶は今すぐにでも捨て去りたいのだが、あまりにも鮮烈すぎる光景だっただけに忘れたくても忘れられない。あの時はこの世の終わりを目にした気分だった。

そしてそれだけに、ラテストウッドに派遣される総責任者の肩書を見た際、ウェンリは強烈な目眩《めまい》を覚えたのだった。

八大軍団長。

十万を数える魔軍においてたった八人しか存在しないという称号の持ち主。

ノーブルウッドの精鋭を一瞬のうちに鏖殺《おうさつ》せしめた黒竜と同列の地位に就く、第七の軍団の長。

そんなものが、派遣団の総責任者として名を刻んでいたのである。


さすがにあの竜を上回るとは思えないが、ああ見えて凄まじい力を有しているに違いない。

そう思うと、この数日間のくだらない悪戯に対しても強く陳情する気持ちにはなれなかった。

あの日抱いた恐怖と畏敬の感情は今も根強い。

「とにかく、あの御仁には敬意を払うよう徹底しろ。なにしろあの御仁は、彼《か》の王の勅命により遣わされた者だ。きっと彼でなければいけない何かしらの理由があるはずで――」

「――そこだァ!!」

突如、ウェンリの背後で声が生じた。

咄嗟《とっさ》の動きで彼女が振り向けば、そこにはスカートへ手を伸ばそうとしていたロビンと、彼の細腕を確保した一人の男の姿がある。

いつの間に、と思うウェンリの視線の先。ロビンの腕をがっしりと摑んだ片眼鏡《めがね》の男は、額に青筋を浮かべて唸《うな》るように言った。

「ようやく捕まえましたよ第七軍団長様《クソガキ》……!」

「むむぅ……称号持ちの軍団長様に対してなんて口の利《き》き方だ。チミの上司はいったいどういう教育をしてるんだい、まったく」

「テメェが上司だッ！　アンタがそんなんだから、第七軍団《ウチ》の幹部は八大軍団の中で肩身が狭い思いをしてんですよ！　せめて日中ぐらい働けぇ！」

片眼鏡の男——派遣団の副責任者に任命されているメルツェルという名の副官は、肩を怒らせて力の限りに叫んだ。

対する少年団長は馬耳東風もいいところの態度でそっぽを向く。

「だってー、やる気おきないんだもーん。リー姉とかガルの装備作ろうと思ってもインスピレーション降りてこないしー」

「誰も軍団長級の装備作れなんて言ってないでしょうが。アンタの性格については今更とやかく言いませんが、せめて真面目に働いている部下の邪魔だけは……いえ、ちょっと待ってください団長殿。確かそちらの女性は、先方の女官長だったと記憶しているのですが」

「うん、そう。ウェンリね」

「……小城の一切《いっさい》を取り仕切る女官長相手に、団長殿はいったい何を仕出かそうとしてたので？」

「スカートめくり」

「本気《マジ》で何考えて生きてんですかアンタは⁉」

平然と即答した上司《ロビン》に対し、副官は敬語を放り捨てて詰問《きつもん》した。

「だってさー、今日はまだウェンリのスカートめくってないんだもん。日課こなさないと、なんと

なく落ち着かないっていうかー」

「今日が初犯じゃないのかよ⁉　アンタ親善国の幹部相手になにしてくれてんですか‼」

副官は頭の血管を破りかねない形相で怒鳴りつける。

しかし対するロビンは拗《す》ねた子供のように唇を尖《とが》らせ「聞こえない聞こえなーい」と耳を塞《ふさ》いだ。

業を煮やした副官は温度を無くした表情で、切り札の一言を呟く。

「……第三軍団長様《エルティナ》に密告《チク》るぞ」

「いよーし！　やる気出た！　やる気満々だよこのボクは！　さぁ何をしてるのかねそこの副官クン！　さっさとこの軍団長様に仕事を持ってきたまえよ、チミィ！」

一瞬で掌を返した上司《ロビン》に対し、青筋を増やした副官は持っていた金属柱をヒョイと放り投げた。

反射的に受け取ろうとしたロビンだったが、見かけ以上の重量を持つ金属柱に潰《つぶ》されるようにしてすっ転ぶ。

そして地面と金属柱の間で腹部を圧迫され、細い喉《のど》から呻《うめ》き声が上がった。

「ぐえぇぇぇぇ……お、重いぃぃぃぃ……⁉」

「ラージボックス用の建設資材《アダマンタイト》です。さっさと所定の位置に運んでくださいね、軍団長様」

「こ、これは上司虐《いじ》めだよ！　みんなー！　助けてー！　ウチの副官が下剋上を目論《もくろ》んで――」

「それ以上洒落《しゃれ》にならないことをほざくようなら本気で密告《チク》りますんでそのつもりで。……あ、確かウェンリさんでしたね。ウチの軍団長がご迷惑をおかけして、本当にすみません」

片眼鏡の副官は帽子を脱いで頭を下げる。

いやもうホント困ったもんなんですよコイツ、と眉尻《まゆじり》を下げた苦笑でペコペコと謝る副官だったが、一連のやり取りを見届けたウェンリは完全に絶句していた。

恐るべき力を有しているはずの八大軍団長ロビンは、今や資材越しに部下から足蹴《あしげ》にされている。

押し潰されたロビンは必死の表情でもがいているが、どうやら本気で動けないらしい。

しかも他の部下へ助けを求めたのにも拘らず、誰一人としてやってくる気配が無かった。人望がないにも程がある。

あまりにあんまりな光景を目の当《まあ》たりにしてしまったウェンリに対し、副官はロビンを足蹴にしたまま平然と言葉を続けた。

「コレがまたくだらない悪戯をするようなら、どうぞ遠慮なく張り倒してやってください。ご心配なさらずとも、第二軍団長様《バラン》――コレのお目付け役の一人から許可は下りていますので」

「えっ⁉　なにそれ初耳！　ていうか、あの獅子頭このこと知ってるの⁉」

「知ってるに決まってるでしょう。第六軍団長様《カミーラ》経由で情報《ネタ》が上がってるんですから。今は第二軍団長のところで止めてるみたいですが、度が過ぎるようなら第三軍団長まで伝わりますよ、きっと」

「カミィ、ボクを裏切ったね⁉　あの日交わした悪巧み連合の誓いはどこに行っちゃったのさ⁉」

「なにが悪巧み連合ですか。アンタにゃできて精々悪戯止まりでしょうに。……ぁあ、ウェンリさん。コレ、今日のところは私の方で回収しておきますので。大変お騒がせいたしました。失礼します」

上司の片足を摑んだまま、副官はペコリと頭を下げて去っていった。

呻き声を上げながらズルズルと引きずられていく総責任者《ロビン》を見送った一人の女官とウェンリは、呆気《あっけ》に取られた表情のまま呆然《ぼうぜん》と立ち尽くす。

「…………………」

あれに敬意を払おうとしていた自分は何だったのだろうか。

内心で抱いていた恐怖や畏敬といった感情がガラガラと崩れ落ちる音を聞きつつ、ウェンリは深い溜息を零すのだった。

四章　客人

「ようやく片付いてきたか」

　新たな自室が徐々に馴染《なじ》み出した頃。境界都市シールズに滞在中のヘリアンは、活動拠点構築に向けた地盤固めを進めつつ、山積していた報告書を捌《さば》く日々を送っていた。

　そんなヘリアンが手にしているのは、本国からやってきた増員組が持ち込んだ書類の一つ、ラテストウッドに派遣中の第七軍団長に関する近況報告書だ。そしてその内容に目を通すなり、背もたれに体重を預けて天井《てんじょう》を仰《あお》ぐ。

「……まあ、大方の予想通りではあるわけだが……」

　第七軍団長ロビンは、優れた両親の間に生まれた【混合種《ミックス》】である。

　両親の種族はそれぞれハーフリング種とドワーフ種だが、外見としては標準的なハーフリングとほぼ同様であり、ドワーフの血はもっぱら技術面に反映されている。彼は職人ユニットとしての適性が生まれつき高く、将来が有望視される魔物だった。

　そして事実、ロビンはこれまでに幾つもの発明品や装備品を生み出している。

　一例としてバランが装備している鎧やガルディが扱う大斧など、軍団長が使用する決戦級武装の一部は彼が創り出したものだ。加えて言うなら副団長クラス――いわゆる軍団幹部格の装備に至っては、実に六割以上がロビンの作品だったりする。無論、他の職人たちも鋭意製作に取り組んでいるのだが、ロビンが創り出した装備品の性能を上回ることは極《きわ》めて稀《まれ》だった。この事実だけでも彼の技術力の底知れなさが垣間見《かいまみ》えよう。

量産品に関しては不向きだが、代えの利《き》かない一点物に関しては他の追随《ついずい》を許さない鬼才。それが職人ユニットとしてのロビン＝ハーナルドヴェルグである。

だが――

「案の定、やらかしやがったか……」

優れた能力の代償とでも言うように、彼の性格は色々とアレだった。

【悪戯好き】【享楽的】【自分勝手】と目を覆《おお》わんばかりの【人物特徴】が並んでいるだけのことはあり、実際派遣先のラテストウッドでも早々にやらかしているらしい。詳細は不明だが、悪戯の被害者が続出しているようだ。

心の底から申し訳ない気持ちでいっぱいなのだが、これでも色々と検討《けんとう》した結果の人選なのだ。アルキマイラとラテストウッドの将来を見据えて考えた場合、コイツしか選択肢が残されていなかったのである。

いくらなんでも第八軍団長《ノガルド》よりマシなのは確かだが……悪戯の被害者には何らかのフォローを行うべきかもしれない。

「む？」

謝罪の菓子折りは何を用意すべきかと考え込んでいると、自室の扉がコンコンとノックされた。

落ち着いた調子で叩《たた》かれる音に、ヘリアンは訪問者の正体を特定する。

入れ、と許可を出せば、予想通りリーヴェが顔を見せた。

「失礼いたします。……お身体の調子は如何《いかが》でしょうか」

「問題ない」

さっくりと回答する。

リーヴェが体調を訊いてくるのは、これで本日三度目のことだ。最近は顔を合わせる度に訊かれているような気もする。

心配性すぎるだろうとの思いはあるが、未《いま》だ一日数時間しか活動できない半病人状態なのは確かだ。おまけに先日の辺境伯邸からの帰り道、リーヴェの前で情けない姿を見せてしまっていたこともあり、あまり強くは出れない状態が続いていた。

正直なところ少しぐらいは街の視察なり顔を売るなりしておきたいのだが、外出しようとする度に無言の訴えが飛んでくる状況ではそれもままならない。直接言葉にして制止されるわけではないのだが、琥珀《こはく》色の瞳《ひとみ》が雄弁に語ってくるのだ。おかげで精神的な軟禁状態が続いていた。

しかし境界都市に来てからそれなりに以上に日数が経《た》ったにも拘《かかわ》らず、迷宮区の一部と商業区の一角、それに辺境伯邸ぐらいしか足を運んだことがないというのは如何なものか。

「……それで、何か用か？」

「はい。ヘリアン様にお客様がいらしております」

「客？」

誰《だれ》だろうか。

パッと思いついたのは、辺境伯が近いうちに訪れるかもしれないと言っていたシオンである。

だが今にして思えば、あれは社交辞令の一種だった可能性が高い。

そして他に思い当たる人物はいなかった。

交友関係の乏しさに、我ながら呆《あき》れ返《かえ》る思いだ。

「ビーゲル殿とそのお連れ様です」

「ビーゲル……迷宮暴走《ダンジョンスタンピード》の時の冒険者か」

リーヴェが口にしたのは、迷宮暴走《ダンジョンスタンピード》の際に知り合ったスキンヘッドの冒険者の名だ。

迷宮探索の際にも水先案内人として同行してもらった経緯がある。

「はい。先日の礼も兼ねた陣中見舞いとのことですが、如何いたしましょうか」

「せっかく来てくれた客人を追い返すことはない。応接室に通して……ああ、いい、私が出向こう」

予想外の客だが、丁度いいと言えば丁度いい。ほぼ完成した一階の店舗部分で色々と意見を訊かせてもらおうではないか。

書類を手早く片付け、リーヴェを伴って階下に向かう。

「——おっ、ビーゲルにジェフじゃねえか！　久しぶりだなオイ。調子はどうよ」

「よぉ、ガルディの旦那！　見ての通りピンピンしてんぜ」

「あの時はリーダー共々世話になったな。アンタも元気そうで何よりだ」

一階ではガルディとビーゲル、それに彼の仲間が挨拶《あいさつ》を交わしていた。

今初めて耳にしたのだが、迷宮探索時にも同行していた彼、ビーゲルのクランメンバーである男は『ジェフ』という名前の冒険者らしい。ガルディは当然のように二人の名前を口にし、そのまま世間話に花を咲かせていた。

……なにげにコミュ力の高いヤツである。

「おっ、若旦那」

ガルディのコミュ力に嫉妬《しっと》していると、禿頭《スキンヘッド》を光らせるビーゲルが「よお」と手を挙げた。

逆の手には、包装紙に包まれた筒状の何かを抱えている。

「久しぶりだな若旦那。あれから寝込んでたって聞いてたが、身体はもう大丈夫なのか？」

「ええ、ご心配をおかけしてすみません。体調は見ての通り、すっかり良くなりました」

隣に立つリーヴェからの視線を感じたが、今は無視だ。今日はまだろくに活動していないこともあり、実際のところ体調は悪くない。

「しかしまあ、商人ってのはマジな話だったんだな。……ああいや、疑ってたわけじゃないんだが、どうにも若旦那たちが商人ってのはピンと来なくてな」

「はは……まあ若造なのは自覚しています。迷宮区の一等地に立派すぎる物件をいただいて、恐縮しきりという気分ですが」

「いや、そういう意味でもねえんだが……まあいいか。それとこいつは、ちいとばかし早いが開店前祝いの品だ。大したもんじゃねえが納めてくれ」

ビーゲルから筒状の品を手渡される。包み紙を開ければ、中身は液体の詰まった瓶《びん》だった。真紅の液体と瓶に貼られているラベルらしきものが、これが酒であることをアピールしている。

傍《かたわ》らで眺めていたガルディの目がギラリと光った気がした。

続けて相棒の男、ジェフが背負っていた鞄《かばん》を開け、その中身を真新しいテーブルに並べ始める。

取り出されたのは同様の酒瓶だ。そうしてテーブルの上に、合計二十本近くもの酒瓶がずらりと並ぶ。

ラベルに記されている意匠からは、それなりに高級品のように窺《うかが》えた。

「これはこれは。わざわざすみません、ビーゲル殿」

「いいってことよ。前に助けてもらった礼も兼ねてるからな。あとよ、ビーゲル殿ってのはやめてくんねえか。前にも言ったがケツの座りが悪ぃんだ」

「リーダーリーダー。女性のいる前でケツってのはやめた方がいいんじゃないですかね。お里が知れますぜ」

「うっせえ。美人の前だからって澄ましてんじゃねえよ」

漫談じみた会話を交わすビーゲルらに対し、ヘリアンは苦笑いで応える。

なんとなくガルディと波長の合いそうな人間だ。

そしてそのガルディから熱視線が飛んできているのだが、昼間から酒を開けるのはさすがに駄目だろう。自分はいいがリーヴェが多分怒り出す。とりあえず夜までは我慢してもらうとしよう。

「ところでビーゲル、さん。もしよろしければ、商いに使う予定の商品を見ていただいてもいいでしょうか？　冒険者の方からのご意見も伺《うかが》いたくて」

「俺《おれ》らで良けりゃ構いやしねえが……平凡な感想しか言えねえぜ？」

「リーダーも俺も商売なんざ専門外だしな。精々ギルドに戦利品卸すぐらいだ」

ビーゲルらはそんな言葉を告げるも、ヘリアンは一向に構いませんと答え、店の奥——商品を仮置きしている小部屋に案内した。

2.

「……なんだこりゃ」

開口一番、呆れるような口調で呟《つぶや》いたのはビーゲルだ。

壁際には色鮮やかな布の束や、水薬が詰められている容器、何らかの骨細工らしき工芸品などが整然と並べられている。だがそれらを差し置いてビーゲルたちの注目を集めたのは、机の中央に置かれた幾つかのアクセサリー群だった。

首飾りやイヤリングなどといったアクセサリーに施されている細工は、素人目《しろうとめ》にも見事なものだと思わせる細緻さがある。

しかしながら彼らが真に驚いたのは、その原材料を察してのことだろう。

「たっぷり寝たはずなんだが参ったな。どうやら未だに寝ぼけてるらしい。俺の目には、この首飾りの原材料が普段よく目にするものに映るんだが……」

「……ああ、多分寝ぼけてねえぜリーダー。俺にも同じもんが見える。こりゃ魔石だ。それもかなり高純度の」

ビーゲルが手に取って眺めるのは、純度の高い魔石から削り出したらしき首飾りだ。鎖以外の装飾は全《すべ》て魔石から加工したのか、魔石特有の妖《あや》しい輝きを放っている。

「どうでしょう。好事家の方向けの売り物になるでしょうか」

「……まあ、なるだろうな。というか金持て余した好事家ぐらいにしか売れねえぞ、こんなもん。腕は凄えが需要が無え」

純度の高い魔石はそれだけで価値がある。

圧縮された魔力を含んでいることが多く、そのままでも優れた触媒として使用することが可能だからだ。また武具の加工や魔術付与の媒介、果ては魔道具の燃料にと用途は多岐にわたり、冒険者はもとより貴族にも需要がある。

だがしかし、純度の高い魔石を削り出して作ったと思しきこのアクセサリーは、いずれの用途にも適さない。意匠を最優先にしているが故《ゆえ》に一つ一つのサイズが小さくなり、またあまりにも複雑な形状に加工している為、著しく強度が低下しているからだ。

魔石としての価値は、最低ランクと言い切っていいだろう。

「というか、どこの職人がこんな加工しでかしたんだ。加工前ならどれだけの使い道があったかと思うと勿体《もったい》なくて泣けてくる」

「やはりそういう評価になりますか」

「なるな。下手すりゃ加工前の方が高値がついたかもしれん」

ビーゲルの回答は端的ながら正鵠《せいこく》を射ている。この首飾りは魔石としての実用性に乏しく、通常客層からの需要は皆無だろう。

しかしながらその一方、好事家向けの装飾品としてはむしろ価値が上がる。何故《なぜ》ならばこれは『本来ならば勿体なくて作ろうとも思えない代物』だからだ。そして誰も作ろうとしない代物なら、それはつまり『希少』だということだ。これが芸術品として三流なら話にならないが、施された装飾と加工技術自体は一流の域である。

つまるところ――

(好事家向けの商品としては需要がある、ってことだ)

ヘリアンは薄利多売形式で手広く商売をする気など毛頭《もうとう》ない。

商人になりたくて境界都市を訪れたわけではなく、あくまで『現実世界への帰還』という目的を達成する為の手段として、この偽装身分を選んだに過ぎないからだ。

商人活動を通じて得られる成果は幾つかを見込んでいるが、これはその中の一つ、『他プレイヤーの捜索』を目指したものである。

(これは狼煙《のろし》だ。俺がここにいるぞという他プレイヤーへの、狼煙……)

好事家とは、他人に自慢話をする為なら苦労を惜しまない生き物を指す。

極めて狭いコミュニティながら強固な繋《つな》がりと権力を有し、国を越えたネットワークを構築していることも珍しくない。

そして耳の早い好事家繋がりで『ヘリアン』という商人の名が伝播《でんぱ》するなら、更にはこの世界に転移してきた自分以外のプレイヤーが存在するなら、[タクティクス・クロニクル]で有名だったその名称に反応してくれるかもしれない。ヘリアンはそう考えていた。

無論、名前を売るだけなら即効性の高い方法は他にいくらでも存在する。だが悪目立ちしすぎても今後の活動に支障をきたすというものだ。だからこそまずは最初の一手として、毒にも薬にもならない実用性皆無の希少品を扱うことに決めた次第である。

また、この場においてはもう一つ、別の狙いも存在した。

「あー、若旦那。もしよかったらで構わねえんだが、これどこで手に入れたブツか訊いてもいいか？」

チラリ、と探る視線を向けてきたビーゲルの問いに、ヘリアンは黙したまま先を促す。

ビーゲルは僅《わず》かな躊躇《ためら》いを経て、続く言葉を口にした。

「やってることはアホの所業だが、腕前だけは一流に見える。つい最近……具体的には最後に迷宮探索をした際に、一級品もいいとこの大斧や腕輪を目にした気がするんだが」

釣れた、とヘリアンは内心でほくそ笑んだ。

個人的には好都合な質問だが、あえてしばらく熟考する素振《そぶ》りを見せる。

そして一呼吸置いてから、おもむろに口を開いた。

「ラテストウッド——大樹海に存在するハーフエルフらの国で買い付けたものです。なんでも風変わりな旅人が最近住み着いたようでして、恐らくその方が加工したものでしょう」

「……ああ、ラテストウッドだってんならアレか。深淵森《アビス》で採取した魔石を加工したってことか。風変わりなだけじゃなくて命知らずらしいな」

やはりというべきか、冒険者として深淵森《アビス》の素材に興味があるらしい。

自分の命を預ける武具、その貴重な素材になるともなれば当然の反応だろう。

魔石アクセサリーを眺めていた時のぼやけた顔とは一変、真剣な表情で思考に耽《ふけ》っていた。

「私も詳しい話は知りませんが、今後も縁を繋げればと思っています。ラテストウッドの方々は皆親切でしたから」

ついでにラテストウッドを推してみる。

しかし、ビーゲルは眉間の皺を深めてしまった。

ひょっとすると彼も、ハーフエルフに対する差別意識があるのだろうか。

「……ビーゲルさんも、やはりハーフエルフには思うところが？」

「いや、そういうわけじゃねえ。知っての通りシールズにはいろんな種族が冒険者として集まってくるし、俺らはこの街で何年も暮らしてるからな。今更種族でどうこう言う気はねえよ」

ビーゲルから返ってきた答えは、良い意味で予想を裏切るものだった。

この街における数少ない知人であるところの彼がそう言ってくれたことに、心中で安堵《あんど》を得る。

「ただな、旦那の大斧や姐さんの腕輪やらを作ったらしい職人には興味があるんだが……大樹海にはノーブルウッドのエルフがいるわけだろ。アイツら、人間と見りゃ問答無用で襲いかかってくるからな。ラテストウッドができてからは遭遇頻度が減ったとはいえ、大樹海にはあんまり近寄りたくねえんだよ」

ノーブルウッド。

エルフ至上主義を掲げ、ハーフエルフを忌《い》み嫌う、アルキマイラが同盟国ラテストウッドの仇敵《きゅうてき》。

ここでその名が出てくるのか。

「――ヘリアン様」

どこまでも崇《たた》ってくれるとの思いが芽生えたその矢先、リーヴェが耳元で囁《ささや》いた。

その硬い声色《こわいろ》から警告の響きを感じ取り、右手で刀印を象《かたど》ると共にビーゲルから見えない位置で『M』の字を虚空《こくう》に描く。

動作に紐《ひも》付けられた〈圧縮鍵《マクロ》〉が起動し、複数の〈地図《マップ》〉がヘリアンの眼前に投影された。

「………………っ」

店舗が包囲されていた。

〈地図《マップ》〉上の店舗を中心に、三百六十度を囲むように白い光点《アンノウン》が点在している。

ざっと二十は下らない数だ。

しかもその多くが物陰に潜み、姿を隠している。明らかに普通の通行人や住民の類いではない。

(敵襲――いや待て、誰がだ。新米商人のヘリアンを誰が襲ってくるって言うんだ。そもそも俺たちはまだ商売を始めてすらいないんだぞ。襲われる理由なんて……)

理由が思い当たらない。だが包囲されているのは事実だ。答えの出ない思考を一旦《いったん》保留し、迎撃態勢を整えるよう〈指示《オーダー》〉を出す。

すると場の空気に緊張感が漂っていることを察してか、ビーゲルらが怪訝《けげん》な表情に変わった。

とりあえずは彼らを退避させようとして――次の瞬間、白い光点《アンノウン》に動きが生じる。

一階の店舗部分、店の入り口正面に位置する道路から一人だけ近づいてきたのだ。よほどの自信家なのか単独でだ。その様子に、ヘリアンは警戒の度合いを一段階引き上げる。

しかしながらその白い光点《アンノウン》は、店の前に到達するなり、扉を蹴破《けやぶ》るでもなく備え付けの呼び鈴を鳴らした。ガルディやリーヴェと顔を見合わせた後、ガルディに対応するよう指示する。リーヴェは自分の護衛担当だ。

緊張感が高まる中、ガルディは店の扉を一息に開き──そして訪問者を目にするなり「あー」と唸《うな》るような声を上げた。そしてどうしたもんかと頬《ほお》を掻《か》いた後、一歩退いて訪問者の姿をヘリアンに晒《さら》す。

「お久しぶりです、ヘリアン様。御礼に伺うのが遅くなり申し訳ありません。先触れも無しに恐縮ですが……少々お時間よろしいでしょうか？」

白いブラウスに、紺色の上品なティアードスカート。

両手には手土産と思しき四角い箱。

何より特徴的な黒い髪に黒い瞳。

辺境伯の娘、シオン＝ガーディナーが朗らかな笑みを浮かべて立っていた。

「……お久しぶりですシオン様。どうぞ、いらっしゃいませ」

どうやら辺境伯の言葉は社交辞令ではなかったらしい。

ヘリアンは周囲を囲んでいる白い光点《アンノウン》──もとい辺境伯が愛娘につけた潜伏護衛らに対する迎撃準備命令を解除しつつ、シオンを店内に招き入れた。

3.

——そんなわけで、食事会を開催する運びになった。

いやどうしてそうなったという展開だが、振り返ってみても話の流れとしか言いようがない。

そしてその流れに持っていったのは何を隠そうガルディだ。大量の酒瓶に目をつけた彼は、ヘリアンとシオンが距離感を探り合いながら会話を交わしている中にするりと入り込み、懇親会という名の食事会を開こうと提案してきたのである。

そしてビーゲルやジェフらがそれに賛同した結果、あれよあれよという間に場が整えられ、酒瓶の幾つかもあっけなく開封されることになったのだった。

……本当に要領のいいヤツだと思う。

しかしながら、そのおかげでシオンとも自然に会話できるようになったので、ありがたいと言えばありがたかった。動機が不純なので素直に褒める気にはなれないが、そのコミュ力だけは見習うべきだろう。

ともあれ——

「うっま！　なんだこりゃ！」

「塩しか振ってねえのにメチャクチャ旨いな。歯応えがあるのにちゃんと噛《か》み切れるし、なにより肉汁の旨みがすげえ。何の肉だこれ？」

「食感は鶏肉に似ている気がするのですが……初めて口にする味です」

シールズの郷土料理や流行《はや》りについては未だ詳しくない。従って致命的なハズレだけは引くまいと素材の味を活《い》かした肉料理を注文してみたのだが、予想以上に好評だった。

ちなみに料理人はリーヴェである。

肉体労働者であるビーゲルやその相棒にはウケるだろうとの見込みはあったが、意外なことにシオンもお気に召したらしい。真剣な表情で丹念に味わっている。

「おいおいなんだよ若旦那。アンタ飯屋もやるつもりかよ。いきなり手広くやりすぎじゃねえか」

「食事処にするつもりはありませんよ。さしあたっては、先ほど見ていただいた商品を中心に商いを始めてみようかと」

「マジか。もったいねえ。これが食えんなら俺毎日通うぜ。――おい待てリーダー、それは俺の肉だ。なに盗ろうとしてやがる」

「ああん？　テメエこそ何寝言ほざいてんだ。この肉にお前の名前でも書いてるってのかよ。第一、この肉はお前より俺の方が近い位置にある。つまりは俺の肉だ」

「じゃあこっちの肉は俺のだな。でかい方を譲ってくれるなんざいいとこあるじゃねえか。さすがは俺らのクランリーダーだ」

「あっ、このやろ！　そりゃ俺が確保してたやつじゃねえか！　返しやがれ‼」

「ハイランドターキー……？　いえ、けどこんなに深みのある味じゃなかったはず……。下拵えの違いかしら」

ビーゲルとジェフが大皿の上で醜《みにく》い争いを繰り広げる傍ら、シオンは何の肉かを看破《かんぱ》しようとしていた。彼ら二人のやり取りには殺気が滲《にじ》んでいるように窺えるのだが、シオンはまるで気にした風もない。さすがはあの辺境伯の娘だ。

そしてこの席の仕掛け人であるところのガルディは、肉と酒を交互に口に運んでいた。久しぶりの酒精にご満悦の様子である。唯一の料理人であるリーヴェは肉料理を量産し、セレスは部屋の片隅でひっそりとサラダを食んでいた。

「………」

せっせと働くリーヴェを見つめるセレス。その視線が少々気になったへリアンだったが、だからといってどうしようもない。セレスは研究分野に関するスキルこそ高水準で修めているものの、給仕や料理に関連するスキルは一切《いっさい》修得していないのだ。

シールズに到着するまでの道中「焼くだけならアタシにだってできるわよ！」と簡単な肉料理に挑戦していたりしたセレスだが、その結果は黒焦《くろこ》げどころか消し炭だったことを思い出す。さすがにあれを見た後で料理を任せる勇気はない。

というか、何故発火の魔術で直焼きにしようとしたのか。

「ところで前々から不思議に思っていたのですが、シオン様とビーゲルさんは昔からのお知り合いか何かでしょうか？　随分と親しいように見受けられますが」

丁度いい機会かと、前々から疑問に思っていたことを訊いてみた。

迷宮探索の時から感じていたことだが、シオンとビーゲルらの距離感がやけに近いように思えたのだ。貴族と冒険者、という関係性から想像していた絵面《イメージ》とは実態が異なる。

そもそも『辺境伯』とは、国境線付近の重要拠点などを任された貴族を指す爵位だ。辺境などという字面からは想像しにくいかもしれないが、実際はれっきとした大貴族である。かつてロールプレイをするにあたり軽く調べてみたのだが、伯爵よりも上位の貴族とされていたはずだ。

そしてその娘であるところのシオンは、即《すなわ》ち大貴族のご令嬢という身分であり、時代や環境によっては姫様と呼ばれるであろう立場である。

しかしビーゲルたちは特に構えた様子もなく、自然な会話を交わしていた。ヘリアンにはそれが不思議だった。

「いえ。ビーゲル様の御高名はかねがね承っておりましたが、このようにお話をするのは今回が初めてのことです。お仕事をご一緒したのも、前回の迷宮探索が初めてですね」

ということは、ビーゲルとその相方が礼儀知らずということなのだろうか。

冒険者の立ち位置についてはいまいち摑《つか》めてないが、貴族からの指名依頼を受けるような高位の冒険者ともなれば、それなりに礼節をわきまえて然《しか》るべきだと思うのだが。

「一応弁解しとくが、俺らだって他の街でお貴族様を相手にする時はもうちっと態度を改めるぜ。ただ、聖剣伯一家だけは特別なんだよ」

「そうですね。我が家は色々と特殊ですから」

相方と肉を取り合っているビーゲルの台詞《せりふ》に、シオンはコクリと頷《うなず》いてみせる。

「ガーディナー家の使命は境界都市シールズを護《まも》ることです。そして、この使命は何にも増して優先されます。その特性上、当主が都市を離れることはなく、一般的な貴族社会における社交に出る機会も皆無なのです。そもそも、そんなことをしている暇があるなら少しでも鍛えておくべきだという風潮が我が家では根強く……父も歴代の当主に負けず劣らず、その傾向が顕著でして」

「一応は国家に属してる形だが、それだって名義貸しみたいなもんだしな。実態としちゃ殆《ほとん》ど独立国家だ。前に酒場で伯と飲み交わした時にゃ、帝国や王国の馬鹿《ばか》貴族なんぞ最初からアテにしてねえって豪語してたぞ」

発言内容もさることながら、領主が庶民の酒場に出入りしているという時点で色々とアレな話だ。しかも彼の口ぶりからは、珍事ではなく日常茶飯事のように聞こえる。

酒場のエピソードは初耳だったのか、シオンは僅かに頬を染めながらも、コホンと咳払《せきばら》いを一つして説明を続けた。

「格式張ったご丁寧な会話を重ねるより、飾りのない率直《そっちょく》な言葉を交わす方が戦場では有益だ。そしてシールズは常在戦場の地である。――父を含めた歴代の当主はそのように公言しておりまして、先祖代々からガーディナー家と民の距離は近いのです」

「……なるほど」

とりあえず、シオンとビーゲルらの距離感については理解した。

しかしそうなると、何故シオンだけが貴族らしい所作をしているのかという新たな疑問が浮かび上がる。

率直な問いを投げかけると、シオンは遠い目をして呟いた。

「私は幼い頃から父の背を見て育ちました。そして成長するにつれて、自然とこう考えるようになったのです。――せめて私だけでも、ちょっとぐらいは貴族らしいことができるようになろうと」

極めて反応に困る回答であった。

さしものビーゲルらも肉を取り合うのを中断し、気まずげな表情で顔を逸《そ》らす。

リーヴェの調理音だけが室内に満ちた。

「私は娘としてもガーディナー家の女としても父を尊敬していますが、それはそれとしてこの姿を見習ってもいいものかと疑問視せざるを得ない出来事が立て続けに発生したことがありまして。幼心ながらに危機感を覚えた当時の私は、他領から呼び寄せた家庭教師を付けてもらったのです」

結果として大正解でした、とシオンは幼き日の自分を称賛した。

どんな出来事があったのかは怖くて訊けそうにない。

「……と、ところでガルディ。随分とペースが速いようだが、気に入ったのか？」

「おぅよ。酒精は低いがこれはこれで味わい深いぜ。ご当地の酒ってのは、どこの土地のもんだろうがいいもんだ」

話題を変えたい一心で問い掛けると、ガルディは酒の入ったコップを掲げてニカリと笑った。

卓上に置かれている酒瓶のうち、既に五本が開封されている。

酒精は低いなどと言っているが、匂《にお》いからしてそれなりに強そうな酒に思えた。

「やっぱりイケる口だったんだなアンタ、いい呑《の》みっぷりじゃねえか。お嬢様や若旦那も一杯どうだ？」

ビーゲルが勧めてきてくれたが、ヘリアンは「下戸なので」と丁重に断りを入れた。

実際に下戸かどうかは不明だが、以前エールを口にした際には――結局飲み込むには至らなかったが――舌に苦味を感じるだけで、美味《おい》しさというものがまるで分からなかった。少なくとも好んで飲みたいと思える代物ではない。

冒険者の間では、現代で言うところの飲みニケーション的な付き合いがあるかもしれないが、自分の立場は冒険者ではない。ここは多目に見てもらおう。飲み担当はガルディに任せればいい。

シオンもまたアルコールの類いは苦手なのか、はたまた自分に合わせてくれたのか、ビーゲルの申し出を上品に謝辞した。

この所作を身につけるのに必死になって勉強したのかと思うと、頭が下がるばかりである。

それから次第にビーゲルやジェフらも酒が入るようになり、いよいよ飲み会の様相を見せ始めてきた。あれだけ胃に肉を詰め込んでおいてよく入る隙間《すきま》があるものだと感心するヘリアンの眼前、男三人組は順調に酒瓶を空けていく。

「いやしかしぃ、お前さんたちが商人やるってのはもったいねぇ話だよなぁ。シールズにいるんだから冒険者やれよ冒険者ぁ。お嬢様だってそう思うだろぉ？」

「ええと……シールズでの職業選択は個人の自由ですので。『調律』の際に依頼を受けていただいたのも、緊急時の例外処置みたいなものでしたし」

「じゃぁアレだぁ。兼業冒険者だ。そぉすりゃ名前だって売れるし、伯やお嬢様だってギルド通して依頼出せるようになる。万々歳じゃねぇか」

何やらビーゲルの呂律《ろれつ》が怪しい。加えて酔っぱらいの言動になりつつあった。【酒豪】持ちのガルディと同じペースで呑み続ければ無理もない話かもしれないが、既に赤ら顔になっている。

隣の相棒《ジェフ》が卓に突っ伏して轟沈している様に比べれば、ビーゲルはこれでも頑張っている方だろう。

「あはは……まあ検討しておきます。……冒険者といえば、以前商業区付近でエルフの弓士を見かけたことがあったのですが」

「あぁ？　エルフゥ……？　街中で弓背負ってんなら、ラウフかレティシャあたりじゃねぇの？」

ビーゲルは呂律の回っていない口調ながらも、二人分の人名を口にした。

どうやら既知の人物らしい。

「見かけたのは女性でしたが」

「じゃぁレティシャだな。アイツがどぉかしたのか」

「ただの興味本位なんですが、森の外でエルフを見かけるのは珍しいなと。百年前の戦争の経緯から、エルフと人間の仲はあまりよろしくないと聞いていたものでして。やはり冒険者だとその辺りの事情も違うんでしょうか？」

あぁ、とビーゲルはつまらなそうに呟いた。

「戦争ふっかけてきたのぁ、ノーブルウッドの話だろ。森の外に出てくるエルフにゃ物好きなのが多ぃが、アイツらの出身はホワイトウッド。別の国だ。ノーブルウッドやオールドウッドと一緒にしたら怒り出すぞ」

なるほど、とヘリアンは首肯《しゅこう》する。

やはりノーブルウッドのエルフを参考例にするのは悪手のようだ。

少なくとも、ここシールズにいるエルフたちを推し測るにあたっては。

「そもそも冒険者ってなぁ、出自問わず詮索《せんさく》無用が暗黙の了解だ。人間が多いのは確かだが、他種族がいねぇわけじゃねぇよ。俺のクランにも獣人とかいるしな。アイツら普通に強ぇし」

「やはりそうでしたか。以前会ったことのあるエルフのイメージが強すぎて、えぇと……レティシャさんでしたか？　その方を見かけた時には驚いて、ついジロジロと見てしまいました。おかげでお仲間の方から睨《にら》み返されてしまいまして」

「……そういや若旦那たちはここいら辺の出身じゃねぇんだったか。……あぁ、いぃ、別に詮索しようってわけじゃねぇんだ。けどよ、他の人間国家と境界都市を一緒くたにしねぇ方がいぃぞ。お嬢様の前で言うのもなんだが……帝都や王都の裏ではエルフが商品になってたりするからな。境界都市はかなり特殊だ」

「そうですね。来るもの拒まず……とまでは公言できませんが、少なくとも種族や出自のみを理由にシールズが拒むことはありえません」

ビーゲルとシオンが口を揃《そろ》えて言う。

シオンは門戸の広い自分の都を誇りに思っているのか、どこか満足そうな微笑みを浮かべていた。

4.

卓上から料理や飲み物が完全になくなり、日が暮れ始めたあたりでお開きとなった。外で待機しているシオンの護衛らもそわそわとし始めていたので、丁度いいタイミングだったと言えよう。

シオンは片足を後ろに引いた優雅なカーテシーと共に別れの挨拶を述べ、ビーゲルは完全に酔《よ》い潰《つぶ》れた相棒に肩を貸しつつ千鳥足で去っていった。

先ほどまで一緒に卓を囲んでいた間柄でありながら、まるっきり対照的な去り方である。こんなところでも、シールズが『特殊』だと言った彼らの言葉が印象付けられるようだ。

「手間を取らせるが、後を頼む」

後始末をリーヴェに任せてダイニングを後にする。

去り際、片付けを手伝おうとしたセレスがリーヴェに声を掛けている様子が目に映ったが、余計に仕事が増えると思われたのか無表情で断られていた。

大幹部でありながら〈料理〉や〈給仕作法〉やらのスキルを習得しているリーヴェの方がむしろ特殊なので、セレスは気にしないで強く生きてほしいと思う。

「さて、と……」

自室に引っ込んだ後、ヘリアンは届いていた報告書のうち何枚かに目を通した。

続いてラテストウッドの近況を把握すると、一度目蓋《まぶた》を閉じて思考を巡らせ始める。

そうして明かりを落とした暗い部屋の中、思考に耽ること十五分。

考えを纏《まと》めたヘリアンはおもむろに口を開いた。

「通信仮想窓《チャットウィンドウ》：開錠《オープン》。形式選択《モードセレクト》：音声会話《ボイスチャット》。対象入力《ターゲットインプット》：候補選択《リストセレクト》」

呼び出したのは音声会話《ボイスチャット》を行う為の〈通信仮想窓《チャットウィンドウ》〉だ。本来は王《プレイヤー》同士でしか使えなかった機能だが、リリファとの実験で配下《NPC》相手にも使えることが実証されている。

接続先候補《アクセスリスト》から軍団長のグループを選択し、第六軍団長のカミーラを指定して呼び出しをかけた。

数秒してカミーラが呼び出しに応じる。

『これはこれは我が君。久方ぶりじゃ。体調を崩しているとの話を耳にしたが、御加減はいかがかの？』

「支障ない。十分活動可能な状態にまで回復した。だからこそ、こうしてお前に連絡をとったわけだ」

ヘリアンは簡潔に回答し、早速本題に切り込む。

「それで、そっちの状況はどうだ。奴《やつ》らは……ノーブルウッド本国の動きはどうなっている？」

第六軍団長カミーラに課せられた特殊任務。

それは今後の衝突が避けられぬであろう、エルフ至上主義国家ノーブルウッドに対する情報戦だ。

最大保有数に上限がある希少な諜報ユニットを抱えている第六軍団もまた、この任務に全力投入されている。

『今のところは大した動きは無いの。彼奴《きやつ》らの立てた計画通り、先遣隊はラテストウッドを完全制圧し、餌となるハーフエルフの確保に成功。痩《や》せ衰えていた妖精竜も順調に回復中であり、計画に一切の支障なし――そのように認識させておる』

「状況は変わらずというわけか。ならば、あとどれほど引き伸ばせる？」

『二週間は確実に保証できるが、それ以上となると最長は一ヶ月半かの。なんでもありなら一年だろうと保たせてみせようが……現在の制約条件下だと一ヶ月が目安じゃな』

「……ふむ」

ヘリアンはしばし腕を組んで考え込む。

懸念《けねん》事項だった自身の体調は、一日数時間程度なら活動可能にまで回復した。

店舗の偽装や改装を含めた拠点化も順調であり、人類領域における本格的な調査活動を始めるにあたって準備は着々と進んでいる。

時間の猶予《ゆうよ》は多少残されているものの、予定外の出来事が多発したこれまでの経緯を鑑《かんが》みれば、余裕のあるうちに行動を起こすべきだろう。

ならば、後顧の憂《うれ》いを絶つタイミングとしては――

「潮時――だな」

『……では？』

「状況を動かせ、カミーラ。ノーブルウッドに関する案件計画を次の段階に移し、その結果如何《いかん》で我々は行動を開始する」

承知いたした、という声を残して仮想窓《ウィンドウ》が閉じられる。

カミーラの声には微《かす》かな喜悦《きえつ》が滲んでいた。

五章　エルフの会談

大樹海に存在するエルフの国、オールドウッド。

それはエルフ国家の中でも特に古い歴史を有する国であり、百年以上の歳月を生きたエルフが多く住まう、由緒正しき国家の名だ。


エルフは大陸四大種族のうち、最も長大な寿命と卓越した魔術技巧を併せ持つ種族だが、数に優れた人間とは異なりその総人口は少ない。中でもオールドウッドは旧《ふる》い血統を繋《つな》ぐことに重きを置いているという側面もあり、他のエルフ国家と比べても特に人口が少なかった。連綿と紡《つむ》いできた歴史は確かなものだが、人口だけを見るならば中小国と呼んで差し支えない規模である。

人間からはエルフ至上主義を掲げている古臭い国などと言われているが、オールドウッドに住まうエルフらは「くだらぬ」と中傷の声を一蹴する。

エルフ至上主義だと言われることが、ではない。

人間そのものがくだらないのだ。

野放図に人口を増やし、生活圏を強引《ごういん》に押し広げ、あまつさえ大樹海にまで手を伸ばそうとした人間の欲深さには嘆息を禁じ得ない。

そんな彼らの人間に対する姿勢《スタンス》は、基本的に『無関心』だ。

確かに外面でしかモノの美醜を判断できない人間は蔑視の対象であり、いっそ滅んでくれればと思うが、そもそも関《かか》わり合いになること自体が時間の無駄だ。長い寿命があるとはいえ、愚昧《ぐまい》な人間に費やす時間など勿体《もったい》ないにもほどがある。

ハーフエルフもまた同様である。

旧き血統を引き継ぎ、旧き智を研鑽《けんさん》することを良しとする彼らオールドウッドにとって、ハーフエルフらは関わり合いになる必要のない存在だ。当然のことながら人間の血が混ざってしまっている以上、同胞として認めるつもりはなく、例えて言うなら新種の野生動物が森に住み着いた感覚に近い。オールドウッドにとってのハーフエルフとは所詮《しょせん》、そのようなものでしかなかった。


——だがしかし、ハーフエルフが大樹海の奥にまで踏み込もうというのなら、話は別である。


「ふむ……興味深い話だな」

オールドウッドの中枢部に屹立《きつりつ》する大霊樹。その幹を身の内に抱えるようにして建てられた古めかしい神殿の一室、『交樹の間』と名付けられた部屋の中心で、思いもよらない話を聞かされた男はそう言った。

男はオールドウッドにおいて『大長老』と呼ばれる要職に就く者だ。

この国は他のエルフ国家と同様に王を戴いているものの、旧い血を保ち続けることに重きを置きすぎた影響からか象徴としての側面が強く、実質的な国家の運営に関しては『長老議会』の発言力が高い。そして五人の長老を取り纏《と》《まと》める唯一無二の大長老たる彼は、この場におけるオールドウッドの代表者といっても過言ではなかった。

そんな彼の目の前には、壮年のエルフの姿がある。

肉体の最盛期――若い時代が長く続くエルフにとって、若干とはいえ外見に老いが現れているのは珍しいことだ。それはつまり、彼の前に堂々と座している男が、それなり以上の長き時を生きたエルフであることを示している。

「しかし、同時に俄《にわか》には信じ難《がた》い話でもある。我が内に抱きし疑念を察してくれようか、根を共にする尊き森の輩《ともがら》よ」

オールドウッドは旧き血を尊重する。

また、長きを生きた同胞はただそれだけで尊敬に値した。

しかし目の前の男に敬意を払ったのはそれだけが理由ではなく、彼が自分と同じ立場の者、即《すなわ》ち『大長老』であるからに他ならない。

ノーブルウッドから訪れてきた壮年の男、ハルウェル＝ウィヌス＝ノーブルリーフは、首肯《しゅこう》と共に口を開いた。

「汝の疑念は当然だ、根を共にする旧き森の輩よ。斯《か》く言う私も、それを聞いた時には己《おの》が耳を疑ったほどである。だがしかし、事実だ。〝穢《けが》れ〟は愚かしくも武器を取り、我らノーブルウッドに牙《きば》を剝《む》いたのだ」

ハルウェルは声を荒げることなく、淡々とその言葉を口にする。

語っている内容は彼らの立場からすれば憤慨もののはずだが、不思議と表面上は穏やかだ。オールドウッドの大長老は更に疑念を強くする。

「……森の片隅に住み着いたハーフエルフの一派が、他種族のはぐれ者を集めて国を興したのは我らも知るところだ。しかし大樹海の奥に踏み込むでもなく、深淵森《アビス》にほど近いあの地ならばあえて気に留《と》めまいと静観してきた。それは尊き森の輩よ、汝らも同様だったはず。その静観が奴《やつ》らの増長を招いたと、そう語るのか？」

「残念ながらその通りだ、旧き森の輩よ。我々は〝穢れ〟どもの愚かさを甘く見ていた。奴らに寛容の心を示したのは、大きな過ちだった」

むぅ、とオールドウッドの大長老は唸《うな》る。

同席する長老らに視線を向けるが、彼らもまた少なからず困惑している様子だった。大長老は当初から抱き続けていた疑問を投げ掛ける。

「……であれば、早々に掃《はら》えばいいだけの話ではないのか？」

ノーブルウッドが人間に対し、憎悪と嫌悪を抱いているのは知っている。

百年前の戦争の顚末《てんまつ》を思えば――自ら仕掛けた戦争とはいえ――無理もない話だ。

また、彼らがハーフエルフらを〝穢れ〟と蔑《さげす》むのも同じくである。

なにせハーフエルフの一派、即ちラテストウッドとは、囚《とら》われの身となったノーブルウッドのエルフと人間の間に生まれ堕《お》ちた者の子孫が興した国だ。

幸いにもオールドウッドの血はいささかも混じっていないが、彼らノーブルウッドの立場で考えればハーフエルフを〝穢れ〟と呼称するのも当然のことだろう。

――そしてハーフエルフは基本的に、弱い。

エルフのように長きにわたる歳月で魔術を研鑽したわけでもなく、人間のように数を活《い》かした戦い方を講じることもできないからだ。仮にオールドウッドがハーフエルフの一派と真正面からぶつかったところで、さしたる損害もなく圧勝することができるだろう。卓越した術者や狩人を多く抱えるノーブルウッドもまた、同じくである。

つまるところ、ハーフエルフがノーブルウッドに歯向かったというのなら、いますぐ一掃してしまえば済むだけの話なのだ。だというのに、ノーブルウッドはわざわざ自分らにその話を持ってきた。それが腑《ふ》に落ちない。

「汝の言うことはもっともだろう。だが、それができぬ理由が存在する。業腹《ごうはら》なことこの上ないが、〝穢れ〟どもは妖《あや》しげな異邦人の助力を得たのだ」

「異邦人？　それがなんだというのだ。まさかとは思うが尊き森の輩よ、稀人《まれびと》とでも言うまいな？」

「真偽も不確かな深淵森《アビス》の伝承についてこの場で論じるつもりはない。肝心なのはその異邦人が、尋常ならざる力を有するということだ。――なにせ我々の英雄にして狩人長、サラウィン＝ウェルト＝ノーブルリーフが奴らの手にかかり、森に還ったが故《ゆえ》な」

「……なんと⁉」

さすがに大長老は目を剝いた。居並ぶ長老らも似たりよったりの反応である。

ノーブルウッドの狩人長サラウィンといえば、大樹海で名を知られた英傑だったからだ。百年前の戦争では第一線で力を振るい、幾百もの人間を狩ったとも伝え聞いている。

それほどの男が、何処とも知れぬ者の手に掛かり、森に還ったなどと……。

「恐らくは卑劣な手段を使われてのことに違いない。だがそれでも、旧き森の輩よ、彼《か》の英雄が森に還ったのは確かな事実なのだ。そして〝穢れ〟どもが何を仕出かすか分からぬ現状、これは汝らにとっても他人事ではあるまい？」

確かにそれが事実ならば……森の片隅に住み着くだけに飽き足らず、異邦人とやらの助力を得たハーフエルフらが大樹海の内側へ攻め入ってくるとあらば、看過しかねる事態である。万が一にもノーブルウッドがハーフエルフの一派に敗れるようなことがあれば、その隣国であるオールドウッドが次の標的にされかねない。

常識で考えればまずありえない話だ。たかがハーフエルフの一派などに後れを取るなどと、与太話としても笑えない妄想の類いである。しかし、他ならぬノーブルウッドのエルフが先の一言を口にしたという事実が、大長老の肩に重くのしかかった。

「……ふむ」

彼らノーブルウッドがハーフエルフを忌み嫌い、またエルフの中でも極《きわ》めて強い自尊心を有していることは、大樹海に住まう者なら誰《だれ》もが知るところである。

そのノーブルウッドの大長老が、自ら他国に足を運んだ上で、『ハーフエルフの一派によって狩人長を失った』などという不名誉を口にしたのだ。

本来ならば口が裂けても言えない屈辱の極みだろう。少なくとも虚言で口にできる内容ではない。にも拘《かかわ》らず、彼はあえて他国のエルフに対し、その情報を晒《さら》してみせた。

――つまりは、空言《そらごと》にあらず。彼が口にしたありえざる出来事の数々は、紛《まぎ》れもない事実である。


彼の自尊心の高さをよく知る大長老は、そのように確信した。

「……成程。先触れもなく、長たる汝が直接我が国に足を運んだ理由が判明した。確かに、看過しかねる異変が起きているようだ」

コクリと頷《うなず》いた大長老は、その場に集う長老議会の面々に視線を巡らせた。

視線に宿した意味を解せぬ愚者は居ない。

オールドウッドの代表者たる一同は、沈黙を以《も》って答えとする。

「状況は理解した。深淵森《アビス》の傍《そば》ならば遠からず滅ぶものとして寛容を示してきたが、ハーフエルフの一派が増長したとあらば成程、我らもまた誅伐の矢を番《つが》える必要がありそうだ」

「では？」

「全面的な協力となれば、王なきこの場で即答はできぬ。しかし有事の際に備えて我らも準備を整えておこうではないか。王にもその旨、私から確と伝えておこう」

大長老はこの場で答えうる限りの回答を口にした。

無論、矢面に立つつもりはないが、備えをしておいて損はない。

そう判断した上での返答だった。

「――ああ、胸のつかえが取れた心境だ、旧き森の輩よ。やはり汝らは他の輩とは異なり、我らが理を解する者らであった」

ハルウェルは朗らかな表情で返答した。その声色《こわいろ》には安堵《あんど》の色さえ滲《にじ》んでいる。

彼の気位からすれば粛々《しゅくしゅく》と応じるとばかり思っていた大長老は、笑顔さえ浮かべてみせたハルウェルの反応を少々意外に思った。

「もしも汝らが否《いな》と返していたなら、これより我らは後悔を得たことだろう。そしてそこには躊躇《ためら》いがあり、苦しみがあり、憐憫《れんびん》があったに違いない。他ならぬ汝らは、我らと似て旧き血を受け継ぐ一族故に」

微笑みを浮かべたハルウェルは、流れるようにそう語った。

声には確かな情感があり、真剣な響きを伴って一同の耳に届く。

神樹に祈りを捧《ささ》げる敬虔な信者に似た真摯《しんし》さで、彼は言葉を続けた。

「だが、今ここに一切《いっさい》の迷いは晴れた。晴れたのだ、旧き森の輩よ。無論我らとて、賢明な汝らがその結論に至るであろうことは察していたが、それでも念の為にと確認を取った甲斐があったというものだ。――おかげで何の躊躇いもなく、我らは旧き森を捧げることができる」

「……？　待て、尊き森の輩よ。それはいったい――」

大長老の言葉はそこで途切れた。

遮《さえぎ》るように、けたたましい叫声が響いたからだ。

明らかにヒトとは異なる響きに、居並ぶ長老らは顔を見合わせる。

「今のは……まさか魔獣か？」

「馬鹿《ばか》な。ここまで叫びが届く位置にまで踏み込まれたというのか」

「狩人は何をしている。客人が来ている最中《さなか》だというのに……怠慢《たいまん》という言葉では済まされぬ失態だぞ」

別段、魔獣の侵入についいては騒ぎ立てるような問題ではない。

街の周囲の魔獣は定期的に間引きされ、また優れた狩人によって守りを固めているものの、稀にはぐれの魔獣が迷い込むことがあるからだ。

従って今こうして長老らが顔を顰《しか》めているのは、よりにもよって客人が来ている最中に不祥事が起きたという矜持《きょうじ》の面からの反応であり、危機感の類いを抱いているわけではない。

しかし、大長老は得体のしれない悪寒にとらわれ、背筋をぶるりと震わせた。

その原因は、目の前に座すノーブルウッドのエルフらの表情。

国家間の神聖な会談に水を差されたというのに、眉《まゆ》一つ動かしていない彼らの様子を目にしてのことだ。

そして、大長老が問いを発そうとした瞬間、それは起きた。

「――――ッ⁉」

神殿の壁に、突如として大穴が開く。

そしてそこから侵入してきた野太い何かが、『交樹の間』にいた狩人の一人を捉《とら》え、壁を打ち破ったのと同等の勢いで引っ込められる。

直後、屋外で断末魔が響き、一帯が怒号で満ちた。

前触れのない異変に一瞬浮足立った長老たちだったが、瞬時に我に返り、すかさず行動を起こそうとする。

エルフの長老とは確かな血筋を引く者が研鑽を重ね、狩人としての実績を積み、この者こそはと認められた傑物が就く地位だ。背景に多少の政治的事情があることは否定《ひてい》しないが、権謀術数がはびこる人間国家とは異なり――前提条件に血筋が含まれている点を除けば――実力主義の性質が強いと言える。

つまり、エルフの長老とは識者でありつつ強者なのだ。一族の中でもとりわけ豊富な魔力を内包する彼らは、一線から退いた身とはいえ確かな実力を有している。少なくとも迷い込んできた魔獣程度なら片手間に蹴散《けち》らせよう。

「ああああァあぁアぁァアぁ――!?」

しかしそんな彼らでも、ソレに対抗することはできなかった。

術の詠唱もままならぬまま、一人、また一人と犠牲になり、神殿が鮮血で汚されていく。静粛に論を交わすべき『交樹の間』は暴威に晒され、もはや見る影もない。

だというのに、それでも、そのような惨事が目の前に広がっているにも拘らず、ノーブルウッドのエルフたちは慌てふためく様子を見せなかった。

その先頭に座すハルウェルは朗らかな表情のまま、最後に残った大長老に語り掛ける。

「心より――心より感謝しよう、我が親愛なる同胞よ。〝穢れ〟を祓う為に協力するという汝らの決意、確と我らは受け止めた」

ここに至り、オールドウッドの大長老は理解した。

ハルウェルが屈辱に過ぎる内容を口にしてなお、激高することなく淡々と言葉を紡いでいたその真相に辿《たど》り着いた。

彼は当初から冷静さを保っていたわけではなく、むしろその逆。あまりに強すぎる激情を抱いていたが故に、一周回って表情が消えていただけに過ぎない。ハルウェルは会談に臨む以前から、既に正気を失っていたのだ。

「――…………」

その事実を悟ると同時、大長老は背後に迫る気配を察し、恐る恐る振り向いた。

神殿の壁に空いた大きな穴。

そこには血のような禍々《まがまが》しい色彩をした、赤い、瞳《ひとみ》が――。

「案ずることはない。汝らの旧く正しき血脈は確かな力へと形を変え、醜悪なる〝穢れ〟を祓うだろう」

それが、大長老が耳にした最期《さいご》の言葉だった。

彼の痩軀《そうく》に幾十もの牙が突き刺さり、鮮血を撒《ま》き散らす。

大長老は自分の身に何が起きたかを察する間もなく、他の長老らと同様にその命を終わらせた。

やがて、街の至るところから悲鳴や怒号が生じ始める。

しかし戸惑い逃げるオールドウッドの民に反して、ノーブルウッドのエルフらが動きを見せることはない。

瞬く間に騒乱に包まれていくオールドウッドの中心地で、彼らの代表者たるハルウェルはどろりと濁った声を漏《も》らした。

「……あってはならぬ。我らノーブルウッドが〝穢れ〟に敗北を喫《きっ》したなどという事実は、あってはならぬのだ……！」

微笑を捨て去った双眸《そうぼう》には、漆黒の意志が灯《とも》っていた。

＋　＋　＋

『――以上が事の顛末《てんまつ》じゃ、我が君。いくつか展開は予想しておったが、彼奴《きやつ》ら、その中でもとびっきりのを選んだようじゃの』

店舗への改装が済んだ館の私室にて、ヘリアンはそのように報告を受け取った。

彼の眼前には音声会話《ボイスチャット》に設定された〈通信仮想窓《チャットウィンドウ》〉が浮かんでいる。そして通話相手が記されている名前欄には、第六軍団長カミーラの名が刻まれていた。

彼女の語った報告内容は予想の範疇《はんちゅう》に収まっている。

しかしここまで短絡的な手段に訴えるとは、という思いを抱いたのも事実だ。

ヘリアンは〈通信仮想窓《チャットウィンドウ》〉越しにカミーラへ問い掛ける。

「一つ確認するが、精神干渉や洗脳の類いはしていまいな？　彼らは間違いなく、彼らの自由意志のもとに、行動を開始したのだな？」

魂や精神への干渉は、【夢魔女帝《ナイトメアエンプレス》】たるカミーラの得意とする分野である。

諜報活動においても多用され、［タクティクス・クロニクル］におけるスパイユニットの報告フェイズでは『敵高官の洗脳判定に成功。破壊工作を実施し、内乱を誘発』などという物騒な文言が並ぶことも珍しくはなかった。

しかし、現在は幾つかの理由からその手の術式を禁止している。

カミーラが軽々しく命令違反を犯すと思っているわけでもなかったが、それでもヘリアンはある種の最終確認として、その問いをあえて口にした。

『無論じゃ、我が君。先遣隊全滅の報に関する晒し方については多少手を加えたが、それ以外に精神干渉の術式は使用しておらぬ。オールドウッドに至っては情報操作を含めて一切手を出しておらんぐらいでな。この選択は他ならぬ彼奴ら自身の意志じゃ』

「……そうか」

ヘリアンは嘆息と共にそう答えた。

そしてカミーラの報告をもう一度脳内で咀嚼《そしゃく》し、それが解釈の間違いようもない事実であることを認めるまでに数秒。

己の中で結論を出したヘリアンは、厳粛《げんしゅく》な声を作ってカミーラに告げる。

「――了解した。一度本国に帰還する」

六章　問われるは現状と覚悟

「では、私は一時本国に帰還する。その間の拠点構築作業については、お前たち二名に任せた。私が不在の間、しっかりと留守を頼むぞ」

本国への一時帰還を決めたヘリアンは、セレスとガルディに現場指揮を任せ、リーヴェと共に首都『アガルタ』に帰還した。シールズに向かった際にはそれなりの時間を要したが、【転移門《テレポータル》】を使えば移動は一瞬である。

遠征に出向くなり華々しい戦果を挙げた王の凱旋《がいせん》に際し、祝祭を開いてはどうかという意見も上がっていたそうだが、残念ながらそれは後回しだ。

古い史実に記されるように、王が新たな英雄譚《サーガ》を持ち帰ってきたとあらば、それを喧伝《けんでん》するのも王の仕事ではある。［タクティクス・クロニクル］においても、状況《シチュエーション》に応じて適切な催事《イベント》を開催することで【士気】や【忠誠心】、場合によっては【幸福度】も向上するという形で表現されていた。その尋常ならざる拘《こだわ》りが垣間《かいま》見《み》える作り込みに、プレイヤーは口を揃《そろ》えて開発元を変態企業呼ばわりしたものである。

しかし、この度の帰還はそれよりも優先すべき仕事を行う為のものだ。祝祭を開くのはその仕事を片付けてからでも構わない。ヘリアンはアガルタに転移されるなりすぐさま、リーヴェを伴って城の一室へと出向く。

「久方ぶりだな、諸君」

そうしてヘリアンとリーヴェ、そして数名の出席者が集った場所は、多くの会議室が集約されている区画の最奥に位置する第一会議室だった。

最近は『謁見《えっけん》の間』で軍団長らと言葉を交わすことが多かったが、今回は出席者と状況を考慮して会議室を使用することに決めた次第だ。

部屋の中央には円卓があり、幾つかの椅子《いす》が備え付けられている。

入り口から見て最奥に位置する椅子に腰を下ろしたヘリアンは、直立して王を出迎えた軍団長らに対し、まずは労《ねぎら》いの言葉を送る。

「ご苦労、楽にしてくれていい。私の留守中、各々が務めを果たしてくれたようで何よりだ」

今回の出席者はヘリアンとリーヴェを除いて四名。

生真面目《きまじめ》な顔で応じる第二軍団長バランと、穏やかな微笑みを浮かべる第三軍団長エルティナ。そして艶やかな衣装に身を包む第六軍団長カミーラと、第七軍団長の代理として出席したメルツェルだ。

他の三人はある程度慣れた様子で労いに応じてくれたが、メルツェルだけはガチガチに緊張した様子で固まっていた。王の許しを得て着座する三人を見て、慌てて自分も後に続く有様《ありさま》である。

それもそのはず。彼は本来、このような場に出席する立場にはない。

万魔の王と直接言葉を交わせる配下などそう多くはなく、また『第七軍団からの代表者』という位置づけならば、軍団長であるロビンが出席するべき立場だからだ。

そんな彼がここにいるのは、万が一に備えて現場を離れられないロビンの代理人として、白羽の矢が立った結果に他ならない。普段から直属の上司による奇行で胃を痛めている彼は、苦労人気質なところがあった。

「メルツェルも、現地での任務を立派に務めてくれていると聞いている。この世界の民との本格的な交流開始とあって戸惑うことも多かったとは思うが、苦労はなかったか？」

「ハッ！　……あ、いえ、いいえ！」

咄嗟《とっさ》に応じたメルツェルは、苦労したのだと肯定するかのような己《おのれ》の返答に慌てて否定《ひてい》を示す。

そしてその際、勢い余って立ち上がった衝撃により卓上の資料が床にバラ撒《ま》かれた。出だしから直答に失敗したことも重なり、顔色を悪くしたメルツェルは慌てて資料を拾い始める。

首都アガルタを任せていたバランやエルティナからは、定時連絡で首都に関する詳細な報告を受け取り済みだ。従って、まずは彼からラテストウッドに関する報告を聞こうと思っていたのだが――

（……うん。色々と無理だな）

さすがにこの状態で報告を始めさせるわけにはいかない。何かしらの失敗を重ねて場が混沌《こんとん》とするだろうし、何より面倒事を背負わされた感のある彼が可哀想《かわいそう》すぎる。

ここは上位者として、配下の緊張を解きほぐす為の何かしらを行うべき場面だろう。

そう考えたヘリアンは、必死な表情で資料を掻《か》き集《あつ》めているメルツェルに対し自ら声を掛けようとして――その寸前、シールズで独りよがりになっていた失敗を思い出し、エルティナに視線を向けた。

性質傾向に【調和】を有するエルティナは、主人と視線を交わすなり意を察したように柔和な笑みを浮かべ、メルツェルに声を投げ掛ける。

「そんなに慌てなくても大丈夫ですよ、メルツェル。これは別段、正式な謁見《えっけん》というわけではないのですから」

彼女はそう言って自らも床に膝《ひざ》を付き、メルツェルと一緒に落ちていた資料を拾い始める。

「陛下を前にして緊張するのは分かりますが、ここは謁見の間ではなく単なる会議室。勿論《もちろん》最低限の礼節は必要ですが、この場所で我々に求められているのは完璧《かんぺき》な作法よりも正しい報告です」

拾い集めた紙束を丁寧に揃えたエルティナは、微笑みを浮かべたままメルツェルに手渡した。

その際、受け取ったメルツェルの手を白くしなやかな両手で包み込み、聞く者の心を穏やかにさせる声色《こわいろ》で言葉を添える。

「それに慣れない場での失敗を責め立てるほど、陛下は狭量なお方ではありませんよ。ゆっくりでいいので、落ち着いて報告してくださいね」

柔らかな気遣いの言葉。受け取った手に確かに感じる温《ぬく》もり。そして慈愛に満ちたエルティナの微笑みに、追い詰められていたメルツェルは女神の姿を垣間見た。

果たして直属の上司《ロビン》からこんな気遣いを受けたことがあっただろうか。いや無い。記憶を辿《たど》るまでもなく無いと断言できる。むしろ普段から上司のやらかす奇行の尻拭《しりぬぐ》いや悪戯の後始末をさせられてばかりだ。最近では第七軍団長宛て苦情受付係などと揶揄《やゆ》されることすらあった。それを思えば、嗚呼、目の前で微笑んでくれる聖女様のなんと神々しいことか――！

「エルティナ様……！」

迂闊《うかつ》にも目頭が熱くなるのを懸命に堪えつつ、万感の思いを込めてメルツェルは女神の名を口にした。女神は最後にニコリと笑い、ゆったりとした足取りで自席へと戻っていく。

そんな一幕を見せつけられ、さすがにそろそろ口を挟むべきかと動きを見せたリーヴェだったが、ヘリアンは卓上に置いた右手を軽く挙げることによって応《こた》えた。

主人の意図を正しく理解したリーヴェは沈黙を保ち、やがて落ち着きを取り戻したメルツェルはすっくと立ち上がり王に謝辞を示す。

「――失礼いたしました、我らが王。醜態を晒《さら》しましたこと、お詫《わ》び申し上げます」

「構わん。それではメルツェルよ、ラテストウッドに関する近況報告を聞きたいのだが」

「承知いたしました。不肖メルツェル、派遣団副責任者兼第七軍団長代理として報告を始めさせていただきます」

先ほどまでの狼狽《ろうばい》した様子から一転、デキる仕事人の表情でメルツェルは言った。

あまりの変貌ぶりに若干気圧《けお》されつつ、ヘリアンは報告を促す。

「まず、ご懸念《けねん》だった現地住民と派遣団との衝突や摩擦についてですが、さしたる問題は発生しておりません。両国間の文化の違いによる些細《ささい》なトラブルは散見されますが、いずれも当事者間で解決しており、両者の関係は概《おおむ》ね良好と言っていいものかと」

ハキハキと述べられた報告に対し、ヘリアンは鷹揚《おうよう》に頷《うなず》いてみせた。

どうやら完全に平静を取り戻してくれた様子である。

エルティナの手腕に感謝しつつ、毅然《きぜん》とした態度を作ってメルツェルに問う。

「ふむ。だが、先方が一方的に譲歩しているが為に問題が表面化していない、ということは考えられないか？　国を違《たが》えるだけでも文化の差異はあるが、我々の場合は世界すら違えている。魔物としての常識が通用しないこともあるだろう」

加えて言えば、両国間には圧倒的な国力の差が存在する。保有する武力などその最たるものだ。

また同盟と言えば聞こえはいいが、先の戦争では『助けた側』と『助けられた側』という立ち位置が定まってしまっており、少なくとも対等ではなかった。

それを考慮すれば、ラテストウッドの住民に迷惑をかけていたとしても、彼らが不満を呑《の》み込《こ》み耐え忍んでいる可能性だって考えられるだろう。

問題が表面化していないが為に良好に思える、という状態は非常に厄介だ。

水面下に隠れている問題は後々の禍根《かこん》になりかねない。

友好的な関係を望んでいるヘリアンにとって、それは地雷も同然の代物である。

「水面下の問題は可視化されにくいが、現地に滞在していたお前なら見えてくるものもあるだろう。個人的な見解レベルでも構わん。お前の所見が聞きたい」

ヘリアンからの思わぬ問い掛けに、メルツェルはしばし熟考する。

「王の耳に入れるほどのことか、と問われれば疑問ではあるのですが……」

そうしてメルツェルの口から語られた諸問題は、なるほど、確かに一つ一つは大きなものではなかった。しかしそれを耳にしたヘリアンは、聞いておいてよかった、という感想を抱いた。

ヘリアンはアルキマイラにおける唯一無二の絶対者である。

当然ながら王たるヘリアンの時間はひどく貴重なもので、無駄遣いをしていい代物ではない。

そのように認識しているからこそ、配下の彼ら彼女らは報告内容を吟味しているわけだが、そうすることでヘリアンに見えてこないものも出てくる。これもそのうちの一つだ。

メルツェルが語った諸問題は、前述したように些細なものばかりだった。

幾つかを例にあげれば『魔物である配下たちを怖がる住民がいる』『嗜好の違いから現地の食事が舌に合わない』『現地住民の仕事を手伝おうとしたら恐縮されて断られた』といった具合だ。

だが、一つ一つは些細でも積み重なれば無視できない大きさになる。

そしてこうした問題は、そこまで大きくなる前に手を打つことが肝要なのだ。

両国間の交流を始めた矢先ともなればなおさらである。

可能ならば、例の計画を通して幾らか解決しておきたいところだ。

「なるほど……。ちなみに、ロビンは普段どうしている？　相変わらずな様子だとは聞いているが」

問えば、つい先ほどまで澱《よど》みなく動いていたメルツェルの口が止まった。

冒頭とは別の理由から硬直したメルツェルは、ひどく言いづらそうな様子で、言葉を選びながら慎重に回答する。

「軍団長殿は……その、現地住民との積極的な交流を試みております。先方の女官長殿を筆頭に、友愛を示すとも取れる活動を毎日欠かさず実施しており、派遣団の中でもその積極性だけは群を抜いて――」

「――メルツェル。報告内容は要点を纏《まと》め、明確にしろ。ヘリアン様に無駄な手間を取らせるな」

緊急速報ならば正確性をある程度犠牲にしても速度を優先させることはままあるが、今回は事前に会議が行われることが分かった上でのことだ。

当然ながら事前に求められるであろう情報は把握しておいて然《しか》るべきであり、ましてや軍団長の代理者として出席している立場なのだから、軍団長に関する情報は正確かつ要点を押さえた報告がされるべきだろう。

にも拘《かかわ》らずひどく曖昧《あいまい》な内容に対し――ちなみに会議では逐次許可を求めずとも発言が可能である――静観していたリーヴェが苦言を呈する。

「う、――」

詰問《きつもん》されたメルツェルは冷や汗を流しながら懸命に頭を働かせた。

しかしどう取り繕っても、正確に報告などすれば自軍団の恥を晒《さら》すことになる。

ましてやここには女性軍団長が三名もいるのだ。全《すべ》てを把握している第六軍団長《カミーラ》は別にしても、気不味《きまず》いというレベルではない。

追い詰められたメルツェルは助けを求める一心で、同性かつ詳細な情報を摑《つか》んでいる第二軍団長に目を向ける。しかし誠実な人格者であるはずのバランは、同じく気不味げな表情で視線を逸《そ》らした。

見捨てられた形になったメルツェルだったが、それを薄情とは思わなかった。自分が第二軍団長の立場なら、間違いなく同様の行動を取るからだ。

いよいよ孤立無援になったメルツェルに視線が集まり、得体の知れない緊張感が彼の身を包む。

「……いや、いい。考えてみればこのような場で問うことではなかったな。次の報告を聞くとしよう」

意を決して全てを晒そうとしたメルツェルだったが、その寸前、見るに見かねたヘリアンが質問を取り下げた。

重要な何かをやらかしているなら恥も外聞もなく報告に上げただろうが、彼はそうせず、かつ女性軍団長らの様子をチラチラと気にしていた。つまりはそういうことであり、あくまで悪戯の範疇《はんちゅう》に収まるものなのだろう。多少手間ではあるが、〈情報共有《データシェアリング》〉で得た〈記録《ログ》〉を精査し、後ほど確認しておけば済む話でもある。

ちなみに、メルツェルは心底ホッとしたような吐息を漏《も》らしていた。

気を取り直したヘリアンはその後も幾つかのやり取りを交わし、現場の者ならではの意見や見解を聞くことで情報の補完を済ませた。他の出席者とも情報が共有できたことを認め、最後にラテストウッドの首都の外れに建設させた特殊施設について問う。

「完成した『ラージボックス』についてはどうだ？　接続は済み、後は機材の調整を残すのみと聞いていたが」

「特に問題はありません。起動用の魔石を含めた各種調整も完了しており、後は炉心に火を入れるのを待つばかりの状態です。ただ、資材と時間の関係上、ご命令通り最低限の機能を賄《まかな》う形で完成させることとなりました。ご了承いただければと」

「無論だ。この状況では致し方あるまい」

もともとラージボックスは、アガルタ近郊の拠点に建設していたものが存在した。湯水のように資材と人員を投入し、さすがにここまでは要らないんじゃないかという無駄機能まで満載した贅沢品の極《きわ》みとしてのラージボックスが、だ。

しかしながら今現在は存在しない。世界間転移現象によって転移させられたのは、首都アガルタの都市区画だけだったからだ。近郊の拠点や隣接する施設群などは転移してきておらず、元の世界に置き去りにされたアレコレの中にラージボックスも含まれていた。

「……まあ、アレがラージボックスごと置き去りにされなかっただけでも僥倖《ぎょうこう》だったと言うべきだろうな。建国祝賀祭の為に引っ張り出していなかったらと思うと、ゾッとする話だ」

「心の底から同意いたします。また接続を行った際、最低限のシステム起ち上げについては確認しましたので、起動自体はまず間違いなく成功するものかと」

「ならば、後は起動後の動作検証を残すのみか。できればもう少し穏当な方法で実験を済ませておきたかったが……懐《ふところ》事情が許してくれないのが痛いところだな」

告げると、エルティナが申し訳なさそうに眉尻《まゆじり》を下げた。

「申し訳ありません、陛下。内政担当官としてお詫びいたします」

「む。……いや、お前を責めているわけではない。むしろ世界間転移現象の影響で多々問題が発生する中、よくぞ内政を回してくれているものだ」

エルフ特有の笹耳まで下を向いてしまっているエルティナに対し、ヘリアンはフォローの言葉を口にする。

実際、彼女はよくやってくれている。そもそもヘリアンが境界都市シールズに遠征できたことと、エルティナが必死に国内を取り纏《と》めてくれているおかげなのだ。彼女を責めることなどできはしない。

「それに今回の件については、内政担当官の働きでどうにかなるものでもなかろう」

今回特に必要としているのは品質値二〇〇を超えた魔石――圧縮に圧縮を重ねた超高品質の魔石だが、元の世界から持ち込めた資材には限りがある。世界間転移現象に伴い、首都以外の各地で保管していた貯蓄資源を全て失ったからだ。

第四軍団所属の錬金術師を筆頭にこの世界で手に入れた魔石の圧縮実験を行わせているものの、現時点での成果は今ひとつである。圧縮の過程で魔石が崩壊する現象が頻発しているからだ。

なんでも籠《こ》めようとする魔力に対し、それを溜《た》め込む魔石そのものが耐えきれなくなった結果の飽和現象らしい。力任せに魔力を注《そそ》ぎ込めばどうにかなる、という問題ではなく、彼らの言葉を借りれば『純度、密度、濃度、強度、その全てを考慮した奇跡のバランス』が必要とのことだ。

そして、脆《もろ》い魔石でその値を見出すには相当数のトライ&エラーを要するとも。

遠征先で十分な設備がないという事情もあるが、アルキマイラ最高峰の魔術師にして研究者たるセレスでさえ、現地素材を用いての錬成に関しては失敗続きなのだ。それを鑑《かんが》みれば、第四軍団の錬金術師らに今すぐ成果を出せと迫るのは暴君の振る舞いだろう。

賢王を自称するほど自惚れてはいないが、だからといって愚王に堕《お》ちるつもりはない。ならば今行うべきは無いものねだりや現状への不平不満を口にすることではなく、今現在の持ち得る手札で最適手を打ち出すことに他ならない。

「ともかく、一度も起動実験を行わぬままにしておくというのは論外だ。いざ必要とされる局面になって『動きませんでした』では困る。アレの性質からして、国家の存亡にすら繋《つな》がりかねんからな」

事実、シールズにおいて神話級脅威との遭遇戦という超弩級《ちょうどきゅう》のアクシデントがあったばかりだ。

今後何があるとも分からない。

アレが必要になった時のことを考えれば、この世界でも問題なく使えるのか検証しておかなければならない。

「いつかは実験せねばならぬことであり、その為には少なくない資源を要する。それは如何《いかん》ともし難《がた》い事実だ。ならば今回の一件に乗じ、一切《いっさい》合財を纏めて行う。ロビンにも予定通り準備を済ませるよう伝えておけ」

「……予定通りということは、やはり?」

問い掛けるメルツェルに首肯《しゅこう》で応じたヘリアンは、それまで沈黙を保っていたカミーラへと視線を移す。

「カミーラ。ノーブルウッドに関する情報と認識の共有を図る。私が既知の情報も含め、出席者一同に現状を説明しろ」

「承知いたした、我が君」

席を立ったカミーラは一同を見渡し、流れるように状況説明を開始した。

「まず、ノーブルウッドの現状について。知っての通り、我らが同盟国ラテストウッドに攻め入った先遣隊は先の一戦であえなく全滅したが、彼奴らの本国はその事実をつい先日まで知らなんだ。妾《わらわ》の第六軍団が全リソースを投入して情報操作を徹底していた故《ゆえ》な。そして先日、ラージボックスの建設状況も含め機は熟したとの見解から、妾は我が君より新たな命を受け、ノーブルウッド本国の長老議会——最高幹部らに対し、伏せていた情報を部分的に晒した次第じゃ」

結果は見ての通りよ、という言葉と共に、カミーラは優雅な仕草で右手を翳《かざ》す。そして豊満な胸の前に持ってきた掌を上に向ければ、とある幻像が浮かび出た。オールドウッドの長老らと、ノーブルウッドの大長老による会談模様である。

自身が直視、或《ある》いは使い魔を通して見た光景などを幻像に映し出すこの魔術は、幻影系と情報系の合わせ技による術式だ。

攻撃や防御などといった、基本的な系統に関しては比較的多くの者が適性を有している一方、尖《とが》った系統ほど素養を持つ者が少ない。

情報系もそのうちの一つだが、第六軍団の頂点に立つカミーラは難なくその術式を操《あやつ》ってみせた。

「む、ぅ……」

「……これは」

そして映写機のように映し出された一幕を見た面々は、誰《だれ》ともなく唸《うな》り声を漏らした。その要因は、会談を執り行ってきた現場に乱入してきたソレを目にしてのことだ。

［タクティクス・クロニクル］の世界を生きてきた配下らにとって、王《プレイヤー》と王《プレイヤー》の直接対話である会談は神聖なものである。相手が礼節を守る限りはそれなりの対応が求められる場面であり、万が一先に礼節を損なうようなことがあれば、それは自国の名に泥を塗る行為に等しい。必然、どれほど礼儀作法に疎《うと》い配下とて、会談の場では自然と背筋が伸びたものだ。

しかしカミーラの見せる映像は、そんな彼らの常識を裏切って余りある光景だった。

「見ての通り、会談とは名ばかりの有様よ。しかもラテストウッドの一件に引き続き宣戦布告なしの先制攻撃。むしろ虐殺じゃな。更にはあのような手段に訴えるあたり、彼奴ら、い よいよ極まったものと見える」

［タクティクス・クロニクル］において、戦争にはルールがあった。

一定の作法や暗黙の了解が存在した。

システム的にあえて破ることが可能なものも幾つかあったが、禁忌《きんき》を犯したプレイヤーは周辺諸国から纏めて敵視され、一様に滅びの道を歩んだものである。

中でも宣戦布告は、［タクティクス・クロニクル］のプレイヤーから特に神聖視されていた。

これを行った瞬間、未接触の国も含め全ての同一ワールドプレイヤーに開戦の事実を悟られるというデメリットはあったものの、宣戦布告とは言ってしまえば戦略ＳＬＧの華である。ささやかながら【士気】が向上するというメリットもあり、またワールド全体の秩序を保つ為のネチケット的な位置づけとして、必ずといっていいほど宣戦布告は行われていたのだった。

それを『常識《ルール》』として認識していた彼らは、唸りの声を上げたきり、一様に黙り込んだ。

「もはや止まらぬ。なにせ古木だけでは飽き足らず、己の躰まで喰《く》らい始めている有様でな。今は痩せ衰えながらも弓を引き絞っている最中じゃが、矢が放たれるまで十日とかかるまいて」

一息に現状報告を述べたカミーラは「以上じゃ」と告げ、ヘリアンと視線を交えてから着座した。

やがてカミーラの告げた内容が、出席者の面々に十分に浸透したことを認め、ヘリアンは厳《おごそ》かな態度を意識しつつ一同を見渡す。

「……我々は法を知らぬ蛮族ではない。故に言葉を用いず、獣《ケダモノ》のように振る舞うことを良しとはしない」

いつかの演説で告げた言葉を、あえてもう一度口にした。

――そう、獣ではない。だからヒトとして筋を通す。まずは言葉を交わす努力をする。たとえ結末が見え透いており、その努力とやらが徒労に終わることが分かりきっていたとしてもだ。

「――――」

そして続く言葉を口にする直前、ヘリアンは最後に、自分を見つめる琥珀《こはく》色の瞳《ひとみ》を直視した。

狼耳をこちらに向けた彼女の瞳には、無表情を貼《は》り付けた自分の顔が映っている。そうして彼女と視線を交わしたまま、これから告げようとしている内容を思い返した。

王としては間違いなく正しい。人として正しいかどうかは未《いま》だ分からない。だけど、アルキマイラの瞳から目を逸らさずには済んだ。

ならば、それが答えだ。

「――カミーラ。ラテストウッドが女王レイファ＝リム＝ラテストウッドと協議の上、ノーブルウッドに使者を送るよう手配しろ。これを彼《か》の国に対する最後の慈悲とする」

「……それでは、我が君よ」

「最後通告だ。聞き入られぬ場合は手筈通り事を運ぶ。またその際は第六軍団は勿論のこと、現地に派遣している第七軍団の人員にも働いてもらうことになる。万事抜かりなく対処するよう、最善を尽くせ」

王としての言葉で命令を下す。

カミーラを筆頭とした出席者一同は、揃って承諾の意を示した。

2.

ラテストウッドの女官長を務めるウェンリは、小城の廊下を進んでいた。

女王レイファからの呼び出しを受けてのことだ。

すれ違う女官たちと挨拶《あいさつ》を交わしつつ、足早に目的地へと足を進める。

やがて行き着いた一室、女王の執務室の前でウェンリは立ち止まり、呼吸を整えてから木造りの扉を叩《たた》いた。

「レイファ様、ウェンリです。お呼びと聞いて罷《まか》り越しました」

扉の中から入室を許可する旨が返る。主人たるレイファの声だ。

ウェンリは「失礼いたします」と一言を挟んだ後、扉を押し開く。

「ご苦労さまです、ウェンリ」

書類の山の向こう側、執務椅子に座したレイファはそう言って彼女を出迎えた。

激動の日々とあって相当な仕事量のはずだが、表情に疲労の色は見えない。元教育係である自分の前では時折素の表情を見せることもあったレイファだが、今は女王として自身を律しているようだった。つまりは、それなり以上に重要な案件で呼ばれたということだ。

ウェンリは労いの言葉に一礼で応じ、続く主人からの声を待つ。

「貴方《あなた》を呼んだのは他でもありません。先ほど、カミーラ殿が本国から戻られたとの連絡がありました。恐らくは、例の一件についてのお話でしょうね」

遂に来たか、とウェンリは心中に重みを得た。

いつかは来るだろうと覚悟は決めていたが、それでも実際にその時が来るとなると、重苦しいものを感じる。

「他にロビン殿とリリファァも呼んでいます。じきに来ることでしょう」

「承知いたしました、レイファ様。では詳しい話については、お二人やカミーラ殿が来られてからということに――」

「――妾ならここにおるぞ？　戦士長殿」

背後で唐突に生じた声に、ウェンリは肩を跳ね上げた。

激しく鼓動を打ち鳴らす胸に手を当てて振り返れば、そこには紫色の髪をした一人の女性の姿がある。

「カ、カミーラ殿……」

「うむ。ノーブルウッドの連絡員を捕縛した時以来じゃの、戦士長殿。いや、今は女官長殿と呼ぶべきであったか」

妖艶《ようえん》な出で立ちをした女性、カミーラはそう言って妖《あや》しげな笑みを零《こぼ》す。

異性からすれば蠱惑《こわく》的に見えたであろうソレはしかし、今のウェンリからすれば小鼠を前にした猫のように映っていた。

荒れた心拍を懸命に宥《なだ》めつつ、ウェンリは返答を口にする。

「は、はい。久方ぶりです、カミーラ殿。……い、いつからそこに？」

「今しがたじゃ。ノックはしたのじゃが、生憎《あいにく》聞こえなかったようでな。驚かせてしまったかの？」

そんな馬鹿《ばか》な、とウェンリは思った。

周囲では工事の音や雑音が生じているものの、扉を叩く音に気付けぬほどとは思えない。

ましてや自分たちはハーフとはいえ聴力に優れたエルフ種だ。

聞き逃したはずはない、という強い疑念を彼女は抱く。

「いいえ。私の耳には確かに聞こえておりました、カミーラ殿。本国より戻られたばかりだというのに、わざわざ足を運んでいただきありがとうございます」

しかし戸惑うウェンリを他所《よそ》に、レイファは平然と答えてみせた。

表情には些《いささ》かの動揺も見受けられない。

その見事な切り返しにカミーラは「ほぅ」と心の中で呟《つぶや》き、レイファと視線を合わせる。

「そうかそうか。だがしかし、女官長殿の耳に入らなかったということは妾にも不手際があったのやもしれん。承諾の意を得る前に入室したのは確かだしの」

「平時ならいざ知らず、急を要する事態ならばそういったこともあるでしょう。十全な礼節より迅速な行動が尊ばれる場面は時として多々生ずるもの。これもまた、そのうちの一つと心得ております」

「ふむ……理解ある応対に感謝を示そうぞ、女王陛下」

表向き、女王レイファとアルキマイラの軍団長の関係は対等に近いとされている。

そして他でもないヘリアン自身がレイファのことを認めていることもあり、カミーラとしてもそれなりに敬意を払う対象として認識していた。

今しがたの応酬に関しても、立場を弁《わきま》えつつ言うべきことは口にするあたり、同盟国の指導者として満足のいく内容である。

僅《わず》か数日で彼女の才覚を見抜いた主人の慧眼《けいがん》を讃《たた》えつつ、カミーラはレイファの評価を一段階上げることにした。

「来たよ姉様ー。……あっ、カミーラ様」

「おや、妹御ではないか。元気にしておったかの？」

ノックと共に姿を見せたのは、レイファの妹であるリリファ王女だ。

カミーラが親しげに語り掛けると、リリファは満面の笑顔で答えてみせた。

「うん！　アルキマイラの人たちのおかげで美味《おい》しいご飯が食べられるから、みんな元気だよ」

「そうかそうか、それは何よりじゃ。困ったことがあれば妾に言うといい。妹御の頼みとあらば、妾に許された裁量内で可能な限り応えようではないか」

にこやかに応じたカミーラは、ああそうそう、と懐から小袋を取り出した。

中に入っているのはアルキマイラから持参した茶菓子の詰め合わせだ。

事前のリサーチにより判明したリリファの好みに合わせ、果物がふんだんに使われた焼き菓子《スィーツ》一式が袋一杯に詰め込まれている。

「本国からの土産じゃ。他に、我が君が好んでいる茶葉も取り寄せておいた。以前の会合でも手土産に持たされていたと耳にした故な」

「わー、本当に⁉　ありがとうカミーラ様！」

ニパッと笑顔を浮かべて礼を言うリリファに対し、カミーラは目を細くした微笑みで応じ、その頭を撫《な》でた。

この二人は何故《なぜ》か仲がいい。ラテストウッドに住まう住民のうち、もっともカミーラと親しくしているのは他ならぬリリファだった。

しかも会う度に距離感を縮めているらしく、当初は「はい」と答えていたリリファも「うん」などと言葉遣いを崩している。そしてカミーラもそれを許すどころか、肯定的に受け止めている節があった。

リリファがラテストウッドの王女であり、カミーラがアルキマイラの幹部である軍団長という立場を考慮すれば、両者が親しくしている事実はラテストウッドにとって歓迎すべきものである。しかし傍《はた》から眺めているウェンリは、そこに危機感のような感情を覚えずにはいられなかった。

何故ならウェンリは知っていた。

目の前で幼子《リリファ》を撫でている女性が、微笑みを浮かべたまま人を殺《あや》められる人物であることを。

それを思い知らされたのは、同盟を結んでから数日後の出来事。心話が途絶えた先遣隊に接触を図るべく、ノーブルウッド本国から差し向けられた連絡員を捕縛した時のことだ。

『思ったよりも早く釣れたの。我が君に良い報告ができそうじゃ』

不可視の束縛を受け、罵詈雑言を発しながら足掻《あが》いている連絡員《エルフ》。

それを前にしたカミーラはウェンリに向けて「見覚えはあるかの？」と問うてきたが、呼びつけられたウェンリは首を横に振って答えた。

そもそもラテストウッドは他国家との交流が無い状態――国として認められず諸国からはほぼ無視されていた――が続いていた為、自国民とたまに訪れてくる冒険者を除けば、知っている顔など殆《ほとん》ど無い。ましてやハーフエルフを忌み嫌い、接触すら厭《いと》うノーブルウッドのエルフとなれば尚更《なおさら》である。

『そうか、無駄足を踏ませたの。では妾流で情報を引き出すとするか』

言うなり、カミーラは唐突にエルフの胸に左手を突き込み、無造作にまさぐりだした。

不思議なことに血が噴き出るようなことはなく、接触面は小石を投げ込まれた水面のように波紋が浮かぶだけだった。しかし当のエルフは一瞬呆《ほう》けた表情になった後、その様を直視するなり致命的な悪寒に身を震わせたのだった。

それからのことは思い出したくもない。

連絡員はエルフ種らしい端正な顔立ちを苦悶《くもん》に歪《ゆが》め、この世のものとは思えない絶叫を吐き出し始めたのだ。両の瞳を血走らせ、口端から泡を零し、頭をデタラメに振って狂乱する様は今でも悪夢に見る。

やがて左胸から腕を引き抜いたカミーラは、懐から布を取り出し、汚いものでも触れたかのように手を拭《ぬぐ》った。そして放り捨てた布を魔術と思しき黒炎で灰にするなり、顔面を蒼白にしたウェンリにこう告げたのだ。

『体に訊くより魂に訊いた方が早いでな。体と違って早々に壊れてしまうのが難点じゃが、壊れるまでの間は嘘偽《うそ》りのない情報が引き出せる。妾はこの手の魂魔術《セイズ》が得意での』

三日月に似た不吉な笑み。

連絡員の断末魔はいつの間にか止まっていた。

カミーラは抜け殻と化した連絡員の体に触れ、何らかの術式を唱え始める。

連絡員はしばらくの間びくびくと痙攣《けいれん》していたが、やがて術式が完成するなり何事もなかったかのように立ち上がった。

血涙や脂汗、涎《よだれ》などといった様々な液体で汚れていた顔を配下の一人が拭い、治癒術式を施す。

そうして元の端正な顔立ちを取り戻した傀儡《エルフ》の周囲には、いつの間にか十体以上の悪魔──【隠匿の悪魔《インヴィジブルデーモン》】という名の隠密性に特化した種族らしい──が音もなく佇《たたず》んでいた。

『後は事前の打ち合わせ通りじゃ。言うまでもないがこれは王命、我が君からの直々の命令である。

失態は断じて許されん。万が一にも彼奴らに勘付かれるようなことがあれば、妾によって死を奪われるものと心得よ』

『承知いたしました、カミーラ様』

拝命の言葉を口にした悪魔は、幻のように姿を消した。そして堂々とした足取りで本国へと戻っていく連絡員の後に続き、森の奥へと去っていく。

その後、面白《おもしろ》い情報が手に入ったと嘯《うそぶ》くカミーラから「この後食事でも如何《いかが》かな？」と誘われたが、ウェンリは必死に固辞した。アレを見せつけられた後に食事を摂ることなど考えられなかったし、何より目の前の悪魔とこれ以上二人きりで居ることに耐えられなかったからだ。

逃げ帰るように小城の自室に戻った彼女だったが、その日の晩は一睡もできなかった。

そんな一幕を見せつけられたウェンリだからこそ、カミーラに抱く恐怖心は今も根強い。

アルキマイラの魔物に対し偏見の目は捨てるようにと自身を戒めていたウェンリだったが、さすがにアレを見て恐怖を覚えるなというのは無理難題に過ぎた。

自然、リリファと親しげにしている様子にも、彼女の本性を知るウェンリとしてはハラハラとした思いを抱かずにはいられない。

「やーはー！　お呼びと聞いてボク登場！　おはよう諸君、女王様！」

そこへ、最後の参加者であるロビンが現れた。マナーを無視して入室してきたロビンに対し、カミーラは柳眉《りゅうび》を歪ませる。

「ロビン……ヌシも軍団長ならノックぐらいはせんか。そもそも何がおはようじゃ。とうに昼は過ぎとるぞ」

「あ、ホントに？　いやー、リー姉からの注文で装備造りに没頭しちゃっててさー。おかげで徹夜しちゃったよ」

「リーヴェからの？　……あやつは我が君から直々に装備を下賜《かし》されているであろうに」

「そういうのじゃなくて、遠征専用の偽装防具が欲しいんだって。普段は大したことない一般的な衣装だけど、いざというときには偽装解いてそれなりの性能を発揮できる防具をご所望だとか。こんなの今までにない注文だったからさ、ついノリノリで取り組んじゃったよ、ボク」

いやーいい仕事したなあ、と言わんばかりに、彼はかいてもない額の汗を拭う。

こと一品物の制作に関しては飛び抜けた技量を誇る職人のロビンだが、なにぶん本人が気分屋で、作りたいモノしか作らないというスタンスを公言して憚《はばか》らない。しかし今回の依頼は幸いにも、彼の琴線に触れる注文だったようだ。

そうして時間も忘れて意気揚々と製作に取り組んだ結果、他の参加者から一歩遅れての登場と相成ったというわけである。

「まったくヌシという奴は……いや、よい。こんなことで時間を無駄にするわけにはいかんからの」

カミーラは溜息《ためいき》一つで意識を切り替え、レイファに向き直った。

レイファは既に席を立ち、机を回り込んでカミーラと対峙《たいじ》する位置にある。

そんな彼女の背後にはさりげなく移動したウェンリが控えていた。

先ほどまでカミーラと親しげに談笑していたリリファもまた、王女として意識を切り替え、姉であるレイファの脇《わき》で静かに佇んでいる。

「役者も揃うた故、本題に移るとしよう。我が君からの伝言じゃ」

「拝聴いたします」

レイファはサッとその場に跪《ひざまず》いた。ウェンリとリリファもまた同様の姿勢である。

カミーラが今から述べるであろう言葉が、王の代理人としてのそれだと理解したが為の行動だ。

十分な礼節を示す三者に対し、カミーラは鷹揚《おうよう》に頷くと共に続く言葉を口にする。

「不穏な動きを見せる隣国ノーブルウッドに対し最大限の警戒を行うと共に、最終勧告を兼ねた使者を送ることを提案する。――以上じゃ」

顔を上げたレイファに対し、カミーラは悠然と語り掛けた。

「我が君はお優しいでな。結果は分かりきっていようとも、使者を出すことを望まれておる。無論、使者には妾の軍団から選出した兵を密《ひそ》かに帯同させ、彼奴らが無法を働いた際には傷一つなく連れ帰ることを約束しよう。〝アルキマイラの耳〟の称号に懸けて、の」

「ヘリアン様のご意向、確かに承知いたしました。我が方としても異論はありません。すぐに家臣の中から使者を選出し、準備を整えさせます」

「うむ。だが使者とノーブルウッドとの交渉が決裂した場合、行き着く結末は一つしか残されておらぬ。覚悟はできておろうな、レイファ＝リム＝ラテストウッド女王陛下？」

十中八九――否《いな》、確実に訪れるであろうその結末を思い、カミーラは強い眼差《まなざ》しでレイファを射抜く。

若き女王は毅然とした態度で、その視線を受け止めた。

「勿論です。至らぬ身ではありますが、来たるべき時に備えて日々を過ごして参りました。私も、民も、覚悟はとうに済ませております」

「よき返答じゃ。我が君も喜ばれるであろう」

うむうむ、と満足げに頷いたカミーラは詳細な話に移ろうとする。

しかしレイファの背後で静観していたウェンリは、そこはかとない不安を感じていた。

――その原因は唯一つ。カミーラの隣で暇そうにしている小人《ロビン》の少年である。

事前に聞かされた計画によれば、彼は今回の一件において、重要な任を与えられているという話だった。そもそも彼がラテストウッドに派遣されたこととて、ノーブルウッドとの一戦を見越してのことだとも。

だが、派遣されてきた彼は毎日くだらない悪戯をするばかりで、威厳《いげん》のようなものは欠片《かけら》も無い。

先ほどの会話からして、そして曲がりなりにも職人集団の長を任されていることから優れた技術力を有しているのは確からしいが、荒事においてそれが役に立つとは思えない。

事実、ロビンは部下であるメルツェルにあっさりと捕縛され、彼が軽々と運んでいた建材を持ち上げることすらできない有様だったのだ。下手すれば自分でも勝ててしまうのではないかと訝《いぶか》しんでしまう程である。

そんなロビンに重要な役割が託されているという事実に、ウェンリとしては憂《うれ》いの感情を覚えずにはいられなかった。

「如何した、女官長殿？」

物思いに耽《ふけ》っていると、不意に問い掛けが飛んできた。

ウェンリはハッと顔を上げ、声の主に視線を向ける。

「随分と曇った表情をしておるではないか。——まさかとは思うが、我が君が立てた計画に不満でもお有りかの？」

氷柱のような鋭さで詰問の声が差し込まれた。

言いようもない怖気《おぞけ》を背筋に感じながら、ウェンリはカミーラに返答する。

「い、いえ。まさか、そのようなことは……」

どうにか言葉を紡《つむ》ぐが、ウェンリを貫く視線は納得の色を見せない。

それどころか、カミーラの紅い瞳には剣呑《けんのん》な輝きが灯《とも》っていた。

「そういえばヌシは、以前にも我が君に物申しておったの。対話を求める我が君に対して弓を引いたばかりか、なにかにつけてちょっかいをかけてくれたのを妾はよぅく覚えておる。——よいぞ、申してみよ。今此処で。妾の前で」

嘲笑《あざわら》うかのような口調で問われたウェンリは、恐怖のあまり声も出せずに硬直した。

手足をカタカタと震わせる彼女の様子は、誰が見ても怯《おび》え竦《すく》む被食者のそれだったが、カミーラは瞳に籠《こ》める力を緩《ゆる》めようとはしない。

何故ならカミーラは覚えていた。自分を連れた王がこの国の集落を再訪した際、有無を言わさず矢を放ってきた不埒《ふらち》者のことを。そして対話を求める王に対し、自らの主人たる女王に諫《いさ》められながら、それでも尚三度目の矢を放とうとした忌々しい一人の女のことを、深く深く記憶に刻み込んでいた。

しかしながら同盟を結ぶにあたり、それまでの不幸は水に流せと王に言われている。また新たな隣人に対して無法を働く者は、それが誰であろうが処罰すると固く禁じられてもいた。そうと命じられている以上、カミーラはラテストウッドの民であるウェンリに手出しをすることはできない。

だがしかし、対象がアルキマイラにとって害悪な存在だと証明できれば話は別である。

それはもはや親しき隣人ではなく、反逆者として扱うことができるからだ。

もしも目の前の女から叛意《はんい》の言葉を引き出せたならその瞬間、躊躇《ためら》いもなくこの手で――

「はーい、そこまで」

対峙する二人の間にロビンが体を挟んだ。

途端、一触即発だった部屋の空気が弛緩《しかん》する。

「それ以上はダメだよ、カミィ。ウェンリが困ってるじゃない。過去のあれこれについては王様が許すって言ってたんだから、それをボクらが蒸し返すのは違うでしょ？」

ね？　とロビンが小首を傾げてカミーラに問うと、彼女は僅かに顔をしかめた。

続いてロビンは「ウェンリも、もう王様を攻撃したりはしないでしょ？」と問い掛ける。ウェンリは一も二もなく、ガクガクと首を縦に振った。

害意がないことを示されてしまった以上、この場で追及しても意味がない。それどころか己の立場を危うくするだけだろう。千載一遇《せんざいいちぐう》の好機を逃したことを悟ったカミーラは忌々しげな感情を微笑の下に隠し、「失礼した」と謝罪の言葉を述べて引き下がった。

重圧から解放されたウェンリが、息を荒げてその場に崩れ落ちる。

「臣下の態度が気に障ったようで、失礼いたしました」

「あー、いいのいいの、気にしないで女王様。っていうか、今のはカミィの八つ当たりみたいなもんだし？　まったくカミィってば大人げないんだから」

「……ヌシに言われてはオシマイじゃの」

よりにもよってロビンに言われたという事実に、カミーラは深く自省した。

どういう意味さー、と怒ってみせるロビンにヒラヒラと手を振ってあしらい、彼女は長い溜息を吐く。

「あ、それとボクのことなら心配いらないよウェンリ！　なんたってボクってば、第七軍団の軍団長様で超スゴイから。大船に乗ったつもりでいるといいよ！」

シュッシュッシュッ、とシャドーボクシングの真似事《まねごと》を始めるロビン。

ウェンリは自分でさえ容易に受け止められそうなパンチを目にして不安を倍増させたが、この場で反論を口にすれば今度こそ殺されることだろう。若き女王であるレイファを支える人材が欠けている現状、そして憎まれ役の適任者が他に居ない以上、まだ自分が死ぬわけにはいかない。

そうと自覚するウェンリは湧《わ》き上がる不安を呑み込みながら、荒れた呼吸を整えてどうにか立ち上がるのだった。

それから数日後。ノーブルウッドに派遣されたラテストウッドの使者は、迎撃という名の歓待を受けて即座に踵《きびす》を返すこととなる。

第六軍団の護衛により、相手に気取られることなく離脱を果たした使者は傷一つ負うことはなかったものの、本国で帰りを待っていた女王に「話し合いの余地なし」という報告を告げる他なかった。

それが、両国の避け得ぬ戦いが決定づけられた瞬間だった。

＋　＋　＋

3.

そして、とある日の夜。蟲《むし》すらも静まり返った深夜の刻限。

人知れずラテストウッドの首都を訪れた青年は、首都の片隅に建てられた直方体の建物の前に姿を現した。待ち構えていた数人の人影は、彼の姿を認めるなり深く頭を垂れ、建物の内部へと青年を迎え入れる。

そうして静まり返った建物の中、コツコツと歩みを刻む足音だけが響く。先を行く青年に付き従うのは一匹の狼だ。彼女は黙したまま青年の後に続いて歩みを進め、最奥部で立ち止まった主人の背中に視線を向ける。

「……お前の言いたいことは分かる」

その耳や尻尾《しっぽ》を見ずともな、と青年は心中で呟いた。

別段心の機微に聡いわけではない。どちらかと言えば鈍く、疎い方だろうという自覚はあった。

しかしそんな彼でも、自身の状態やこれまでの経緯、そして何より彼女の性格から、これから行おうとしている行為が快く思われないことは容易に推し量れた。

「――だが、これは予《あらかじ》め決まっていたことだ。この私が、同盟国の代表者と自ら取り交わした約定の上にある行為だ。それを覆《くつがえ》すことなど許されぬ。断じて許されぬ」

言って、青年は眼前に鎮座するソレ――黄昏竜《たそがれ》に匹敵《ひってき》するほどの巨体を前に唇を引き結ぶ。

そして背後に控える狼に見守られる中、青年が確かな意志のもとに紡いだ言葉は――

「秘奥発動宣言《フォビドゥンファンタズム》：〝覚醒めろダインの遺産《ダインスレイヴ》〟」

七章　開戦

――深い森に、雨粒がポツリと落ちた。


一滴の雨粒は地面に落ちるなり弾け、それを皮切りに小さな雨音が続く。

白く煙る霧雨に包まれる中、森の外れを進むのは緑衣の集団だ。

曇天に覆《おお》われた森の視界は悪いが、だからこそ好都合だと集団の先頭を行く男は思う。自分たちの足音と姿を隠してくれる雨は歓迎こそすれ厭《いと》うものではない。

無論、このような奇襲を目論まずとも勝利を得ることは可能だろう。万が一にも後れを取ることなどありえないと心から思う。しかし念には念を入れるに越したことはないのもまた確かだという思いが、彼らに隠密行動を選択させた。

なにせこれから行われるのは国の威信を懸《か》けた――否《いな》、種族の誇りを賭《と》した戦いだ。大樹海に生きる全《すべ》ての同族の代表者として自分たちはここにいるのだ。少なくとも男はそう信じていた。

「――――」

あの日もきっとそうだったはずだ、と男は思う。

歩みを進めながら脳裏《のうり》に思い浮かべるのは、誇り高きノーブルウッドの英雄。狩人の中でも最精鋭からなる先遣隊を率い、人間との戦に備えて橋頭堡《きょうとうほ》を築きに出向いた狩人長、サラウィン＝ウェルト＝ノーブルリーフの雄姿だ。

長老議会から満場一致で使命を与えられた彼《か》の英雄もまた、たとえ相手が〝穢《けが》れ〟であろうと気を緩《ゆる》めることなく迅速な都市急襲を果たし、一切《いっさい》の油断を排してコトにあたったことだろう。

それが何故《なぜ》、あのようなことになったのか。

何故、このようなことをせざるを得なくなったのか。

今以《もっ》て理解は納得に追い付かない。しかしやるべきことだけはハッキリしていた。男は煮え滾《たぎ》る感情を抑えつけ、表面上は平静を保って進軍を続ける。

「――そこで止まられよ、ノーブルウッドのエルフたちよ」

突如として緑衣の集団に投げつけられた声があった。

足を止めた集団、その先頭に立つ男はフードを払い除け、声の主を見据える。

晒《さら》された両目に、爛々《らんらん》とした危うい光を宿して。

「ラテストウッドの〝穢れ〟か……何故《なにゆえ》我らの存在に気付いた？」

「善意の第三者による通報だ。不審な一団が貴国の都市に迫っている、とな。……その様子を見る限り問うまでもなさそうだが、警告だけはさせていただく」

殺気を滲《にじ》ませた一団の前に立《た》ち塞《ふさ》がる声の主――ラテストウッドの前戦士長たるウェンリは、毅然《きぜん》とした声色《こわいろ》を意識して言葉を放った。

「この先には我が国、ラテストウッドの都市がある。我々の都市に用向きがなければこのような場所に現れるはずもない。にも拘《かかわ》らずこの場に、それも完全武装して現れた貴方《あなた》がたの意図を問う」

問われた男に、一人のエルフがサッと駆け寄る。

立ち塞がる女の素性を耳打ちされた男は、侮蔑《ぶべつ》の感情も露《あら》わな渋面で答えた。

「たかが戦士長の分際で我らに問いを放つか」

「不審な一団に対する詰問《きつもん》に資格が必要だとでも？」

「戯言《ざれごと》を。我らエルフと言葉を交わしたいとあらば、せめて女王を連れてくるべきだ。それが身の程をわきまえた最低限の礼儀であろうに」

ハーフエルフを貶《おとし》める言葉の数々は、純粋な思いの発露だ。

男は自分の発言になんの疑いも持っていない。ただ当たり前のことを口にしただけだ。そもそもハーフエルフはエルフに対し口を利《き》く資格すら持たないのだと、女王をこの場に寄越さなかったのは礼節を損なっていると、本気でそう考えている。

それを理解したウェンリは、義憤の感情が瞬間的に沸き立つのを自覚した。

「それが……それが使者を切り捨てんとした者たちの言葉か……！　和睦の道を探らんと手を差し伸べた相手に対し、刃で応《こた》えた無法者の言とは到底思えぬ！」

「黙れェッ！　貴様らと言葉を交わすだけで、我らがどれほど屈辱を強いられていると思っている⁉　その思いを推し量るだけの知性すら持たぬのか⁉　ならば今すぐここで自刃しろ！　それが貴様ら〝穢れ〟が我々に示すべき礼節だ！」

「そのような礼節があるものか！　私たちハーフエルフをいったい何だと思っている⁉」

「汚穢《おわい》だ！　存在するだけで森とエルフを貶《おとし》める〝穢れ〟でしかない！　何度言わせる⁉　何度言われれば理解する⁉　貴様らが他の何だと言うのだ‼　そも誕生すら望まれず、他の誰《だれ》に受け入れられるわけでもなく、深淵森《アビス》の魔獣に怯《おび》えながらコソコソと生き長らえるだけの貴様らがそれ以外の何だと――――、いや」

激昂《げっこう》していた男は一転、冷水を浴びたように静けさを取り戻した。

とめどなく沸き立つ怒りのあまり、一瞬忘れかけていた『とある事実』を思い出した彼は、丸めた長身の背をくつくつという漏《も》れ出た笑みで震わせる。

「……そう、そうであったな。貴様らには他に大事な役割があった。我らノーブルウッドの大願を果たす為の糧に――妖精竜の餌として繁殖するという、ハーフエルフどもに似合いの役割があったとも」

妖精竜。またの名をフェアリードラゴン。

エルフ族の血肉を糧とし、神話に名高き力を振るう神の遺物。

その名を耳にしたウェンリは、恐怖と憤怒《ふんぬ》の感情に身を震わせる。

「……ッ、貴様らは、まだそのようなことを――！」

「まだもなにもない。事の起こりからそれは決まっていたことだ。だからこそ我らは、森の片隅に住み着いた貴様らを見逃してやった。大樹海の片隅に居を構えるという貴様らの不遜を、数十年間許し続けてきた。それが収穫期に至り、いざ役割を果たそうとしたところで我らに刃を向けるなど、厚顔無恥にも程がある……！」

男は言う。

森の片隅にハーフエルフが住み着くことをあえて静観してきたのは、その目的の為なのだと。

深淵森《アビス》の間近という劣悪極《きわ》まりない環境であるものの、仮にも大樹海の一部で生きることを許してきたのは、妖精竜が復活した際の餌として繁殖させておく為なのだと。

そしてハーフエルフとは妖精竜の糧となる家畜でしかないのだと、一切の躊躇《ちゅうちょ》なく断言した。

「――――」

男の背後に立ち並ぶ百人を超えるエルフの口からも、異論の声は上がらない。

ノーブルウッドのエルフにとってそれは端的な事実であり、揺らぎようのない価値観であり、当然そのようにあるべき常識だった。

どうしようもなく相容《あいい》れない価値観と意見の相違。

それを臆面《おくめん》もなく聞かされたウェンリは、反論する気力も意義すらも持てず、ただただ呆然《ぼうぜん》と立ち尽くすしかなかった。

その沈黙をどのように解釈したのか、男は満足げに頷《うなず》きつつ、

「――だが、もういい。もう貴様らは糧としての役割を果たす必要はない。そもそも〝穢れ〟の存在を計画に組み込んでいたことが間違いだったのだろう。永きを生きる賢者とて時には失敗もする。故《ゆえ》にこそ素直に認めようではないか。低品質の家畜を養殖し、妖精竜の餌にしようなどと試みたのは過ちであったと」

「……この期《ご》に及《およ》んで、何を」

「ハーフエルフ如《ごと》き〝穢れ〟では、妖精竜の復活は成らなかったということだ。だからこそ大いなる災いが起きた。ありえない悲報が届けられることになった。その時の私の気持ちが分かるか？　いいや貴様らには分かるまい。妖精竜が朽ち果て、先遣隊がその巻き添えとなり、使命を託された英雄が――狩人長サラウィンが〝穢れ〟どもの手によって森に還ったなどという、歴史に残せぬ蛮行を聞かされたこの私の心境が！　貴様ら如きに！　分かるものかァ!!」

訝《いぶか》しむウェンリを無視して男は心境を吐露する。

その声はやがて熱を帯び、最後には叫びとなって吐き散らされた。

「ああ、そうとも！　もう貴様らは必要ない！　貴様らが生きていい理由など何一つ残っていない！　貴様らのような劣悪な餌など用いずとも――こうして我らが守護竜は、完全復活を果たしたのだから、、、、、、、、、、!!」

熱に浮かされた指揮者のように、男は片腕を振り上げた。

同時に響く甲高い絶叫。

先遣隊に強襲された当時、敵の手に落ちた首都外縁部で耳にした特有の雄叫《おたけ》びが、ウェンリの鼓膜を揺らす。

そうして森を覆う霧雨の中、浮き出るようにして現れたのは翅《はね》持つ竜の威容《いよう》だ。

目を剝《む》くウェンリの視線の先には、神がエルフの為に遺したとされる守護者――『妖精竜』の姿がある。

「――――」

瞬間、ウェンリの意識は空白に染まった。

ノーブルウッドにとっての守護竜はラテストウッドにとっての怨敵である。その姿を再び目にするのは一般的に考えて衝撃を受けることだろう。しかし彼女の思考を空白に染め上げたのは、なにもそのことばかりが原因ではない。

何故ならウェンリは知っていた。第六軍団の総力を投入し、対ノーブルウッドの情報戦を仕掛けていたカミーラから、事前にこの情報を聞かされていたのだ。ノーブルウッドが性懲りもなく過去の遺物を持ち出してきた、と。

だから覚悟は決めていた。再び忌まわしき竜の姿を直視することになるのだと、過去の記憶と戦わねばならぬのだと予め《あらかじ》承知していた。にも拘らず覚悟済みだったウェンリを呆然とさせた要因は、彼女が直視する妖精竜の体軀《たいく》にある。

「そんな、馬鹿《ばか》な……」

ウェンリの知る妖精竜――かつてラテストウッドを襲った個体は、病的なまでに肉付きの悪い躰をしていた。骨と皮だけでガワを作り、そこに申し訳程度に肉付けを行っただけといった具合の、不気味な痩身をした翅持つ竜。それが彼女にとっての妖精竜である。

だがしかし、今まさに悠然と宙を舞う竜の姿はどうだろうか。

病的なまでに細かった痩身は厚みのある巨体へと形を変え、骨と皮ばかりだった体軀は重厚な巨軀へと変貌している。

自重すら支えきれないのではないかという細い後ろ脚もまた、記憶にあるものより二回り以上も太く強靭《きょうじん》になっており、肉付きの悪かった面影など今やどこにもない。ともすれば別種の竜ではないかとすら思えるほどに雄々しく、力強い肉体を持つ巨竜の雄姿がそこにあった。

そしてソレを直視した瞬間、ウェンリは悟った。

アレが本来の姿なのだと。

今自分が目にしている威容こそが、エルフの神話に謳《うた》われる妖精竜が完全に力を取り戻した姿なのだと、エルフの血を引く存在として本能的に理解した。

――それが、六体。

完全復活を遂げた妖精竜の群れが、大樹海の空を舞っている。

「……正気、なのか。お前たちは……」

ラテストウッドの代表としての言葉遣いさえ忘れ、ウェンリは呻《うめ》く。

かつて彼女の同胞は竜の餌となった。その身に流れるエルフの血は薄いものの、ならば量で補えばいいと言わんばかりに、数多《あまた》のハーフエルフが生贄《いけにえ》に捧《ささ》げられた。犠牲者の数は百や二百では利かない。弔《とむら》うべき遺体すらもない同胞たちの名を墓標に刻んだウェンリは、その事実をよくよく知っていた。

しかしそれでも尚、あの時の個体は骨と皮ばかりの痩《や》せた体軀をしていたのだ。実際に完全体を目にした今、アレは本来の姿とは程遠い不完全な痩軀だったと理解できる。

ならば、六体もの妖精竜をこうまで肥え太らせるのに果たして何百の——否、何千何万の純血種《エルフ》を捧げたものか。

「——正気など、とうに捨てた」

男は吐き捨てるようにそう告げた。

隣国だったオールドウッドのエルフはおろか、自国の非戦闘員、不必要な兵士、若い神官——その全てを捧げ尽くした竜群が舞う空の下、怨嗟《えんさ》に囚《とら》われた男は言葉を続ける。

「ああ、そうとも。正気の有無など今更語るまでもない。元より百年前のあの時から……醜き人間どもに傷物にされ、絶望に堕《お》ちた女王が自ら命を絶ったあの日から、正気などとうに捨てている！」

彼らは脳裏に刻んでいた。

エルフの中でも一際《ひときわ》美貌に優れた女王が、その美しいかんばせを憎悪に歪《ゆが》め、日毎に壊れていく様を。そして人間に穢されたという屈辱に耐えかね、死に逃避した麗《うるわ》しき女王の末路を、しかとその目に焼き付けていた。

だからこそ、ノーブルウッドはその総意を以《も》って復讐《ふくしゅう》に走ったのだ。

しかしながらすぐさま戦を仕掛けたところで、荒野に出れば再び敗北を喫《きっ》するのは必至。さりとて時間を置き過ぎれば、繁殖力でエルフを大きく上回る人間どもは力を増し、復讐を果たす機会は損なわれていくことだろう。少なくともノーブルウッドが単独で人間どもの連合軍に挑むにあたり、明るい展望は望めなくなる。

力が必要だった。

それも圧倒的なまでの。

敵に反撃の機会を与えることなく、一方的に蹂躙《じゅうりん》することが可能な暴力を求めていた。


無論、そんな力など望んですぐに得られるものではない。

個人の研鑽《けんさん》でどうにかなるものとも思えない。

そうして解決策が見つからず苦悩する中、とある誰かが何気なく呟《つぶや》いたのだ。

『問題ない。エルフには神より授《さず》けられし守護竜が存在するではないか。その封印を解き、復讐の尖兵とすればよいだけのこと』

甘い囁《ささや》きだった。

守護を旨とする妖精竜に復讐を担わせることには抵抗があったが、人間への有り余る憎悪が葛藤を押し切った。ノーブルウッドのエルフらは囁きに従い、妖精竜が封じられた遺跡の封印解除に取り組むことになる。

そうして大樹に籠《こ》もっていた神官を駆り出し、一族をあげて遺跡に齧《かじ》りつき、復讐の代行者として妖精竜の封印解除にやっきになった。皆が一丸となり、あらゆる手を尽くしてきた。

全てはあの日の屈辱を雪《そそ》ぐ為。

あの忌まわしき過去を焼却し、亡き女王の怨嗟を晴らす為に。

――だが。

「その我らの大義が！　百年の屈辱を耐えに耐えた末に打ち立てた我らの計画が、たった一晩で水泡に帰したのだ！　それも忌まわしくも悍《おぞ》ましい、貴様ら〝穢れ〟の手で――‼」

許せるわけもない。認められるはずもなかった。

愚かにも人間との融和を謳う、他国のエルフに止められたならまだ許せた。計画を完遂する前に志半《こころざしなか》ばで力尽き、その結果荒野に死体を晒す羽目になったとしても、まだしも受け入れられたことだろう。

だが、自分たちの計画を潰《つぶ》したのは〝穢れ〟だという。

それに手を貸した流れ者の『旅人』だという。

そんなものに、森の片隅で惨《みじ》めに生き長らえていただけの〝穢れ〟の一派に自分たちの計画が打ち砕かれたなどと――そのような悍ましい事実を、どうして認められようものか。

「我らは今度こそ大義を成し遂げる。だがその前に貴様らだ。まずは〝穢れ〟を祓い、その血と贖《あがな》いを以って開戦の狼煙《のろし》とし、醜悪な人間どもを掃滅してくれる！　それが我らの歩むべき唯一の道だ！」

背後に立ち並ぶ狩人らが武器を手に取った。

ノーブルウッドの民のうち、妖精竜に捧げられなかった数少ない例外が彼らだ。

先遣隊に勝るとも劣らぬと見込まれた狩人らが、獣性を宿した瞳《ひとみ》でウェンリを見据える。

「さあ差し出せ、貴様らに手を貸した異邦人を！　我らは知っているぞ。貴様らに助力し、卑劣な手段で妖精竜と狩人長を……我が兄サラウィン＝ウェルト＝ノーブルリーフの命を奪った下手人の存在を知っている！　隠し立てするとあらば、周囲一帯を灰燼《かいじん》に変えてでも根こそぎ捜すまで‼」

脅しではないことを示すように、男――狩人長代行セルウィン＝ウェルト＝ノーブルリーフは、宙を舞う妖精竜の一体に左手を差し向けた。巨竜は応じるように甲高くも力強い叫びを発し、その翅に緑の魔力光を灯《とも》す。

「…………！」

そこで我に返ったウェンリは、事前に聞かされていた段取りを思い返した。『彼』を呼ぶ機としては恐らくここが最適解だ。一連の様子を見守っているであろう『彼』に対し、合図をしなくてはならない。

しかしその瞬間、衝動的とも言うべき躊躇《ためら》いの感情が彼女の内に生じた。

果たして『アレ』を本当に呼んでいいものかと。不真面目《まじめ》で能天気で悪戯《いたずら》好きな『彼』に命運を託していいものかと、誰にも増して被害に遭い続けてきたウェンリは一抹の不安を覚える。

だがこの期に及んで予定を変更できるはずもない。ここまで来た以上やるしかないのだ。覚悟を決めたウェンリは合図の言葉を口にすべく、大きく息を吸い込んで――

「やっほー、呼ばれて飛び出て即参上！　ボクがラテストウッドの『旅人』ことロビン君さ！　ハジメマシテだね、ノーブルウッドのしょくーん！」

――空気が読めない陽気な子供が、いつも通りに空気を読まずに躍り出た。

茂みから姿を現した小人《ロビン》の少年は、自己紹介を口にすると同時に対峙《たいじ》する両者の間で一回転。そして狩人長代行《セルウィン》と向き合う形で静止するなり「いえーい」とポーズをかます。

何を狙《ねら》ってかピースサインのオマケ付きでだ。

道化師《ピエロ》のような振る舞いを披露されたウェンリは言葉もなく、陸に打ち上げられた魚のように口をパクパクと開閉させる。

そうして一触即発だった空気が凍りつくこと、数秒――、

「――なんだ、貴様は?」

ぽつりと。セルウィンの口から恐ろしいほどに静かな呟きが零《こぼ》れた。

先ほどまで憎悪に歪んでいた彼の顔からは、感情という感情が抜け落ちている。

見るものが見れば、それは噴火を前にした火山の静けさに思えたことだろう。

「あれ、聞こえなかった? ……あー、そっか。エルフって見かけよりもおじいちゃんなんだっけ。ひょっとして耳が遠いのかな」

素朴な疑問を口にしてロビンは首を傾げる。

これが日常の一コマであれば和《なご》んだかもしれないが、この場では文字通り場違いだった。

ロビンは「まあおじいちゃんなら仕方ないよね」という余計な一言を挟んでから、再び小さな口を開き、

「えっと。ボクが君たちの捜してる異邦人……あー、旅人ね。んで、今はラテストウッドでお世話になってるお客さん。前に君たちが攻め込んできた時は一宿一飯の恩義ってやつで手助けさせても

らったりしたけど、弱い者いじめしてた君たちが悪いんだし仕方ないよね」

背伸びをした子供が年下の幼子を諭《さと》すように、ウンウンと頷きながらロビンは説明らしき何かを終える。

そんな彼の背後に立つウェンリは、強烈な目眩《めまい》に襲われ気が遠くなった。

こんな子供でも一つの軍団を率いる軍団長。王を除いたアルキマイラにおける八頂点の一角である。いざという時は立場に見合った威厳《いげん》のある姿を見せてくれるに違いない。――そのように自分に言い聞かせていた彼女だったが、いざ蓋《ふた》を開けてみればこの有様《ありさま》だ。やはり死を覚悟してでも反対意見を貫くべきだったと、頭を抱えたい気持ちでいっぱいになる。

それでもどうにか精神を立て直し、ロビンを抱えて離脱を試みようとしたウェンリに先んじて、セルウィンが限界を迎えた。

「こ、こんな道化が……こんな道化に我が兄が下されたと言うか⁉　狩人長サラウィンが敗れ去ったとほざくか⁉　ふざけるなアァァアアア――‼」

炸裂《さくれつ》する赫怒《かくど》のままに放たれる風弾。

風属性中級魔術の『放つ烈風の弾《フェンティア》』だ。

百年を超える鍛錬の果てに得た魔術の冴《さ》えは、荒れ狂う内心に反して流麗に術式を構築し、省略詠唱ながら確かな威力を伴って怨敵のもとに疾駆する。

そして呑気《のんき》な表情をしたままの道化に直撃した風弾が弾け、解放された風の塊が無秩序な破壊を巻き起こした。

塵煙《じんえん》が舞い上がり、砕けた土塊や木々の破片が飛散する。

「――――」

やがて舞い上がった塵煙が霧雨に洗われ、視界が明瞭になった。激情のあまり荒い呼吸に肩を上下させるセルウィンは、破壊の痕跡も露わな着弾点の惨状を確認する。そこには抉《えぐ》られた地面と、予想通り五体がバラバラになった道化の残骸《ざんがい》があった。

それでも憤懣《ふんまん》やる方ない彼はその死体を踏みつけようとして――ふと、強烈な違和感を覚えた。

足元まで転がってきた道化の頭部が、異様なまでにキレイな形で残っていることに気付いたのだ。

しかもその断面からは血が出ていない。

生物としてあって然《しか》るべき流血の痕跡が、まるで見当たらなかった。

これは――

「傀儡《くぐつ》？　……まさか、小型のゴーレムだと……⁉」

周囲に転がる他の部位を咄嗟《とっさ》に注視する。

やはりというべきか、散らばった手足もまた頭部と同様だった。

拾い上げた頭部は極めて精巧な造りをしており、実際に手で触れた感触も本物同然の質感だったが、これは生物ではない。流暢《りゅうちょう》な人語を発することのできるソレなど聞いたこともないが、これは動く傀儡――即《すなわ》ちゴーレムだ。

セルウィンはゴーレムを操《あやつ》っていたであろう術者の気配を探るが、周囲にそれらしい反応はない。

いつの間にか〝穢れ〟の女まで姿を消していた。他の狩人らも誰に命じられるわけでもなく索敵を始めていたが、ゴーレム使いはおろか女の去った方角さえ摑《つか》めないでいる。

舌打ち一つ。

彼は上空を舞う妖精竜に道化どもを探させようと、『指揮権』を行使しようとして――

『一二五三《ひとふたごうさん》、仮想敵国ノーブルウッドによる先制攻撃を確認―― 一線を越えたね、ノーブルウッドの諸君?』


冷めきった声色が耳に届く。

それは道化の声だった。今しがた打ち砕いたはずの小人《ハーフリング》が発したものだった。特有の響きを残すその声に、狩人らは反射的に周囲を見渡す。

同時に上空でも明確な変化が生じた。妖精竜の群れが一斉に東を向いたのだ。その方角に異常なまでに高まった魔力反応を認めてのことだった。六対《つい》十二の瞳が射抜く視線の先には、ラテストウッドの首都と、その外れに建造された不可視の箱型建造物がある。

そしてエルフの守護竜が注視する中、不可視化を解いたその『箱』の奥底に姿を現したのは――

2.

「固定具外せ！　外部魔鉱炉からの魔素供給、最大流量に上げ！」

「第一、第二炉心起動成功。ジェネレーター出力、既定値突破を認む。外部魔鉱炉との接続ケーブル切り離し、どうぞ！」

「切り離し完了。起動シーケンス二十五番から四十二番まで終了を確認。続いて出撃シーケンスに移行」

不可視化されたラージボックス。その中で敵勢力先制攻撃確認の報を受けた第七軍団の作業員は、慌ただしく規定のシーケンスを実行していた。

開口部から伸びるレールの先に佇《たたず》むのは、蒼碧《そうへき》と銀で彩《いろど》られた『巨人』の姿だ。前者の色は暗く後者の色は深い。また多くの面積を占める後者の色は、人によっては鋼色と称したかもしれない、そういう色合いをしていた。

巨人の周囲には多くの機材が鎮座している。中でも威容を誇るのが、ラージボックスにのみ設置可能な大型魔鉱炉だ。重苦しい稼働音と共にタンク内に溜《た》め込《こ》んだ魔石から魔素が抽出され、ミスリル製の血管を通じて巨人の内部へと注《そそ》ぎ込まれる。瞬刻の後、内蔵された二つの心臓が稼働を始め、機械仕掛けの咆哮《ほうこう》が反響した。

無事起動に成功したという事実に安堵《あんど》の感情を得た者も居たが、出撃シーケンスはこれからだ。

現場監督の指示に従い、手順を続行。

起動用パワーユニットと巨人を繋《つな》いでいた接続ケーブルが次々に音立てて除去され、用済みになったユニットはケーブルの群れと共にラージボックスの片隅へと退避する。

「足底部ロック確認。カタパルト射出準備、宜《よろ》し」

「了解！　前方ハッチ開放、射出用重力レンズ展開！　並びに不可視化解除！」

カタパルトのシャトルが前後から足底部を確保した。巨人の足元付近に居た作業員がそれを目視確認し、開口部付近で待機していた別の作業員に合図。サムズアップで応じた彼はハッチの開放を実行する。

そして筐体《きょうたい》の開口部が全開になると同時、巨人の胸内に抱かれた少年は主からの〈指示《オーダー》〉を受け取った。敵勢力《ノーブルウッド》が先制攻撃を仕掛けてきた、という少年からの報告を受けての命令だった。少年は〈指示《オーダー》〉の最後に加えられた一つの文言を認識するなり、隠しようもない高揚を得る。

それはあの日の演説でも耳にした響き。

戦意を駆り立てる王の号令。

少年が待ち望んだ僅《わず》か四文字から成る言の葉、即ち――


『――撃滅せよ』


まず震えが来た。次いで喜悦の感情に身を浸した。

主からの命令を受け取った彼は、巨人の胴体内部に潜む小匣《こばこ》――操縦室と称される場所でシートに背中を預けたまま「了解、王様」という確かな呟きを口にして、

「第七軍団長ロビン＝ハーナルドヴェルグ、出撃する」

紡《つむ》がれる宣言。そして一瞬の後、全ての準備を終えたことを確認した現場監督の合図により、内

部に少年を抱えた巨人は格納庫《ラージボックス》の開口部目掛け急激な加速を開始した。

電磁式カタパルトによる後押しと、前方に展開されていた重力レンズの牽引が、爆発的な速度で蒼銀《そうぎん》の巨体を投射する。


――それは、傍目《はため》には騎士の姿をしていた。


飛翔《ひしょう》する『巨人』には四肢があり胴体があり頭部があり、その全てが鈍色《にびいろ》の装甲で覆われている。全身鎧で身を固めたその風貌《ふうぼう》はなるほど、確かに騎士の装いと言っていいだろう。

ただしその正体は生物ではない。肉を持たぬ躰はひたすらに無機質な様相を晒していた。特に顕著なのが胸部装甲であり、極端に前方に突き出たその形状は、まるで巨大な突撃槍の穂先を生やしたかのような連想を抱かせる。

また頭部に至っては人型を模してすらいない。その相貌はむしろ竜に似ていた。後方に長く伸びた二本のブレードアンテナはさながら竜の角であり、前方一八〇度にわたって設置された内蔵式レールには鈍く光る単眼の輝きがある。

その全容を無理矢理に喩《たと》えるなら、痩身のままに鍛え抜かれた竜頭騎士が胸部の突き出た複層型プレートアーマーとでもいうべきモノを身に纏《まと》い、腰部から可動式大腿覆い《タセット》を吊り下げ、鉄靴《サバトン》と一体化した多重装甲の脛当て《グリーヴ》を履《は》き、最後に重厚な手甲《ガントレット》で前腕部を覆えばこうなるのではないかという、そんな軀体《フォルム》。

それは刃金《ハガネ》の竜頭騎士にして機械人形《ゴーレム》。

職人集団たる第七軍団が創り上げげし最高傑作。

旧文明の遺跡から発掘した古代兵器をリストアし、いにしえに喪《うしな》われた技術と最新の魔導工学が融合を果たした、アルキマイラの切り札にして最強の決戦兵器。

その名を――


「〝ファフニール〟――さあ、二ヶ月遅れのボクらの初陣だ。精々派手に暴《あば》れて、この世界にもボクらの足跡を刻むとしよう」


心臓が吼《ほ》える。

アルキマイラの脚に駆られた竜頭騎士が唸《うな》りを上げる。

小雨舞う戦場の空で、妖精の竜と機械仕掛けの竜騎士による決闘が幕を開けた。

八章　竜騎士

シートに身を浅く沈めたロビンは、加速による圧を背中に得る。

ただ、そう強いものでもない。電磁カタパルトと重力レンズによる射出は、何の対処もしていなければ身動き一つ取れなくなるであろう加速度だったが、操縦室に施された重力操作術式がそれを緩和していた。

格納庫《ラージボックス》からやや上向きに射出されたファフニールは、速度計の指し示す数値が初速から離れようとする直前に背部のスラスターを噴かし、自力飛行へと移行する。

「射出完了。ブースター出力をチェック」

黄昏竜《たそがれりゅう》は視線を向けるだけで大気を退かせたが、機械仕掛けの竜騎士が空を駆けることを望むならそれなりの小細工が必要だ。

その小細工を魔導工学で実現するファフニールは、最も先端に位置する胸部上方に刻印された術式に魔力を通し、風と重力の混合結界を四角錐状に展開した。

鋭角な障壁が大気を切り裂き、蒼銀《そうぎん》の騎士は自由の空を謳歌する。

「……いいね、悪くない。この世界の空もボクらを受け入れてくれるみたいだ」

落ち着き払った声で竜騎士の駆り手は感慨を漏《も》らした。

炉心の起動実験だけはラージボックス内で事前に済ませていたものの、ファフニールを本格稼働させたのは世界間転移現象以降、今回が初めてだ。機体の起ち上げだけで大量の資材を消費することを考えれば無理もない話ではあるが、ある意味ぶっつけ本番に似た実戦投入に際し、多少の不安を感じてしまうのは致し方ないことと言えよう。

だがその不安も、自力飛行が可能なことを確認したことによって大部分が解消された。機体制御に必要な各種刻印術式も問題なく稼働している。

浅く笑みを浮かべたロビンは、さらなる加速をファフニールに与えようとして、

『――――ッ！』

妖精竜による迎撃が正面から襲いかかってきた。密集していた六体の妖精竜のうち、群れの先頭に位置する個体からの砲撃だった。上下に大きく開かれた口蓋から豪炎が放たれ、ミサイルじみた勢いでファフニールへと迫る。

対するファフニールは肩部スラスターを噴かし、射線上から身を逸《そ》らした。

斜めに傾《かし》いだ機体の右上方を豪炎が駆け抜けていくが、その弾速は以前の妖精竜とは比較にならない。目視では小粒のようにしか見えない距離だというのに、ここまでの精度と弾速で狙撃《そげき》してきたあたり、さすがは完全体というべきか。

「前と違うのは見た目だけじゃない、ってことだね」

伊達に自国と隣国のエルフを喰《く》らい尽くしたわけではないようだ。

外見もさることながら、その体内に溜《た》め込《こ》んでいる魔力量も以前の個体とは桁違《けたちが》いである。

先ほどの豪炎も単なるブレスではなく、有り余る魔力を上乗せしたことによって速度を発揮したものだったのだろう。

『────ッ！』

冷静に分析するロビンを他所に、妖精竜は金切り声を上げて追撃を放つ。

ファフニールは再度の回避機動を取るが、今度の砲撃数は初撃と異なり四発だ。時間差で迫る炎弾は一度の回避行動では躱《かわ》しきれない。

瞬時の判断を下したロビンは、一発目を避けた直後に胸部スラスターを全開にして落下の勢いを止め、即座に機体を回して反転。そのまま主要推力を生み出す背部スラスターの大出力で、ファフニールの巨体を上方に跳ね上げた。

そして二発目の炎弾が機体の下方を通り過ぎたのを確認するや否《いな》や、続く三発目は二度のスラスター点火で回避。思い通りにファフニールの軀体が動くことに満足を得たロビンは、続く最後の四発目にクルビットマニューバで応じた。

空を見上げた背中の下を炎弾が通り過ぎた直後には、ファフニールは既に眼前を向いている。

「右腕兵装、魔導収束投射砲『アウルヴァング』、レディ」

舞うように攻撃を躱したファフニールは、駆り手の意志に従い己《おのれ》の兵装を構える。

鋼の両手が握るのは左右一丁ずつの銃把《じゅうは》だ。

左右共に長銃だがその形状も長さも異なり、左手に持つ白銀《しろがね》の銃が全長十メートルを超えているのに対し、右手が摑《つか》む黒鉄《くろがね》の銃はそれより一割以上も短い。

ファフニールはまず右の長銃を用いて、銃口の先に敵集団の姿を捉《とら》えた。大気が哭《な》くような吸気音と共に魔力を充塡《じゅうてん》。黒鉄の銃が鈍く輝く。試射を兼ねた一発目は出力三〇パーセントに設定した。ロビンはサブディスプレイに表示された充塡率と、その効率を示す数値をチラリと確認し――

「――訂正、収束率が既定値に未達。出力二〇パーセントに再設定」

機体の燃料となる魔力――その生成機関である炉心の魔素抽出効率が想定値を大きく下回っていることを認めたロビンは、素早く出力設定を書き換えた。

そして極薄のパイロットグローブに包まれた小さな指が操縦桿《そうじゅうかん》のメイントリガーを押し込むと同時、黒鉄《アウルヴァング》の長銃が内部に溜め込んだ力を解放する。

解き放たれた圧縮魔力は束《たば》ねの光となり、光柱と化して駆け抜けた。

『――――ッ!!』

これに対し、妖精竜の群れは多重障壁を展開することで応じた。群れの前に展開された六重の障壁が光柱を受け止め、結果として激光の応酬が生じる。

そして光柱と障壁の激突は僅《わず》かな拮抗を経て、光柱が己を押し通す動きへと推移した。

一枚目の障壁が消滅し、続く二枚目が呆気《あっけ》なく喰い破られる。更に三、四、五枚目の障壁が秒を追うごとに砕け散り、遂に最後の一枚へと到達した。光の穂先が六枚目の障壁に罅《ひび》を入れる。

「……むっ」

だが、そこが限界だった。

機体からの警告を聞き届けたロビンはトリガーから指を外し、長銃の照射を停止する。

機体に供給される魔力量が一定値を割ったのだ。

砲撃による魔力の消費量が、魔石を糧に稼働する炉心の出力を完全に上回っている以上、連続照射時間には限りがある。その限度時間を告げる警告音だった。

『――――』

勢いを減衰した光柱は罅割れた隙間《すきま》から幾条かの光を押し通し、その幾つかが竜の姿を捉えるも、常時展開している障殻――自身を中心とする球状の結界によって阻《はば》まれた。力を無くした光柱が消え去ったそこには、健在を示す六体の竜の姿がある。

ファフニールの真価を知る者からすれば、その光景は偉業以外の何ものでもなかった。

エルフの守護者たる妖精竜の群れは、たとえ六体掛かりのこととはいえ、在り得ざる異邦人の砲撃を防ぎきってみせたのだ。

「やるじゃないか。さすがは守護竜だ」

ロビンはサブディスプレイに映し出された炉心の出力バランスを調整しつつ、耐え抜いてみせた妖精竜に称賛の声を送った。

ファフニールの検証実験の為、第二炉心にはこの世界で採取した魔石を使用している。その為、機体各所に供給する魔力量に乏しく、先の数値が示す通り黒鉄《アウルヴァング》の長銃の出力も絞らざるを得なかったのは事実だが、それを考慮しても正面から防ぎきられたのは予想外だった。彼我の戦力評価を改める必要があるだろう。

そうして意識を切り替えつつ、ロビンはスラストレバーを開放。

背部スラスターを噴かした竜騎士が、妖精竜の群れ目掛け一直線に突き進む。

『――――ッ』

対する妖精竜の群れは、四散と離脱という二種類の行動で応じた。

一体がファフニールに背を向けて離脱し、残り五体がそれぞれ別方向に展開する動きだ。

ロビンが直線状に逃げた一体の追尾を即断すれば、散開した五体は再び集結し、編隊を組み直してファフニールの背を追う。

つまりは一体が囮《おとり》になり、残りの戦力で獲物を追い立てる陣形である。ロビンもまた、それを承知の上で背を向ける竜を追ったわけだが――

「……へぇ」

手慣れている、という感想をロビンは得た。

先ほどの密集陣形での複合防御といい、恐らくは竜族にのみ通じる声ならぬ『聲《こえ》』で連携を取っているのだろうが、行動に迷いがない。

つまるところ、この世界の通常戦力とは比較にならないほどの力を持つ妖精竜の群れは、あろうことか『己よりも強大な単騎』に対する戦術行動を熟知しているのだ。

伝承では人類を滅ぼそうとする魔王との決戦に駆り出されたと聞くが、案外その伝承とやらは誇張された伝説ではなく正確な口伝なのかもしれない。

『――――！』

先行する妖精竜は嘶《いなな》きをあげ、緑色の魔力光を零《こぼ》しながら加速した。

ディスプレイ中央に映る敵影が光の尾を曳《ひ》き、そしてその色を認識した頃には先行する竜の背は小さくなりつつある。それは持ちうる力の全《すべ》てを加速に用いようという動きだった。敵は純粋な加速力で追手を振り切ることを望んでいる。

その挙動が示すのは――

「ボクのファフニールに加速勝負を挑もうってわけだね。――乗った」

敵の意図を正しく読み取ったロビンは鋭い笑みを浮かべた。そして駆り手の意志に応じた竜騎士は、人型にあるまじき異様な動きを見せ始める。

それは変形だった。

両脚部が鋼の音を立て、胸部付近に膝《ひざ》を、大腿部に踵《かかと》を付ける形で胴体部にマウントされる。同時にスカート状の可動式大腿覆《タセット》い内部に存在する中型スラスターの群れが露出し、その全てが機体後方に向けられた。武器を構える両腕部は肘を曲げて折り畳まれ、一種の固定砲台としてその存在を確定する。

続いて展開されたのは、肩部に搭載された二門の大口径スラスターからなる双翼だ。長大なフィンスラスターの奥底には大口を開けた噴出口があり、その全容は長大な砲とも幅広な槍剣ともとれる形状をしている。その他機体各所に存在する大小様々なスラスター群もまた、前方を指し示す突撃槍《ランス》の穂先に似た胸部とは逆側、後方へと向けられ、その全てを開口した。

そうして結実したのは人型とは異なる姿。

最高速を望む竜の威容《いよう》。

ただひたすらに速度を追求し、変形を終えた末に至ったその形態は――


「高速巡航形態――ファフニールの機竜としての姿さ」

即座に叩《たた》き込まれるスラストレバー。受命を示すように竜頭の単眼が発光し、炉心からの魔力供給を得たスラスター群が咆哮《ほうこう》する。

そして肩部、背部、腰部、脚部、足底部――その全てのスラスターが眩い輝きを放ち、白い光の尾を生んだ。計七十二門のスラスターが生み出す白光《びゃっこう》が象《かたど》るのは、さしずめ竜の光翼だ。七十二条からなる横広がりの光翼は白光を羽根と散らし、高速を望む機竜に爆発的な推力を齎《もたら》す。

結果として、彼我の相対距離を示すメーターが見る間にその数を減らし、ゼロへと目掛け急落を開始した。

「――――ッ!」

身を翔ばし、空を貫き、加速に加速を重ねて尚加速する。後続の五体に無防備な背後を取られようがファフニールには関係ない。蒼銀の機竜は爆発的な速度で何もかもを置き去りにし、遥《はる》か先を征《ゆ》く妖精竜の背を目指す。

先行する妖精竜とてそれを甘受するわけではない。その個体は背後から迫る機竜をなんとか引き剝《は》がそうと、障殻の展開に回していた魔力さえもつぎ込み、なりふり構わない加速を果たそうとする。

しかし高速巡航形態の機竜はその速度をも凌駕《りょうが》した。

後方から時折飛んでくるブレスを細かな機動で回避しつつ、間合いを詰めたファフニールは小さく折り畳んだ右腕で黒鉄の銃口を向ける。

「────」

射撃管制装置《FCS》が表示するターゲットカーソルは未《いま》だロックオンを示していないが、ここまで距離を詰めれば有効打には十分だ。

ロビンはロックオンを待たず目視射撃。

黒鉄の長銃から放たれた光撃が先行する竜の背に突き刺さり、その片翼と右半身の数割を穿《うが》つ。

『────!?』

妖精竜が悲痛な叫びを上げて地上へと落ちていく。

急所を外したのか即死には至っていない。だが大打撃を与えたのは事実だ。大きく抉《えぐ》られた傷口からは泡立つように肉が盛り上がり、再生を行おうとしている様が確認されたが、その再生速度からして数分で全回復できるようなダメージではないように見受けられた。

しかし初の有効打を与えたその一方、喜ばしくない事実も明らかとなる。

「魔力再充塡中。次弾発射可能まで四十九秒……ここまでリロードに時間がかかるとはね」

どうやらたった二発で黒鉄の長銃《アウルヴァング》に貯蔵《プール》されていた魔力が完全枯渇したらしい。計算外であり歓迎しかねる事態に、ロビンは眉《まゆ》を顰《ひそ》める。

ファフニールの主砲であるアウルヴァングだが、純粋な魔力塊を一筋の彗撃《すいげき》として撃ち出すこの黒銃はひどく大喰らいで、ジェネレーターに直結しても充塡には時間がかかる。ある条件さえ成立させれば連射も可能なのだが、異世界原産の魔石を用いた炉心からの魔力供給は再充塡に一分近い時間を要求してきているのが現状だ。

炉心に使っている魔石はこれでも厳選したはずなのだが、そもそもの水準が元の世界から持ち込んだ魔石と違いすぎた。

「なら、次はコイツの出番かな」

ロビンは操縦桿を摑む右手はそのままに、空いた左手でコンソールパネルを叩いた。メイントリガーの連動先に、白銀の長銃が設定される。

一種のエネルギー兵器である黒鉄《アウルヴァング》の長銃とは異なり、白銀の長銃はまだしも現代の銃に似た構造をしていた。薬室が存在し、銃弾が込められており、撃鉄が落ちることで射撃が実行されるという意味合いでは現実の銃に即している。

ただしその銃口から吐き出されるのはただの弾丸ではない。その長大な銃身には、魔術の威力を増幅する機構が施されていた。魔力でもなく弾丸でもなく、魔術を撃ち放つ為の機構を備えたその銀銃の正体は――

「魔弾装塡《そうてん》型単身銃『ガンダールヴ』――発射《ファイア》」

白銀の銃口が比喩抜きに火を噴いた。

装塡済みの『魔弾』に刻まれていた火属性攻撃術式――《爆炎穿槍《ブラストジャベリン》》が解放された結果である。

高価な純ミスリル製の弾殻を使い捨てにすることから『銭投げ兵器』と悪名高いガンダールヴは

しかし、僅かな魔力消費を対価として、魔弾に刻まれた術式を増幅・発現させられるという優れた利点を有していた。

斯《か》くして威力を増幅された《爆炎穿槍《ブラストジャベリン》》は、ムスペルの投擲槍かと見紛《みまご》う程に巨大な炎槍へと変貌し、落ち行く妖精竜が咄嗟《とっさ》に展開した障壁をも貫いた。体内の奥深くまで突き刺さった炎の投擲槍が割れ爆《は》ぜ、霧雨の舞う空に爆炎の華を咲かせる。

紅蓮《ぐれん》華が散ったその後には、原型を無くして地面に墜落していく竜の亡骸だけが残った。

「目標、一機撃破」

戦果を確認したロビンは呟《つぶや》き、次なる目標へと機体を反転させる。

横軸方向に一八〇度ターン。

そうして後方に機首を向けた機竜の視界前面には、追撃の為に魔力を充てがっていた後続の妖精竜――その全てから放たれた千を超える光矢の光景があった。

「――――ッ」

判断は一瞬。決断は即応に繋《つな》がった。

圧倒的な密度で迫る光矢の群れに対し、ファフニールは自ら突撃したのだ。

最も弾幕が薄い空間、僅かにできた隙間に鼻先を捩《ね》じ込むようにして、機竜は強引《ごういん》な突破を図る。

しかし迫りくる数が数だ。

五百に及《およ》ぶ光矢を潜り抜けたファフニール目掛け、残り数百の光矢が殺到した。

如何《いか》に機竜とはいえ、回避する空間が物理的に存在しなければ躱しきることは不可能である。

その当然の帰結として、大樹海の空に幾百もの着弾音が轟《とどろ》いた。

2.

「あ、あぁ……」

その光景を地上から眺める者がいた。

ウェンリである。

現場に潜んでいた第六軍団の手勢により戦場から退避させられていた彼女は、曇天の空で立て続けに爆ぜる光矢を眼にして絶望的な声を漏らした。

一体目の妖精竜をあっさりと倒したのは見事だった。森の中で鍛えられた彼女の眼は、その全ての動きを追うことは出来なかったものの、蒼銀の竜騎士が挙げた戦果をしかと見届けていた。まさかゴーレム使いとは思っていなかったが、あの王が戦場を託した理由はそれで理解できた。

だがその直後のことだ。

残りの妖精竜が撃ち放った弾幕に対し、蒼銀の竜騎士は真正面から突っ込んだのだ。

無謀な突撃を敢行した竜騎士に光矢が殺到し、幾百もの光爆と化して曇天の空を照らす。

その爆心地がどうなっているかなど考えるまでもない。

あの様子では、もう――

「あぁ、ウェンリさん。こちらにいらっしゃいましたか」

愕然《がくぜん》と空を見上げるウェンリに誰《だれ》かが声をかけてきた。

見れば、いつかの小城でロビンを足蹴《あしげ》にしていた部下の男だった。

「開戦の使者の務め、お疲れ様でした。こちらの手勢だけで済ませられればよかったのですが、やはり情勢を考えるとラテストウッドの方に立ち会っていただく他なく……いやはや、お手数をかけてしまいまして」

部下の男、メルツェルは、世間話でもするかのような気軽さで労《ねぎら》いの言葉を口にした。

上空での惨事など見てもいない。

彼が上司であるロビンを快く思っていないことは知っていた。

だが、今まさに命の危機に瀕しているロビンを無視してそんな話題を振ってくるとは、いったいどういう神経をしているのか――。

「何を……何を言っておられる⁉　貴殿らの長が命の危機に晒《さら》されているのだぞ！　そのような状況で、いったい貴殿らは何をされているのか⁉」

戦争の最中《さなか》で気が立っているからだろうか。ウェンリは自分で思う以上にヒステリックな声色《こわいろ》で、詰問《きつもん》の言葉を口にした。

問われたメルツェルは不意をつかれたように目を瞠《みは》る。

「……まさか、団長殿の身を案じておられるのですか？」

意外だ、という感情を凝縮したような問い掛けだった。

確かに普段から迷惑をかけられているのは事実である。だが、既に何十日もの時間を共有している間柄なのだ。見知った者の命が今まさに失われようとしているのなら、その身を案じるのは極々当然のことだろう。

しかし周りに佇《たたず》むアルキマイラの魔物たちは、一様に意外そうな表情を浮かべていた。少なくともウェンリに共感する者は一人もいない。その酷薄すぎる反応に、これが『魔物』と『人類』の差なのだろうかとやるせない気持ちに囚《とら》われる。

そんなウェンリの前で考え込んでいたメルツェルだったが、やがて彼女の言葉と表情から何らかの答えを導き出したのか「ああ、」と納得の声を呟いた。

「なるほど。ウェンリさんが気にされていることについては分かりました。ですがご心配なく。団長殿は普段こそあれですが、ファフニールと共に在る時だけは話が別です。我々が完璧《かんぺき》に仕事をこなした以上、貴女が考えているような結末にはなりえません」

「しかし、現に――――！」

と、言い募ろうとするウェンリにメルツェルは手を翳《かざ》した。

そして翳した手をゆっくりと上げ「あれを」と上空を指差す。

「あのゴーレムの名はファフニール。我々第七軍団が総力をあげて完成させた最高傑作です。そして戦時における第七軍団の至上命題は『万全な状態でファフニールを出撃させること』であり、それ以上の仕事はありません。此度《こたび》の戦争における我々の役目は、既に終わっているんですよ」

メルツェルの指が指し示す先には、光爆によって作り出された濃霧がある。

そして唐突に、前触れもなく、球状の霧が八方に散じた。

内側からの圧により爆ぜ散ったのだ。

次いで霧の塊から飛び出したモノがある。

それは半径三〇メートルにも及ぶサイズの光玉だった。

薄暗い曇天のもと、雲跡を曳いて飛翔《ひしょう》するその光玉の正体は——

「全天遮断領域生成機構『エイキンスキアルディ』——盾持つ鉱妖精の名を与えられた防御機構です。量はともかくあの程度の威力では、ファフニールの盾は貫けない」

視線の先、纏《まと》っていた光玉を脱ぎ去るようにして、蒼銀の竜騎士が姿を現した。

3.

「——エイキンスキアルディ、展開終了」

ファフニールは無傷のままに爆心地から抜け出し、展開していた防御機構を解除した。

メインディスプレイには、予想外の光景に目を瞠る妖精竜が映っている。きっと仕留めたとばかり思っていたに違いない。その予想を裏切ってやれたことに小気味よい想《おも》いを抱くロビンだが、だからといって楽観視できる状況でもなかった。

おおよそ万能な防御性能を誇る全天遮断領域《エイキンスキアルディ》ではあるものの、軀体を動かすだけで魔力消費を強いられるファフニールに、これを常時展開する余力はないからだ。

攻撃と機動にどれだけの魔力を費やすかにもよるが、この戦闘で使えるのは多くて二回といったところだろう。第二炉心の出力低下が予想以上に響いていた。

「まあ、仕方ないね。それならそれでやりようはあるさ」

淡々と言ってのけたロビンは次なる獲物に機首を向ける。

狙《ねら》われていることを悟ったのか、メインディスプレイ中央に捉えた妖精竜は身を翻《ひるがえ》して飛翔した。

ただし、それは背を向けての逃亡ではない。

その機動からは、戦闘空域に留《とど》まり戦いを継続する意志が読み取れる。

直線的な最大加速では分が悪いと判断した妖精竜は、一定空間内に限定した高速機動戦闘を挑もうというのだ。

「――いいね。実にいい。それでこそ竜だとも」

ならばと、ロビンは唇を舌で濡《ぬ》らしてスラストレバーを叩き込む。

双翼の飛翔機が吼《ほ》え猛《たけ》り、背部を向いたスラスター群が白光の羽根を散らした。


――ドッグファイト。


天上へ駆け上る妖精竜の後を追い、蒼銀の機竜が急激な上昇を始める。

すると先行する妖精竜は素早く身を捻《ひね》り、斜め下方に切り込むような軌道で機竜の視界から逃れようとした。

ロビンは素早くフットペダルを蹴《け》り込んでフラッシュブースト。瞬間的に右側の光翼が膨張する。

ファフニールの右肩部大口径スラスターが莫大な推力を発揮した証《あかし》だ。視界中央に敵の左側面を捉えつつ、距離を詰める。

妖精竜は再び切り返し、上昇。次いで全力で加速しながら上下左右に身を振って揺さぶりをかけた。後を追う機竜は視界中央に敵影をピタリと捉えたまま、高性能な誘導ミサイルのようにしつこく追い縋《すが》る。

他の妖精竜とて傍観しているわけではない。追尾を阻む光撃が横合いからファフニールを襲うが、その度にファフニールは瞬間的なブースト噴射で回避する。紙一重で躱す動きは、無駄な機動を極限まで削ろうとする意思の表れだ。長く尾を曳く双翼の二条を航跡として、更に接近。

『―――ッ』

対する妖精竜は回避運動を行いつつの上昇を捨て、弧を描いて下を向いた。縦軸に一八〇度ループ。下降へと身を移した妖精竜は直下に向けて落下する。

否、それは落下ではなく飛翔だった。

その証左として、妖精竜はさらなる増速を自らに課した。

自由落下を超える速度を望んだのだ。

何故《なぜ》ならば追手の機竜は未だ振り切れておらず、あくまでその個体を追撃せんとする姿勢を取り続けていて――

『…………!』

来た。やはり来た。地上に頭を向けたままチラリと向いた背後――上方から機竜が迫ってきているのを、その妖精竜は見て取る。

敵の正体は未だ不明だが強敵であることに疑いはない。個体としての性能はあちらの方が上だろう。加速力は水をあけられ、機動力もこちらより上手であることを今しがた示された。少なくとも一対一では勝機はない――と、その妖精竜は判断を下す。

だが、何故かあの敵は己という個体に拘《こだわ》りを見せていた。それも必ず追いついて仕留めるという確固たる意志を持ってだ。その証拠に、今もなお直線軌道で無防備な背中を晒しているというのに射撃を行ってこない。まるで機動性で勝った証を欲するように、敵は己との相対距離を零《ゼロ》とすることに固執している。

理由は分からないものの、妖精竜はその拘りに勝機を見出した。

『――――ッ！』

地面へ向けて飛翔する妖精竜の視界前方――即《すなわ》ち下方向から急速に迫ってくる影がある。予《あらかじ》めその座標に待機していた別の妖精竜だった。

それは急降下する個体と高速ですれ違い、直上に向けて上昇。そしてその先に存在する機竜に対し、すれ違いざま五十超過の光矢を撃ち放った。

突如として正面に弾幕を展開された機竜は、フラッシュブーストの連続起動で回避する。

不意打ちに近い攻撃を全弾回避したその手腕には驚嘆すべきものがあるが、その結果として無駄な機動が生じ、先を行く妖精竜との相対距離が空いた。

「――――」

機竜はその距離を追加の加速で埋めようとする。

迷いのない挙動が示すのは、遠距離から仕留めるのではなくあくまで追い付こうとする動きだ。

追加の加速器に火を入れれば尾を曳く白光が数を増し、空いた相対距離が再び詰まり始める。

だがその時だ。

いよいよ間近に迫ろうとしていた地面に対し、先を行く個体がおもむろに炎弾を撃ち放ったのだ。

それは数秒を待たずして大地に直撃し、地面を揺るがすほどの大爆発を巻き起こした。

砕かれる雨粒と舞い上がる土塊により、即席の煙幕が生じる。

そして煙幕を突き抜け、幾分か晴れたその視界の先には、目と鼻の先に迫った地面があった。

『――――ッ!』

先行する妖精竜は射撃の反動で減速し、更には魔力を糧に呼び寄せた豪風の後押しを受けて無理矢理に身を捩った。結果として地面スレスレの高度で落下の勢いを殺しきり、そのまま水平飛行に移ることに成功する。

一方、後続の機竜は視界を遮《さえぎ》られて高度を測る邪魔をされた上、ただでさえ追加の加速を行っている最中だった。地面に向かう加速度は前を行く妖精竜を圧倒しており、加えて言えば減速を行う素振《そぶ》りもなかった。

ましてやそんな状態で既に妖精竜が身を捻り始めた高度を通り過ぎているときては、墜落を回避した妖精竜と同様の挙動を取れる道理はない。機首の引き起こしこそ始めてはいるものの、水平飛行に移るのに先んじて地面への墜落が来るだろう。追撃に備える後続の妖精竜は論理的な判断の帰結として、大地に身を打ち据える機竜の姿を幻視する。

「――なるほど、いい手だ」

事実、これが航空機ならば引き起こしも間に合わず、無様な末路を晒したことだろう。

しかしファフニールは航空機ではなく機竜であり、更には空を駆けることを望んだ鋼の騎士だ。

高速巡航形態のまま直下に突き進むファフニールは地面に激突する寸前、操縦者の意思に従い可変機構を稼働させる。

そして墜落寸前に騎士の姿を取り戻したファフニールは、クラウチングスタートを切るランナーのような前傾姿勢で地面を蹴りつけた。それも上から下に衝撃を受け止めるのではなく、前方に身を跳ばす動きでだ。

その挙動は、機械の身で成し得たとは思い難《がた》いほどに有機的な動きであり――

「高速巡航形態は発掘後に付け足したものでね。ファフニールの本来の姿はこっちの方なのさ」

更に二度三度と地面を蹴り飛ばすことで、降下の勢いから生まれた慣性は前方を臨む推進力へと完全に転化された。

四度目の蹴りでファフニールは再び脚部を畳み、足底部の大出力スラスターから白光を噴出する。

『――――ッ⁉』

これに目を剝《む》いたのが前を行く妖精竜である。

なにせ妖精竜が大量の魔力を費やした豪風によって墜落を回避したのに対し、追手たる機竜は物理的な動きで同等の結果を得たのだ。

騎士の形に身を変えたファフニールは機敏な挙動で地面を蹴り、速度という力を制御下に置き続け、更には機械としての出力を追加して妖精竜に迫らんとする。

先行する妖精竜は接近されることを厭《いと》うが、引き離すには速度が足りない。地面への墜落を逃れる為に減速した妖精竜と、速度を落とすことなく水平飛行に移ったファフニールとの間では、致命的とも言える速度差が生じていたのだ。

その相対距離は数秒と経《た》たず零に近づき、遂に肉薄したファフニールが白銀の長銃を振り上げる。

「左腕兵装『ガンダールヴ』、レディ」

トリガーが押し込まれると同時、白銀の銃口から雷の刃が生じる。

魔弾に刻まれていた術式である《雷電の太刀《ライトニングブレード》》——攻撃動作に合わせて瞬間的に雷の刃を発生させる接近戦専用魔術が発現を果たした結果だ。

ガンダールヴによって効果を増幅され、白銀の長銃そのものを柄とした刃渡り三〇メートルにも及ぶ紫電の大太刀。その極厚の刃が妖精竜の背中を捉え、真っ二つに断ち割られた竜の亡骸が木々をなぎ倒しながら墜落する。

「次弾装填。弾頭選択《暴風の乱刃《ストームエッジ》》——発射《ファイア》」

二体目を撃破した感慨もなく、ロビンはすかさず次の行動を起こした。

ガンダールヴの銃口を上空に向けて即座に発砲。

弾頭に刻まれた風属性の広範囲攻撃魔術が発現を果たし、巨大な風刃の乱れ撃ちが妖精竜の群れへと殺到する。

『――……ッ⁉』

狙われた竜群は咄嗟に回避運動を行うも、反応が遅れた。

加速で負け、弾幕を凌《しの》がれ、機動で遅れを取り、遂には二体目の個体が撃破されたという事実を整理できず、思考にノイズを生じさせていたのだ。

その隙《すき》を突かれたことで対処が間に合わず、二体はキルゾーンから逃れたものの残り二体が捕まった。荒れ狂う風刃が容赦なく妖精竜の身を切り裂き、鮮血が舞う。うち一体は障殻で威力を減衰させたものの、片翼を切り落とされる大ダメージ。

好機を見て取ったファフニールは、錐揉《きりもみ》状態で落下する個体目掛けて上昇した。ロビンは上昇を果たすまでの僅かな時間で右手のサイドスティックを操作し、ファフニールの右足に装備している近接兵装を選択。セカンドサブトリガーに設定を割り当てる。そして三体目の獲物に接近するなり足の甲にある装甲板がスライドし、その隙間から光の刃が発生した。

竜騎士は予備動作として右足を軽く引き、ダガー状の光刃を突き立てようとして――

『キイイイイィィィィイアアアァァァァァァァ――――ッ！』

天上で突如生じた嘆亡霊《バンシー》に似た絶叫。

同時に上空で雄々しく輝く八枚の魔法陣。

そこから吐き出された八条の緑光が絡《から》み合《あ》い、極太の光柱と化して天上から直下へと奔《はし》った。

ファフニールは即座に緊急回避機動。推力全開のフラッシュブーストで射線上から退く。敵影を捉えきれなかった光柱は地面に突き刺さり、大樹海の一角に巨大なクレーターを形成した。大規模な爆発が生じ、砕かれた木々と土塊が出鱈目《でたらめ》に撒《ま》き散らされる。

「——出たね、親玉」

ロビンはファフニールの竜眼《メインカメラ》をさらなる上空に向けた。そこには大火力の不意打ちを見舞った、他の個体よりも更に巨大な妖精竜の姿がある。

密集陣形に参加していなかった七体目のその竜は、完全復活を果たした巨竜状態の妖精竜と比較してなお、三割ほども大きな巨軀を有していた。緑光を灯《とも》す翅《はね》の数もまた、他の個体よりも二枚多い四対《つい》八翼である。

基本的なフォルムは他の六体と同様だが、拡大表示された姿をよくよく観察すれば細部の形が違っていることが確認できた。とりわけ目立つ差異は翅の枚数と頭部の形状——そして体の内側から腹部を押し上げている、生殖器官だ。

「カミィの話じゃ妖精竜の母体ってことらしいね。個体名、妖精母竜《フェアリー・マザー・ドラゴン》」

ファフニールのデータベースには、第六軍団から入手した数多《あまた》の敵情報が登録されている。個体名が判明したのも第六軍団による偵察の成果だ。しかしながら妖精母竜に関してはオールドウッド襲撃の一件を含め、これまでに戦闘を行った様子が一切《いっさい》確認されておらず、ステータスや能力、脅威度についてはグレーな部分が多かった。

だが先ほどの一撃から察するに、他の個体とは一線を画する実力を有しているのは間違いなさそうだ。自国の滅亡と引き換えにして使命を託されただけのことはある。無防備なところに先の一撃が直撃すれば、いかなファフニールとて無傷では済まないだろう。

ここまで妖精母竜が直接戦闘に参加していなかったのは、恐らく他の個体の指揮に注力していた為だ。ノーブルウッドのエルフは妖精母竜の『指揮権』を行使しているだけであり、他の六体を妖精母竜が統率する形を取っていると聞く。先ほどまでの見事な連携攻撃も、妖精母竜が統率しているが故《ゆえ》に成立したものに違いない。エルフたちにとっては皮肉なことかもしれないが、彼らが遠隔で指示を行うより、よほど合理的な仕組みだと言えた。

そして本来ならば安全圏に退避しているべき『指揮官機』が直接戦闘に参加してきたのは、このままではジリ貧だと判断した上でのことだろう。

或《あ》るいは自分の仔が墜《お》とされたことに憤慨して、という線もある。

どちらにせよ、ノーブルウッドが全てを費やして創り上げた最強戦力が遂に参戦してきたということだ。

「だけどお生憎様《あいにくさま》、ここで負けてあげるわけにはいかないかな。もともとボクとファフニールの役割は敵方の最強戦力《キミみたいなの》を斃《たお》すことでね。ついでに言えば竜の相手は慣れっこなのさ」

ディスプレイ越しに視線を交えたロビンは、気負いもなくそう嘯《うそぶ》いた。

焦《こ》げ茶色の瞳《ひとみ》を鋭くした彼はグリップを握り直し、あくまで不敵な態度のままエルフの守護竜を見据える。

――第七軍団長、ロビン＝ハーナルドヴェルグ。

それは好奇心旺盛なハーフリングと工学の民であるドワーフの間に生まれた【混合種《ミックス》】。

万魔の王ヘリアンから〝アルキマイラの脚〟の称号を与えられし職人集団の長。

人物特徴に【悪戯好き】【享楽的】【自分勝手】などといった目を覆わんばかりのマイナス要素を抱える彼は、番号が大きくなるほどに性能面を重視して任命した傾向にある八大軍団長、その末席から二番目の値を与えられた少年団長であり、

「トドメこそ獅子頭に譲ったけどね。――当時敵だった竜帝《ノガルド》を斃してみせたのは、他でもないこのボクなんだぜ？」

それら壊滅的な性格を許容してでも軍団長に任命せざるを得なかった、稀代《きだい》の【天才】である。

『――――ッ!!』

母なる妖精竜が啼《な》き喚《わめ》き、竜騎士が刃金《ハガネ》の咆哮を上げる。

機械仕掛けの竜騎士は己の最強を証明すべく、駆り手の意志に従い白光を散らした。

――そして、妖精の竜と蒼銀の竜騎士が飛び交う眼下。

――地上では新たな戦いが始まろうとしていた。

4.

緑衣に身を包むノーブルウッドの狩人らは、森の中を進んでいた。

上空では妖精母竜《マザー》に率いられた妖精竜の群れが、蒼銀のナニカと空中戦を繰り広げている。

旅人と〝穢《けが》れ〟の女が姿を消すなり始まった戦いは彼らの理解を超えるものだったが、妖精母竜の叫声が本来の目的を思い出させた。

敵の正体は依然不明である。

しかしながら完全復活を果たした妖精竜の群れでさえ、犠牲なしに勝利し得ない存在だということだけは理解できた。


——同時に、空の戦いに注力している限りはこちらを気にかける余裕はないはずだとも。


戦いが始まってから数分が経つが、蒼銀のナニカ以外に参戦してくる戦力は見受けられない。

恐らくは先遣隊を撃退した『旅人』とやらの切り札がアレなのだろう。

そしてこの状況でも他の戦力が加わる気配がない以上、〝穢れ〟に手を貸した『旅人』は一人だけだと考えて間違いない。

故にこそ怨恨を抱く狩人らは、本来の目的を果たすべくガラ空きの首都へ侵攻せんとして——

「——っ、待て……!」

ザッと音を立て、咄嗟に足を止める。

木々の間を縫って飛び出た小丘の先に、武装した多数の人影を認めてのことだった。

ノーブルウッドの狩人らはその異様な光景を前に目を瞠る。

「――――」

その集団には統一性というものが欠けていた。背丈はおろか性別や年齢、果ては人種どころか種族さえバラバラという不揃いな一団である。白を基調とした衣服を纏っているという点以外、一瞥《いちべつ》して共通項を見出すことは難しいだろう。

その正体は言うまでもなく、アルキマイラから臨時に派遣されていた第六軍団、並びに今次戦争に総動員体制で臨んでいた第七軍団からなる異類異形の混成部隊――――ではない。

今回アルキマイラから提供された戦力は、あくまでロビン＝ハーナルドヴェルグただ一人だ。

それも本来戦争に用いられるべきではない超常の戦力、妖精竜の討伐《とうばつ》を請け負うのみであり、それ以外の戦闘には介入しないと事前に取り決められている。

ならば必然、妖精の竜と蒼銀の竜騎士が飛び交う眼下、首都に攻め込まんとする侵略者の前に立ちはだかるのは――

「ラテストウッド王国戦士団総員――――抜杖《ばつじょう》」

突如として生じる澄んだ声。応じて掲げられたのは数多の長杖《ちょうじょう》、杖剣《じょうけん》の群れだ。

その先頭に屹立《きつりつ》するは一人の少女。

翠緑《みどり》の瞳に決意を宿した女王の姿が其処《そこ》に在る。

「これは元より我らが戦《いくさ》、我らが戦場。――それを大恩ある御国に任せきりにして何が国家か、何が戦士か」

――嗚呼、そうだ。その通りだと、背後に控える戦士らは胸に火を灯す。

深い傷を得たあの日を越え、数ある選択肢から戦士の道を選んだのは何の為か。護《まも》るべきものを護れなかったあの日の屈辱を胸に、伏して教えを乞うたのは何の為か。そしてその果てに拷問じみた訓練を課せられ、しかしただ一人の落後者も出すことなく故郷に帰還したのは何の為か。

――この為だ。

「征《ゆ》きなさい！　我がラテストウッドの勇士たちよ――――ッ‼」

若き女王の号令の下、術者が唱え、戦士が駆ける。

踏み出す足は最初から全力だった。

九章 払暁

『どうか我々に、稽古をつけていただけないでしょうか?』

――不安がなかったと言えば嘘《うそ》になる。

助けてくれた相手とはいえ、相手は魔物の国。ただ一人の王を除き国民の全《すべ》てが魔物という人外魔境の極地だ。同盟を結んだ直後は親交を深めるどころの話ではなく、お互いにおっかなびっくり、手探りで図り合っているような状況だった。

『我々の街にはアルキマイラの民が派遣されていますが、貴国の地を踏んだことのあるラテストウッドの民はレイファ様を代表とした一握りの者だけです。親交を深める交流活動の一環として、無駄にはならないかと……』

無い頭を捻《ひね》り出《だ》して作った建前《たてまえ》だった。女王の許可を得て先方の大使にそう提案したものの、駄目で元々という心境であったことは否定《ひてい》しない。

しかし、意外にも話はトントン拍子で進んだ。

どうやら魔物と人類という垣根が存在する中、どう交流を始めたものかと苦慮していたのは先方も同じだったらしく『一定期間共同生活を送ることにより常識の乖離《かいり》を埋め、今後始まるであろう本格的な国家間交流に向けた相互理解を図る』という大層なお題目のもと、彼《か》の国の訓練施設にて一月余りを生活する運びとなった。

——繰り返しになるが、不安はあった。

当然だろう。ないはずがない。なにせ相手は闘争を好む『魔物』の国なのだ。そもそも魔物が国家を形成しているという時点で色々と意味不明だが、魔物の気質を考えれば街中でいきなり殴りかかられたとしても不思議ではない。

ついでに言えば殴りかかってきた相手が巨人族や魔族の類いであればそれだけで死にかねないのだが、それらの不安を押し殺して彼《か》の国に足を踏み入れた。勇気を奮い立たせた結果だと胸を張れれば良かったのだが、どちらかと言えば蛮勇の類いだったろう。

しかしそれでも、国家間交流などという建前を作ってまで、そして人外魔境と承知の上で万魔国を訪れた理由は唯一つ。


強くなりたい。

戦う力を手に入れたい。

ただただ、その一心だった。


無論、そんな力など望んですぐに得られるものではない。

しかしどれほど過酷な道のりだろうと、研鑽《けんさん》を重ねて辿《たど》り着いてみせると決意した。

そしてだからこそ、戦士団の総意として魔国を訪ねるに至ったのだ。

『お初にお目にかかる。吾輩の名はバラン＝ザイフリート。この度行われる両国間異文化交流の一環事業――諸君らの『訓練』について全責任を任された者である』

魔国の民は意外にも紳士的であり、そして訓練は地獄だった。しかもどうやら容赦を知らないわけではなく、容赦を知った上でアレなのだ。魔物どうこう以前の話として、彼らが常識も価値観も異なる『異世界の民』だと思い知らされた初日だった。

地獄の日々は続く。

自分のように前線で戦う者のみならず、後方支援を担当する魔術師たちまで等しく基礎訓練を課せられた。短い手足を懸命に振って走る幼馴染《おさななじみ》の小人《ハーフリング》などはもはや拷問か何かかという形相だったが、それで訓練の強度が緩《ゆる》められるということもない。誰《だれ》もが皆、一日一日を生き延びることに必死だった。

そんな日々が続くとなれば、気合や根性ではどうにもならない物理的な問題として肉体が限界を迎えるはずなのだが、館の副管理人から支給される蜜酒を飲めばたちどころに快癒した。おかげで体力の限界を理由にへこたれることすらできない。食事と睡眠以外の全てが訓練に割り当てられる毎日である。

だがそれでも、誰一人として諦《あきら》めたりはしなかった。

教官から『辛ければ辞めてもいい』と言われていたが、誰もが首を横に振った。実戦訓練の後では倒れ伏した者の口から『死ぬかと思った』『死んだと思った』『いっそ殺せ』などという泣き言に似た何かが垂れ流されるのが日常風景になりつつあったが、そんな末期と言うべき状況になってさえ

『辞めたい』とだけは意地でも口にしなかったのだ。

そんな戦士らの心を支えていたのは過日の記憶。
慎ましやかながらも平穏な日々を過ごしていた最中《さなか》、首都を襲った炎の海。
逃げ惑う市民を追い立てるノーブルウッドの狩人や兵士たち。
辛うじて逃げ延びた集落の中、真綿で首を絞められるが如《ごと》き日々。
そして——地に頭を擦り付け『助けてください』と旅人に懇願する、若き女王の姿。

『——強くなりたい』
誰かが言った。
誰もがそう考えていた。
『——戦う為の力が要る』
最低でも女王の戦士を名乗れるだけの力が。
その為ならどんなことでもしてみせよう。
『——今度こそ護《まも》りたいんだ』
それは、それこそ、此処にいる誰もが想《おも》っていることで。
だから。
だから今度こそはと。

戦士長に任命された彼、フェルクは、確かな覚悟を胸に秘めて――

2.

「――――ォォォォオオオオ!!」

雄叫《おたけ》びを上げて突貫する。

喉《のど》から奔《はし》る音の震えは過去へと挑む鬨《とき》の声だ。

白衣《びゃくい》に身を包む戦士らが一斉に駆け出し、その先駆けとして戦士長《フェルク》が抜け出す。

「先制射、放てェ！」

その背を追い抜くのは、乱立する長杖から放たれた援護射撃の群れだ。

風の刃、岩の弾丸、炎の矢、雷の球――いずれも下級の階位ながら、後衛の魔術師隊から放たれた多種多様な属性魔術が襲いかかり、緑衣の集団に着弾する。

とはいえ一発ごとの威力は大したものではない。案の定、緑衣の敵が揃《そろ》って展開した障壁によって尽くが防がれた。だが障壁の展開に意識と動作を割かせたことで、魔術や弓矢による迎撃行動を阻害するに至る。牽制《けんせい》射によって生まれたその隙《すき》を逃さず、白衣の戦士らは速度を落とすことなく肉薄した。

先頭を走っていたフェルクが敵陣営に到達し、杖剣を振り抜く。

「疾ッ――！」

鋭い呼気と共に、魔力を徹した杖剣を一閃《いっせん》。

疾走の勢いを乗せて放った一撃は辛くも受け止められた。

鍔迫《つばぜ》り合う刃の奥には、腰から引き抜いた小剣を震わせる緑衣の男――狩人長代行セルウィンの双眸《そうぼう》がある。

「どこまで……どこまで我らを虚仮《こけ》にすれば気が済むのだ……!」

地の底から滲《にじ》み出るような低い声。そこには起爆寸前の爆弾に似た危うさがあった。セルウィンは鍔迫り合う小剣を戦慄《わなな》かせながら、整った顔を憎悪に歪《ゆが》める。

彼らが唖然と立ち尽くしていたのは、何も侵攻ルート上で待ち構えられていたからではない。ノーブルウッドの狩人らの前に立ちはだかったのが、あろうことかラテストウッドの有象無象だという事実に衝撃を受けていた為である。そして小癪《こしゃく》な牽制射によって我を取り戻した後、消え失せた衝撃の代わりに自覚するのは憤怒《ふんぬ》の感情だ。

なにせ百年を超える修練を重ねたノーブルウッドの狩人に対し、ラテストウッドの雑兵が自ら戦おうというのだ。しかも時間を稼ぐような素振《そぶ》りさえ見せず、つまりは『旅人』とやらの助力を待つのでもなく、自らの実力で打ち勝とうというのだ。

身の程を知らぬその不遜――万死に値する。

「思い上がるな〝穢《けが》れ〟めがアァァ――ッ!!」

遂に爆発した感情に身を委《ゆだ》ね、セルウィンは荒々しく刃を振るう。

内心で如何《いか》に激憤していようとも、研鑽を積み重ねた剣術の冴《さ》えは本物だ。

下方から迫る切り上げ、最短距離を飛んでくる刺突、袈裟斬りに振り下ろされる刃、首を狩りに来る斬撃——それは狩人長の系譜に相応《ふさわ》しい鋭さで、容赦なくフェルクを攻め立てる。

「くっ……！」

受け、躱《かわ》し、弾《はじ》き、捌《さば》き、辛うじて被弾を免れる。

余裕などはどこにもない。ただただ必死だ。瞬きをすればその瞬間、首を刎《は》ねられていてもおかしくはない。

「シィイァ——ッ！」

上方から弧を描いて刃が迫る。フェルクは杖剣の根本でなんとか受け止めるも、衝撃のあまり握る手に痺《しび》れが走った。危うく杖剣を取り落しそうになるのを堪えつつ、腰から引き抜いた左手の短剣で反撃。届かない。いつの間にか逆手に持ち替えられていたセルウィンの小剣が、短剣による刺突を防いでいた。

追撃が来る。しかも次なる一撃は刃ではなく、僅《わず》かな間合いから繰り出された蹴撃だった。予想外の一撃が腹部に突き刺さり、肋骨が嫌な音を立てる。フェルクは奥歯を噛《か》みしめて苦痛を堪え、浮きかけた足を地面に押し付けた。

そこへさらなる追撃。続く第三撃は逆手に持った小剣の柄による突き上げだった。人体急所の一つである顎《あご》を狙《ねら》った打撃にフェルクは仰《の》け反《ぞ》ることで躱すも、直後に刃の切り上げが襲ってくる。手首の動きだけで繰り出されたのは至近距離からの斬撃だ。三日月を描いて迫る凶刃に、彼は咄嗟《とっさ》の判断で大きく後ろに飛び退いて——

「――、ッ！」

致死の連撃を凌《しの》いだ代償として互いの間合いが空いた。

セルウィンが小剣を持った手とは逆、空いた左の掌を真《ま》っ直《す》ぐに翳《かざ》す。

収束する魔力の気配がフェルクの背に戦慄《せんりつ》を走らせた。

「放つ疾風の矢《フェルジビア》！」

瞬時に組み上げられる術式。

高速で交わされる攻防に割り込み、省略詠唱で発現を果たしたのは風属性の攻撃魔術だ。

本来魔術の発現には多かれ少なかれ精神集中が必要であり、近接戦闘の最中に術式を組み上げるのは至難の業とされる。ましてや詠唱の補助も心許《こころもと》ない省略詠唱で発現するとなれば尚更《なおさら》だ。しかし大陸四大種族のうち、最も魔術に優れるとされるエルフ、それもノーブルウッドの狩人にまで至った練度がその困難をねじ伏せた。

疾風で象《かたど》られた太矢がフェルクの身を襲い、鮮血が舞う。

「が、ぁ……！」

咄嗟に身を捻るも、至近距離で躱しきれるものではない。頭部と胴体中枢部への被弾だけは避けたが左肩を抉《えぐ》られた。白衣《びゃくい》に朱が混じり、その染《し》みは段々と広がっていく。

しかしフェルクは、被害状況の確認に先んじて敵との間合いを詰めた。

距離を空ければ魔術の追撃が来る。そして魔術の撃ち合いになれば確実に敗北する。戦士団のうち、近接戦闘を旨とする者の中ではそれなりに魔術を扱えるフェルクではあったが、狩人長《セルウィン》の系譜と張り合えるほどの腕前ではなかった。

活路は接近戦をおいて他になく、故《ゆえ》にこそ彼は迷いなく敵の懐《ふところ》へと飛び込んでいく。

そうして再びの接近戦。

必殺を期した『放つ疾風の矢《フェルジビア》』を凌がれたことで矜持《きょうじ》を傷つけられたか、セルウィンはいよいよ悪鬼羅刹《あっきらせつ》もかくやという形相になりつつあった。襲い来る苛烈《かれつ》な剣撃に、フェルクは杖剣と短剣による変則の二刀流で応じる。

「はっ、はっ、はっ……！　は、ぁ――――！」

喘《あえ》ぐような呼吸。息が乱れた分だけ僅かに対応が遅れ、頬《ほお》に裂傷が走る。

飛び散った鮮血が白衣にまだら模様を作るも構っていられない。すぐに追撃が来る。狙いは首。

辛うじて弾き、幾度目かの死線を越える。

――強い。やはり強い。ノーブルウッドのエルフは横暴な純血主義者だが、かつて大樹海で覇を唱えた実力は本物だった。

ましてや誇り高き一族を自称して憚《はばか》らない彼らである。ノーブルウッドの歴史に汚点を残した人間への復讐《ふくしゅう》、その一心で鍛え上げた殺人技術は伊達《だて》ではなかった。平穏な日々を捨て、ただただ復讐に打ち込んできた執念の為《な》せる業は、いっそ芸術的なまでに磨き上げられている。

だが――

「ゴブ次郎殿ほどではない……！」

襲い来る剣撃はなるほど、確かに致命の鋭さを秘めているが回避が叶《かな》わぬものではない。

躱しきれずとも刃を合わせれば防ぐことが可能であり、それはこれまでの数十合で証明されている。少なくとも一発で骨を粉砕されるような理不尽さはなかった。

敵が得手とする魔術とて同じことだ。

魔術の撃ち合いでは勝機がなく、少しでも間合いを空ければ魔術が放たれるとあらば、詠唱の隙を与えず接近戦を挑み続ければいい。狩人長の系譜ともなれば無詠唱魔術への警戒も必要だが、魔術を編むだけの余裕を与えなければ防止することが可能だ。

いずれも困難ではあるが決して不可能ではない。それを為《な》すだけで自分は戦える。戦士として抗《あらが》い続けることができる。

――どれもこれも、一ヶ月前にはできなかったことだ。

「はっ、はっ、は、ぁ――は、ははは……！」

戦える。戦える。劣勢ではあるが戦える。全霊を振り絞れば肉薄できる。

あの日為す術もなく敗北した相手に対し。

護りたかったものを奪っていった仇敵《きゅうてき》に対し。

女王の戦士たる自分たちは、真っ向から抗うことができているぞ――！

「調子に……乗るなァ！」

怒声と共に小剣が叩《たた》きつけられる。一際《ひときわ》重い斬撃は左手の短剣を弾き飛ばし、その切っ先が額の上を切り裂いた。溢《あふ》れ出た流血がフェルクの左目に入り込み、視界が半分になる。

まずい、と戦慄するフェルクの死角から大振りの一撃が放たれた。フェルクが左側の視界を失ったことを瞬時に把握し、確信したことによる渾身《こんしん》の一撃だった。濃厚な死の気配を感じ取るも対処しきれない。

「させんわい‼」

斯《か》くして風の魔力が籠《こ》められたその凶刃は、無防備なフェルクの首筋へと吸い込まれ——

背後から飛び出てきた小男がその間に割り込んだ。

全身鎧の小男は大地に根を張るように腰を落とし、自身の背丈よりも巨大な大盾で以《も》って致死の斬撃を防ぎ切る。

低い背丈に対して不釣り合いなほどに野太い手足をした彼は、ドワーフ族の重装盾士だ。手先が不器用過ぎたあまり「お前などドワーフではない」と貶《けな》され、故郷を追われた男の長男だった。

彼の父親は三ヶ月前の一戦の折、逃げ延びる王女と市民の盾となって殿《しんがり》を務め、戦死したと聞く。

「とりゃあー！」

瞠目《どうもく》するセルウィンの横合い。そこから蹴撃を見舞ったのは獣人の少女だ。

頭頂部から特徴的な長耳をにょきりと生やした少女は、兎人族と呼ばれる獣人の一種であり、双子の姉としてこの世に生を受けた。しかし彼女の生まれた里において双子は忌み子とされ、迫害に遭った一家は安住の地を求めてラテストウッドを訪れた。

その旅路の途中、魔獣の襲撃によって彼女の父親は命を落としたという。母親も既に他界しており、遺された家族は姉と妹の二人のみだ。

驚くことに、彼女は防具らしい防具を一切身につけていなかった。速度重視のフェルクでさえ軽装鎧を纏《まと》っているというのに、それすらもない。最低限の守りすら捨てたその装いは、機動力をひたすらに追求したが為の結果だった。

「貴様……！」

すんでのところで不意打ちを防いだセルウィンは、憎悪の瞳《ひとみ》で下手人を睨《にら》む。

しかし少女は蹴撃を見舞うなり自慢の脚力で即座に距離を置き、射程圏内から離脱した。そして頭頂部の長い耳を忙《せわ》しなく動かして周囲の気配を探り、目の前の戦士に気を取られている別の敵を見つけるや否《いな》や、奇襲のチャンスを窺《うかが》うべく群集の中に姿を消した。

きっと彼女の妹もまた、この戦場のどこかで姉と同じように戦っているのだろう。一発でも喰《く》らえば致命傷になりかねない装いのままに。

「フェルク！　傷口診せて！　今のうちに、早く――！」

ドワーフの重装盾士がセルウィンの連撃を防ぐ中、フェルクは背後から声を聞いた。

ラテストウッドで生まれ育った幼馴染の小人《ハーフリング》だった。

成長過程で生じた幼馴染《フェルク》との身長差を気にしていたりする彼女は、種族特有の幼い声とは裏腹に鋭い言葉を発し、手早く治癒術式を編み始める。そして優しくも厳しい聖女によって鍛えられた彼女は、常人なら思わず目を逸《そ》らすであろう凄惨《せいさん》な傷口を凝視し、損傷具合を観察しながら最適な治療を施してみせた。

重傷だった左肩は完治には程遠いが、急場凌ぎの治療としては十分である。

「――――」

フェルクは無言のままに視線を合わせる。すると幼馴染の女性はコクンと頷《うなず》くなり、次の怪我人《けが》の姿を探し始めた。

彼らの常識で語れば、治癒士は前線から離れた安全地帯――救護所などで待機し、運び込まれた怪我人の治療を行うのがセオリーである。しかしこの状況でそんな悠長なことをしている暇はない。幼馴染の女性は短い手足を懸命に振り、彼女の助けを必要とする者のもとへと駆けていく。

――そんな光景が、戦場の至るところで展開されていた。

言うまでもなく誰もが必死だ。此処にいる誰一人として余裕のある者などいない。後先を考えずに全力を振り絞り、死力を尽くし、そこまでしてどうにか実力差を埋めているような状況である。薄氷の上で舞うが如き危うい戦況が続く。

だが、そんなものは今更に過ぎた。

なにせこの一ヶ月間、地獄もかくやという環境に身を置き続けてきたのだ。

勝てぬ敵との戦いなど慣れている。理不尽に打ち勝つ方法を知っている。

弱い自分たちを『戦士』として扱ってくれた彼らから、確かにそれを教わっていた。

だからこれはいつも通りのことに過ぎないと、彼は戦士の双眸で敵を見据えて――

「オ――アァァァァァ!!」

吶喊《とっかん》する。

その足取りには一切《いっさい》の迷いもない。

今度こそ戦士の本懐を遂げる為、フェルクは再び血飛沫《しぶき》の舞う最前線へと身を投じた。

3.

戦場から離れた見晴らしの良い高台。

妖精母竜との『繫《つな》がり』を強化する即席の祭祀場を設けたその場所で、神官と長老らに囲まれた大長老は怒りに声を震わせた。

「何故《なぜ》だ……何故勝てぬ⁉」

問い掛けが意図するところは、特技兵の視界越しに見る非現実的な戦況についてだ。


つい先日復活させた妖精母竜は、元々完全な状態のまま封印処理が施されていたのか、解放直後から十全な力を蓄えていた。しかし他の六体の妖精竜については、以前解き放った個体と同様に酷く飢えており、完全復活には多数のエルフを喰らう必要があった。

一体だけならばともかく、六体ともなればオールドウッドの民だけでは到底賄《まかな》えない。その為ノーブルウッドもまた、長老議会の面々と妖精竜の指揮権維持に必要な神官、そして最低限の白兵戦力を除いた全ての民を妖精竜の贄《にえ》として捧《ささ》げるに至った。

結果として残された白兵戦力は、卓越した兵士として『狩人』の称号を得た一部の者だけであり、その総数は決して多くない。先の戦争で数を減らしたラテストウッドの戦士団と比較しても、数的不利は否めない程だ。


だが、それでも。『狩人』の称号を得るまでに修練を重ねた者ならば、二人や三人の数的不利など跳ね除けて敵の首を狩れるはずだ。他国ならいざ知らず、ノーブルウッドにおける狩人の称号は安くはない。もともとエルフは長命種であるが故に少数精鋭の気質があるが、ノーブルウッドの狩人ともなれば、その実力は平凡な冒険者など容易に蹴散らせる程である。

なのに現実はどうだ。

得意とする大魔術は接近戦で封じられ、その接近戦でも接戦を強いられている。首を跳ね飛ばすはずの一閃は致命傷未満の損傷に抑えられ、その傷もまた無謀にも最前線を駆け回る治癒士らの手で癒やされていく。

定石に従い戦闘能力の低い治癒士を狙おうとすれば、どこからともなく奇襲を仕掛けてくる獣人や大盾を持つ重装歩兵のドワーフなどによって阻《はば》まれ、届かない。そして最低限の治療を終えた敵兵は不死者が如く幾度なりとも立ち上がり、戦線に復帰する。

――まるで一匹の獣のようだ。

こんな戦い方は優れた個体能力を活《い》かしたエルフのものではない。さりとて数を頼りにするしか脳のない人間どもの戦い方でもない。互いが互いを補完し合い、一個の群体生物が如く戦うその様は、もっと悍《おぞ》ましい別の何かである。

「相手は〝穢れ〟だぞ……！　先遣隊で最精鋭を失ったとて、仮にも狩人、仮にも栄えあるノーブルウッドのエルフ！　それが寄せ集めの一派にすら勝てぬのか⁉　狩人にまで至った我らの兵は〝穢れ〟にすら劣るというのかぁ⁉」

大長老は顔を赤くして喚《わめ》き散らすが、その言葉には少々誤りがある。

一見苦戦を強いられているように映るが、ノーブルウッドの狩人らは決して押されているわけではない。あくまで拮抗状態だ。それもラテストウッドの戦士らがペース配分を無視して全力で戦い、そうすることでようやく均衡を保っているような戦況が続いているに過ぎない。

しかし大長老にとっては、それだけでも十分憤慨に値した。そもそも〝穢れ〟如きは鎧袖一触《がいしゅういっしょく》に掃《はら》えて当然の存在なのだ。敗北はおろか苦戦も論外。そんな相手に今以《もっ》てなお戦闘が続いているというこの現状が、十分以上に耐え難《がた》い屈辱だった。

「く、あぁ……！」

一秒が経《た》つごとにノーブルウッドの歴史が穢されていく。百年前と二ヶ月前の汚点を祓うはずの戦いでさらなる汚点が染み付《つ》いていく。大長老はこの数分で数十年は老いたかのような形相で頭を掻《か》き毟《むし》り、頭皮から溢れ出た血が金の髪を朱色に汚した。

――限界だった。もう何もかもが限界だった。

狂おしいほどの激情に瞳を濁らせた大長老は遂に、血に汚れた指先を戦慄かせながら天を仰《あお》いだ。

そして竜群が舞う曇天の空に向け、叫ぶ。

「妖精母竜《マザー》よ、エルフの母なる守護竜よ！　忌まわしき〝穢れ〟どもを一掃せよ！　――我ら諸共にィィ!!」

整った顔を激情に歪め、発せられた言の葉。

そのありえない命令を耳にした周囲の者たちは揃って目を剝《む》き、大長老へと詰め寄った。

神官や長老らが必死に諫言《かんげん》を叫ぶが、悲鳴のような言葉も既に届かない。大長老の瞳はもはや彼らを映してはいなかった。母なる妖精竜は盟約に従い、大長老の命令に応《こた》えるべく上昇を開始する。

大長老は緑色の瞳を濁らせたまま、殉教者のような心境でただ待ち侘びる。

忌まわしき現実ごと何もかもを消し去ってくれるであろう、全てを無に帰す破滅の光を――。

4.

――地上で激戦が繰り広げられる中、空の戦いもまた新たな局面を迎えようとしていた。

四対八翼の翅《はね》を広げた妖精母竜《マザー》は悠然と空を舞う。その後に付き従うのは通常個体の妖精竜だ。

一体の母と四体の仔によって形成された群れの周囲には、緑光で作られた球状の膜がある。

妖精母竜が形成した常時展開型の障殻だ。

ただし強度、効果範囲共に、仔たる妖精竜が形成していたものとは比較にならない。封印される以前、まだ多くのハイエルフが存在していた時代に大量の栄養を得ていた妖精母竜は、その潤沢な魔力を費やして一種の領域を敷いていた。

試しに、とロビンは『ガンダールヴ』による射撃を撃ち込んでみたものの、

「——威力が削がれてる。これじゃ当たったところで致命傷には程遠いね」

放たれた紫電の槍は翠緑の大障殻を貫く過程で痩《や》せ細り、更に着弾のタイミングで内部に展開された多重障壁によって大幅な威力減衰を強いられた。省エネの為『ガンダールヴ』の威力増幅も最低レベルに落としているとはいえ、かなりの減衰率である。

一応は妖精母竜の胴体部に命中したものの、紫電の槍は一部の肉を抉り取っただけの結果に終わり、損傷箇所はぶくぶくと泡立つように再生を始めた。どうやら仔よりも優秀な自己治癒《リジェネレーション》能力を有しているらしく、恐らくは百秒と経たずして完全回復することだろう。

つまるところファフニールが現状のまま一撃でコトを終わらせようと思えば、接近戦で仕留めるか主砲である『アウルヴァング』を使うしかない、ということである。

だが、ここまでの戦闘過程で貯蔵魔力の残量が心許なくなっていた。

大喰らいの『アウルヴァング』を使うとなれば、そしてその後で残りの仔も相手取ることを考えれば、残り一発が限度といったところか。

「……む」

現況整理を終えたロビンの視線の先、メインディスプレイ越しに竜群からの反撃が来た。

しかしながら、その攻撃からは敵を仕留めようという気概が感じられない。

質よりも数。確実性より継続性。付かず離れずの一定距離から、絶え間なく放たれるその射撃が意図するところは――

「持久戦の構え、か」

ファフニールを空の戦いに釘付《くぎづ》けにして、地上の戦いに注意を向かせないようにする。そういった意味合いも含んでいるのだろうが、本命はあくまで体力の削り合いを挑まんとする姿勢だ。

国二つ分の命を喰らい尽くしただけあって、保有魔力には自信があるのだろう。

母に護られた仔の群れは魔力消費を気にすることなく射撃を続け、霧雨の満ちる曇天に幾条もの緑光が走る。

「……残念ながらこっちは腹ペコでね。のんびり付き合ってあげるわけにはいかないかな」

高高度に陣取っていたファフニールは身を沈め、位置エネルギーを推力に変えつつ接近を開始する。

そして嫌がらせのような――地上の狩人や戦士からすれば十分以上に致死威力の――弾幕を躱しつつ、ロビンは両手両足の指先から伸びる魔力線を通じて軀体の調整に取り掛かった。

僅かな魔力も惜しむよう、姿勢制御用のスラスターを一括閉鎖。細やかな軌道修正は手足の挙動と体重移動《シフトウェート》で賄うことに決め、サブスラスターの幾つかも出力を絞る。

続いて冷却術式が刻印されたラジエーターの出力調整を自動《オート》から手動《マニュアル》へと切り替え。右足の薬指と小指から伸びる魔力線をその調整に充てがい、並列思考で機動に応じた最適値の計算を開始する。

装甲を強化する硬質化術式も不要だ。当たらなければよかろう理論を適用し、魔力供給を全面カット。

浮いた余力は火力に回す。

その他大小様々な機能を可能な限り削り取り、落ちた性能は自身の操縦技術で補完。機体制御に必要な演算は自前の脳で引き受けた。ロビンは調整を終えるなりフットペダルを蹴り込み、飢えた竜騎士がそれに応える。


『────ッ！』


対する妖精竜の群れは、一定距離を保ったまま応射を続けた。

やはりまともにやり合うつもりはないのか、牽制射撃の中に幾つかの本命を混ぜつつも、決着を急いでいないように窺える。

ファフニールは弾幕を掻《か》い潜《くぐ》りつつ、群れの鼻先を抑えに行く機動を見せた。それを察知した妖精母竜は距離を取るべく軌道を変える。その進路に回り込むようにして、ファフニールはスラスターを噴かし急加速。妖精母竜は再び軌道修正。

イタチごっこのような応酬が続くも、相対距離はなかなか縮まらない。その間もファフニールは間断なく放たれる砲火に晒《さら》され続けていた。傍目《はため》には一方的に翻弄されているようにも映る、厳しい戦況が続く。

しかし妖精母竜が直接戦闘に加わったことで指揮能力が低下したのか、群れとしての動きには多少の乱れがあった。妖精母竜が回避運動を行う度、追随する仔の動きに遅れが生じていたのだ。その遅延は回避運動を行う都度に少しずつ、けれど確実に蓄積されていく。

そして何十度目かの高機動で敵群を揺さぶったファフニールは、おもむろに左手の長銃を振り上げた。照準と同時にトリガーが引かれ、『ガンダールヴ』の銃口から紫電の槍が放たれる。

『───ッ⁉』

紫電の槍は痩せ細りながらも大障殻を突破し、遅れ始めていた最後尾の妖精竜の鼻先を穿《うが》った。

命中はしていない。

だが鼻先を掠《かす》める一撃に急制動をかけたことで、最後尾の個体が大障殻の効果範囲から完全に逸脱した。

母の護りをなくしたその個体に、ロビンは容赦なく白銀の長銃《ガンダールヴ》の銃口を向ける。

大障殻と多重障壁───その護りを越えて妖精母竜にダメージを与えた砲撃に、無防備な妖精竜が耐えられる道理はない。

我が仔の危機に気付いた妖精母竜は慌てて反転し、再びその個体を庇護下に収めようとして───

「───ああ、そうくると思ったよ」

狙い澄ました一撃が奔った。

咆哮《ほうこう》をあげたのは白銀《しろがね》の銃ではなく黒鉄《くろがね》の銃だ。

装甲と機動力を犠牲にして魔力を掻き集《あつ》め、出力三〇パーセントを確保した『アウルヴァング』。

その砲撃が敵機《マザー》の動きを先読みした偏差射撃として、完璧《かんぺき》な照準のもとに放たれたのだ。

莫大な魔力の奔流が光柱と化し、曇天の空を突き進む。

「───、っ」

だが次の瞬間、ロビンはディスプレイ越しの光景に軽く目を瞠《みは》った。

妖精母竜を貫かんとする極太の光柱の前に、別の妖精竜が割り込んできたのだ。

その個体は自身を構成する魔素さえ燃やし尽くす勢いで障壁を展開し、迸《ほとばし》る魔力の奔流を真正面から受け止める。

そして竜騎士の主砲たる『アウルヴァング』は障壁ごと妖精竜の身を貫くも、その挺身《ていしん》は着弾までのカウントダウンに僅かな遅延を生じさせた。本来ならば妖精母竜の心臓部を貫くはずだった光柱は四枚の翅をもぎ取るに留《とど》まり、致命傷には届かない。

妖精竜はその身を盾にして、必殺の一撃を凌いでみせたのだ。

『────ッ！』

直後、別個体の妖精竜がすかさず反撃を撃ち込んできた。砲撃の為に動きを止めたファフニール目掛け、煌々《こうこう》と輝く緑の光撃が襲う。

ファフニールはすかさず『ガンダールヴ』の銃口を向け、引金を引いた。ただしその銃口から放たれたのは迎撃の為の攻撃術式ではない。魔弾に刻印されていた術式の名は《守護の風《ウィンド・プロテクション》》──風属性の防御魔術だ。

治療と防御魔術のスペシャリストたる第三軍団長エルティィナ。その彼女が手ずから編んだ防御魔術が発現を果たし、巨大な風壁と化して光撃を防ぎ切る。

『キイィイィイアアァアァアァ──ッ！』

だが敵の反撃はそれだけに留まらない。《守護の風《ウィンド・プロテクション》》が効果を失った次の瞬間、霧雨が爆《は》ぜてできた煙幕を突き破り、無数の光矢が姿を現したのだ。仔を失った妖精母竜からの逆襲だった。

翠緑の光矢は四方八方を包囲している。

現状からの全弾回避は不可能だ。

ロビンは刹那《せつな》にも満たぬ思考時間で判断を下し、瞬時に全天遮断領域《エイキンスキアルディ》を展開。

ファフニールを中心とした防御フィィールドが迫りくる弾雨の尽《ことごと》くを遮断し、被弾必至の状況下から無傷のままに切り抜ける。

——しかし、その代償は軽くはなかった。

「第二炉心完全停止。第一炉心、緊急出力に切り替え。アウルヴァング、並びにエイキンスキアルディは使用不可。ファフニールの活動限界まで約六十秒——参ったね、こりゃ」

完全にガス欠寸前といった有様《ありさま》である。

『アウルヴァング』と『エイキンスキアルディ』——莫大な魔力を消費する二つの装備の連続使用が、ファフニールの貯蔵魔力を枯渇寸前に陥《おとしい》れていたのだ。

停止した第二炉心の分も賄おうと第一炉心の基礎出力を上げるが、その分魔石の消費量は急激に跳ね上がる。活動限界までの残余時間も、瞬間加速機構《フラッシュブースト》などの魔力消費の高い機動を行えばみるみるうちに目減りすることだろう。

今の攻防で妖精母竜を仕留められていれば十分勝機はあったのだが、この状況から挽回するのは不可能に近い。妖精母竜と三体の妖精竜を撃墜するより先にファフニールが力尽きることは目に見えていた。ともすれば、敵の追撃を振り切りラージボックスに帰還することさえ困難な状態である。

「これまで、か……」

冷静に状況を分析したロビンは、薄暗い操縦室の中で悔しげにそう呟《つぶや》いた。

声色《こわいろ》からは諦観《ていかん》の響きが滲み出ている。

そして「仕方ないね」という諦めの言葉を零したロビンは操縦桿《そうじゅうかん》から右手を離し、腰に巻いた剣帯、そこに差された漆黒の剣の柄に触れ――


「――現刻を以って『検証実験』を終了。これより通常戦闘に移行する」


もしもこの場に第三者が居たのなら、等しく目を剝《む》いていたことだろう。

操縦室の中で告げられた言葉はそれほどに論外で、あまりにも埒外《らちがい》だった。

竜の駆り手たる少年の発したその台詞《せりふ》。

それを字面のままに解釈するならば、ここまでの攻防はあくまで『実験』であり『戦闘』ではないという宣言に他ならない。

そして、ならば、ここから始まるのは『実験』ではなく『戦闘』であり、空腹に喘《あえ》ぐ蒼銀《そうぎん》の竜に齎《もたら》されるのは――

「魔剣起動。第一、第二炉心への接続開始。――――吼《ほ》えなよ、ファフニール」

瞬間。竜騎士の心臓部からけたたましい咆哮が生じた。

胸部に収められた二つの炉心は暴力的なまでの唸《うな》りを上げ、軀体の隅々に至るまでを高濃度の魔力で満たしていく。魔力の供給をカットされていた装甲は元の堅牢さを取り戻し、閉鎖されていたスラスター群も揃って口を開いた。

黒鉄の長銃《アウルヴァング》もまた例外ではない。サブディスプレイの一角に表示されていた主砲の魔力充填率は、装甲や機動力を犠牲にしてまで得た三〇という数値を軽々と超過し、最高値を目指してその数を増していく。

――当然ながら、『これ』は元々この軀体に備わっていた機能ではない。

古代遺跡から発掘した当時、まだファフニールという名前が与えられるより以前の遺物は、失伝技術《ロストテクノロジー》こそ多いもののあくまで科学で構築されている代物であり、燃料を使い切った炉心を即座に復活させるなどという魔法の機能は搭載されていなかったのだ。

従って飢えたファフニールが瞬時に息を吹き返した秘密は、ロビンが今しがた発動させた漆黒の魔剣にあった。


――秘奥〝覚醒めろダインの遺産《ダインスレイヴ》〟


それは一振りの魔剣を発動者に装備させる、装備生成型に分類される〈秘奥〉だ。

発動させた〈秘奥〉に応じて現出時間――装備として維持しておける制限時間――は異なるが、〝覚醒めろダインの遺産《ダインスレイヴ》〟は二十四時間と比較的長い。

そしてこの魔剣に備わった専用の特殊能力は、発動者を世界樹の泉に繋げるというもの――つまりは『保有魔力《MP》の無限化能力』である。

一見、これは魔術師や魔力を扱う後衛職にとって、とても有意義な効果に映る。消費に比べて心許ない貯蓄《MP》をやりくりする彼らからすれば、何を引き換えにしてでも手に入れたいと願う代物だろう。

事実この〈秘奥〉が発見された当時の「タクティクス・クロニクル」では、ほぼ全てのプレイヤーがその情報に食いついたものである。

しかし実態は異なる。

呪われた魔剣《ダインスレイヴ》は武器枠の装備品として、自身以外の何物をも認めないからだ。本来使用可能な武器枠を、己《おのれ》だけで全て消費し尽くしてしまうのである。他の武器は短剣といったサブウェポンはおろか盾の装備すら認められず、発動を終えるまでダインスレイヴ以外の武器は等しく弾かれ、使用できない。

そして当然ながら、ダインスレイヴの武器カテゴリーは『剣』だ。魔法の威力を増幅させる杖や魔本、聖鈴などといった後衛用の武器ではない。

従って発動させた魔法の出力は武器による恩恵を受けられず素のままであり、また後衛職が鍛えているスキルには使用条件として専用武器が指定されていることも珍しくないが、それらも全て使用不可能になる。おまけにダインスレイヴそのものには、後衛関連のステータス補正が一切ないときたものだ。

——使えない。誰もがそう思った。

いくら無限の魔力供給が得られると言っても、発動する魔法の出力がガタ落ちになるようでは意味がない。燃料が切れないライターを手に入れたところで、火炎放射器との火力比べで勝てるわけもないのだ。その結果は文字通り火を見るよりも明らかである。

だがしかし、そのハズレ〈秘奥〉と魔力喰らいの欠陥兵器を組み合わせれば、一体どうなるのか？

——その答えが『これ』だ。

「魔力再充塡完了。アウルヴァング、出力七〇パーセントに設定——発射《ファイア》」

ろくに狙いもつけていない砲撃が試射として放たれた。

先ほどの攻防で撃ち放った必殺の一撃はしかし、この極光に比べればか細いと言わざるを得ないだろう。ファフニールの全長をも上回る大口径の光柱は、大障殻を紙切れのように喰い破り、妖精母竜の尾を一瞬のうちに蒸発させた。

他の武器が装備できないデメリットなど関係ない。ファフニールはゴーレムの一種であって武器ではないのだ。ロビン本体はあくまでダインスレイヴしか装備しておらず、ファフニールが手にする武器はゴーレム用の専用装備スロットを使用するのみである。

斯くして魔剣の対価を踏み倒した竜騎士は無限の魔力を体内に取り込み、その力を十全に解き放つ。

『————ッ⁉』

狼狽《ろうばい》する妖精竜の群れに向け、再び高速巡航形態に移行させたロビンはスロットルを全開にした。

魔力の消費量などもはや気にする必要はない。軀体の基準出力も魔剣を起動させた時点で『巡航出力《ノーマル》』から『戦闘出力《ミリタリー》』に切り替えられていた。制約を振り払った機竜は白光の尾を曳き、彗星が如き迅《はや》さで飛翔《ひしょう》する。

対する妖精竜の群れは、即座に背を向けて距離を取ろうとする。だが無駄だ。機動性を犠牲にしていた先刻までとは異なり、ファフニールは全ての軛《くびき》を取り払っている。無慈悲なまでの推力比が瞬く間に両者の距離を縮めた。

『────ッ』

仔を護る妖精母竜からの迎撃が放たれる。対するファフニールは左肩部の大口径スラスターを噴かし、フラッシュブーストで回避した。続いて迫る光矢の弾幕もまたフラッシュブーストの連続起動で掻い潜り、航空機ではありえない鋭角な軌道を描いて間合いを詰める。

そして中間距離に到達したファフニールは騎士の姿に戻るなり、黒鉄の銃把《じゅうは》を握り締めたままの右手を左肩付近に引き付けた。正面を向いたままのその構えは、今にも号令を下さんとする指揮者のようにも映っただろう。

既に魔力の再充填は完了済みだ。サブディスプレイに映る収束率を確認したロビンは躊躇《ためら》いなくトリガーを引き絞る。そして引き絞ったまま離さない。持続照射モードに設定された黒鉄の長銃、その銃口から発される光の束が象るのは──

「筆頭技師メルツェル渾身の斬撃兵装──アウルヴァングの光剣さ」

過剰収束した凝光が刃と化し、黒鉄の長銃を柄とした刃渡り五〇〇メートル超過の大剣が顕現する。

そして左肩に引き付けた右手を薙《な》げば、それは無造作な大斬撃と化した。

星々の光を束《たば》ねたような斬閃《ざんせん》が大障殻越しに妖精竜の身を捉《とら》え、最も強靭な胴体部をバターのように溶断する。

『────ッ!?』

瞬く間に墜《お》とされた仲間の姿に、竜の群れは戸惑いの嘶《いなな》きをあげた。大障殻が意味を為さないことを知らされた妖精竜は、母の指令に従って四散する。そして光剣を収めたファフニールがそのうちの一体に狙いを定め、放たれた矢の如く飛翔した。

先行する個体からは勿論《もちろん》のこと、横合いからも接近を阻む光矢が襲いかかるが竜騎士は意に介さない。既に全天遮断領域《エイキンスキアルディ》は常時展開モードで起動済みだ。再展開の隙を突いた攻撃、などというものはもはや成立する余地もない。ファフニールは回避行動を取る素振りすら見せず、雨あられと降《ふ》り注《そそ》ぐ弾幕の中を直線軌道で追い迫る。

そして数秒と経たずしてその背に追いついたファフニールは、フラッシュブーストの五連続起動で稲妻が如き軌道を刻み、先行する妖精竜の正面に回り込んだ。

「────」

刹那未満の時間の中、ディスプレイ越しに竜の眼と少年の眼が合う。

恐怖の色を浮かべる竜眼に向けられたのは、白銀色の銃口。

剣であり盾であり砲でもある『魔法使いの鉱妖精《ガンダールヴ》』が火を噴き、零距離からの爆炎が妖精竜の上半身を吹き飛ばした。

「五機目の撃墜を確認。──さあて、そろそろ仕上げと行こうか」

淡々とキルカウントを数えつつ、ロビンはメインディスプレイの片隅に表示された多次元レーダーを睨む。

残る敵戦力は二機。仔が一体と妖精母竜を残すのみ。

このまま一気に勝負をつけるべく、竜騎士は再合流を果たした二体の竜に相対した。

『――――、――――、――――！』

だが、その時だ。

突如として妖精母竜の身に異変が生じた。

瞳に灯《とも》っていた僅かな理性の光が消え失せ、傍《かたわ》らの仔の胴体に喰らいついたのだ。

鋭い乱歯を容赦なく突き立てられた妖精竜は、何故、と瞳に驚愕《きょうがく》の色を浮かべて苦悶《くもん》の絶叫をあげる。

しかしその声も既に届いていないのか、妖精母竜は強靭な顎で胴体の肉を喰い破るや否や、妖精竜の心臓を強引《ごういん》に抉り出した。絶命した妖精竜は地面に向けて落下し、仔の心臓を丸呑《まるの》みにした妖精母竜は天上への上昇を開始する。

「……無粋《ぶすい》だね。決闘に割り込んできた挙げ句、完全な操《あやつ》り人形に堕とすだなんて」

凶行の原因を確信したロビンは、メインディスプレイの右隅に拡大表示された大長老を見下して言った。

しかも命令の内容が的外れに過ぎる。ただでさえ個体性能で隔絶した相手に対し、唯一勝っている数の優位を捨ててどうするというのか。子供の癇癪《かんしゃく》のような命令に従わざるを得ない敵に、ロビンは不覚にも憐憫《れんびん》に似た感情を抱く。

哀れみのあまり、あえて介入せずその行動を見守る中、我が仔の心臓を喰らった妖精母竜は曇天を突き抜け陽光のもとに身を晒した。そしてその口蓋を上下に大きく開放するなり、魔力の塊を生成し始める。

妖精竜がタメの一撃として放っていた代物の上位版に見受けられるが、籠められている魔力量は比較にならない程に膨大だ。丸呑みにした心臓から得た魔力はもとより、戦闘後に残しておくべき自活用の体力はおろか、その存在を保つ為に必要最低限な魔素さえも費やして魔力を圧縮し続けている。

自壊も厭わずただ命じられるままに稼働する妖精母竜。その様はもはや、意志持つ生命としての在り方ではなく――

「ああ、なるほど。これは元々竜と竜騎士による決闘じゃなく、人形使い同士の戦いだったってことか」

皮肉なものだね、とロビンは冷めた表情で呟く。

あの竜は肉の躰を持つというのに、刃金《ハガネ》で造られたファフニールよりもなお機械的なのだ。

「……なら、これはボクからのせめてもの手向《たむ》けだ。君の最後の攻撃に、正面から応えるとしよう」

言って、ロビンは天上に構える妖精母竜の直下へとファフニールを移動させた。

そして操縦桿のマスターアームスイッチ、その下に隠されたボタンを押し込む。

駆り手の意思に応じ、機械仕掛けの竜騎士が開始するのは――

「ファフニール、竜撃形態に移行。砲撃シーケンス・スタート」

祝詞《のりと》に似た宣言。それと共に、本体に先んじて変形を始めたのは白銀の長銃だ。

白銀の長銃は装塡《そうてん》されていた魔弾の全てを排出するや否や、その長大な銃身を残して二つに折れる。

そしてブレイクアクション式の古典的拳銃が如く開放された薬室とは逆側、斜め下を向いた銃床は擬似的な銃把の役割を担い、斜に構えたファフニールの左手がそれを握り締めた。

「胸部装甲開放、双銃連結。第一、第二炉心の強制励起開始」

続いて開放された薬室に黒鉄の銃口が差し込まれる。白銀の銃身は重厚な連結音と共にその切っ先を迎え入れ、弓を引くようにして引き付けられた右手が漆黒の銃把を確保した。

一体化した白と黒の巨砲。

そこから伸びるエネルギーパイプが多重装甲の奥に潜む炉心本体に接続され、心臓を介した魔剣が膨大な魔力で満たしていく。

「重力レンズ生成、軀体を現座標に固定」

左半身を前にして斜に構えたファフニールは天上を仰ぎ、現座標を射撃位置として設定した。

高出力のあまり光すら捻じ曲げる重力レンズが、まるで釘《くぎ》を打ち付けたかのように竜騎士の身を固定する。

「ガンバレルテクスチャ展開、仮想砲身の形成を完了。魔力圧縮率、第三種既定値を突破。両炉心臨界状態を維持」

魔剣が震える。魔力が満ちる。溺《おぼ》れるほどに濃密な魔素の奔流は、今や軀体の隅々までを魔の輝きで満たそうとしていた。

しかも変化はそれだけに留まらない。半物質化するほどに凝縮された魔力塊が白と黒の巨砲を包み、仮初《かりそめ》の延長砲身を形成したのだ。それは天へと挑む巨塔が如き異様さで、上空の竜へと狙いを定め——

「全工程クリア。発射まで三、二、一、——」

ゼロ、という言葉は莫大な光の前に消え去った。

それは機械仕掛けの竜騎士で、その身を創るのは刃金《ハガネ》と術式の集合体《カタマリ》で、その光を放ったのは口蓋ではなく砲口に過ぎない。

しかしそれが竜の属性を持つ以上、放たれた暴虐の光はこう呼ばれるべきだろう。

——ドラゴンブレス、と。

同時に、天上から直下に向け彗光が放たれる。妖精母竜の生命を燃やし尽くした究極の一撃はなるほど、確かに神話に謳《うた》われるべき威力を誇っていた。しかしその彗光はソラを駆け上がる光芒《こうぼう》の前に掻き消され、射手たる妖精母竜もまた夜空のような必滅の光に呑《の》み込《こ》まれていく。

後に残るモノなどなにもない。

ただ竜騎士の発する強制冷却の排気音だけが、戦いの終わりを告げていた。

5.

天上から墜ちる緑光と、天上を穿《うが》つ蒼光《そうこう》が戦場を照らした。

輝きは僅か数秒のこと。

曇天に覆《おお》われた戦場は、すぐさま元の暗さを取り戻す。


だが、光の発生前後で明確な違いが存在した。それは空を舞う竜の存在だ。

先ほどまでそこにいたはずの守護竜の姿は無く、余剰熱を勢いよく排出する蒼銀色の竜騎士だけがそこに在る。

導き出される真実は一つだ。

「妖精母竜《マザー》が……死んだ？」

緑衣の誰かが呆然《ぼうぜん》と呟く。その思いは狩人の誰もが共有するものだ。

妖精竜を上回る力を持つ竜騎士。自分たちと互角に渡り合うラテストウッドの戦士団。更には今しがた目の当たりにした妖精母竜の消え去る様――非現実に次ぐ非現実が狩人たちの精神を打ちのめす。

そしてその隙を見逃すほど、若き女王は甘くはなかった。

「今こそ好機！　前衛各位は攻勢に転じなさい――――ッ!!」

鋭い声を背に、女王に仕える戦士たちは即応した。

戦士長たるフェルクは誰よりも早く一歩を踏み込み、血の滲む手で杖剣を叩きつける。

寸前で我に返った狩人長代行《セルウィン》は、優れた狩人としての本能でその一閃を受け止めるも、杖剣の切っ先が僅かに彼の頰を裂いた。整った顔立ちにささやかな傷が刻まれる。

「貴様……〝穢れ〟の分際で、よくも……!!」

セルウィンは動揺を憤怒で塗《ぬ》り潰《つぶ》し、猛烈な剣撃を繰り出した。

フェルクはその剣撃を一撃ごとに躱し、弾き、捌ききれぬ一閃は致命傷を避けつつその身で受けた。一歩を下がれば辛うじていなせた可能性はあったが、後退を嫌った彼はあくまで前進を良しとした。

間合いを離せば魔術が飛んでくるだとか、この絶好機に戦士長たる自分が退くわけにはいかないだとか、そういった理由とは別に、絶対に退くものかという断固たる意志が生じていたのだ。

身の内から湧《わ》き上がってくる衝動とでも称すべき何かに背を押され、フェルクは鮮血を飛沫《しぶ》かせながら前進を果たす。

そうして杖剣を振るいつつ、彼の口から零れ出るのは——

「——れ、ではない……!」

「……なに？」

眉間に皺を刻み、必死の形相を浮かべてフェルクは踏み込む。

対するセルウィンは疑問の声を発した。

構わず刃を振るい、更に一歩を踏み込む。

「……がれ、などではない……！」

本当は、ずっと言ってやりたかった。

そうと呼ばれる度に忸怩《じくじ》たる思いを抱いてきた。

けれど声を大にして言えるだけの力がなく、耐え忍ぶしかなかった。

だからこそ今、胸の内からこみ上げてきた積年の思いが、言葉となって放たれて――


「我々は――〝穢れ〟などではない‼」


自分の名は『フェルク』だ。

ハーフエルフの両親の間に生まれた第四世代のハーフエルフであり。

そして若き女王より戦士長の任を与えられた、誇り高きラテストウッドの民である。

「ウオオオオォォォォォオアアア――――ッ‼」

迸《ほとばし》る咆哮と共に渾身の一撃を繰り出す。

技術もなにもない殴りつけるような斬撃は当然のように受け止められた。

しかしその一撃を切っ掛けにした怒涛の連撃は、溢れ出る感情ごとセルウィンに叩きつけられ、狩人長でさえ受け流せない圧を生み出すに至る。

「ぐっ……！」

呻《うめ》くような声と共にセルウィンがたたらを踏んで後退した。

退がったとはいえ、僅か数歩。

瞬く間に詰められる距離に過ぎない。

けれどその数歩は、フェルクの攻撃が初めてセルウィンを上回ったという、確かな証左でもあった。

「…………ッ！」

もはや言葉もない。

度重なる屈辱に憤死しかねないほどの激情を得たセルウィンは、すかさず反撃を繰り出そうとして——次の瞬間、目の前の光景に目を剝いた。

「……なに⁉」

杖剣を叩きつけたフェルクはニヤリと笑い、大きくその場から飛び退いたのだ。それも間合いを開けるどころの話ではない。彼は正対したまま幾度ものバックステップを刻み、明らかな遠距離へと離れていく。

しかもそれはフェルク一人だけの行動に留まらなかった。彼の動きに呼応するように、他の戦士らもまた突き放すような一撃を見舞うなり、一斉に下がり始める。

「この期《ご》に及《およ》んで後退だと……⁉」

予想外に過ぎる光景を前に、狩人らの間に僅かな動揺が走った。あくまで前進を良しとしていた敵兵が初めて見せるその行動に不意を打たれ、追撃の足が鈍る。

——それを油断と呼ぶことはできないだろう。

その証拠に、狩人らは妖精母竜が撃破されたことによる動揺も収まらぬ中、敵の動きには警戒すべき何かがあると判断し、離れていく敵兵を注視していたのである。

そしてだからこそ、敵兵の一挙手一投足を油断なく注視していたからこそ、狩人らは『ソレ』に気付くのが遅れてしまった。

狩人らの視線を引き付け、相対したまま大きく飛び退いていくラテストウッドの戦士たち。

その背景には屹然《きつぜん》と掲げられた長杖の群れがある。

「なっ――!?」

気付いた時にはもう遅い。

開戦時の牽制射以降、延々と紡《つむ》がれていた詠唱は遂に完成に至ろうとしていた。

瞠目する狩人たちの視界の中、幾条もの長杖に籠められた魔力は揃って臨界へと到達し――

「魔術師隊総員、放てェ――――ッ!!」

女王の号令一下、集団詠唱による大魔術が発現する。

「「――荒び爆ず紅茫の殲火《イグス・ヴァルアティーガ》――!!」」

前衛部隊を信じ、無防備のまま詠唱し続けていた魔術師隊。その斉唱が力在る言葉として放たれ、極限にまで高められた魔力を爆炎の大華へと変貌させた。

発現を果たしたのは上級魔術をも上回る、絶級魔術と称される大魔術。

足りぬ魔力と技量を集団で補い、完全詠唱で放たれたそれは広範囲に破壊を撒《ま》き散らし、一切の容赦なくノーブルウッドの狩人に襲い掛かった。

本来なら——という言葉を前置きにすれば、障壁の展開が間に合っていたかもしれない。しかし自分たちに抗しうる前衛への警戒が、狩人たちからその時間と余力を奪い去っていた。辛うじて障壁展開が間に合った者も居たものの、一撃に全てを懸けた大魔術の前に尽くが破壊される。

しかも発現を果たした魔術はそれだけではない。

追撃として放たれたのは、光と闇《やみ》の属性を除くあらゆる属性魔術の一斉掃射だ。

大魔術によって壊滅状態に追い込まれた狩人らに、波濤《はとう》の如く押し寄せる弾幕を凌ぐ術はなく、間断のない斉射が最後の一人に至るまでを呑み込み、蹂躙《じゅうりん》する。

「——」

やがて十秒が経ち、二十秒が経ち、ラテストウッドの魔術師隊が魔力を使い果たしたことにより、ようやく魔術の斉射が止んだ。

そして巻き上げられた煙幕が晴れた後、荒れ果てた爆心地には絶命した狩人の残骸《ざんがい》が残されるのみだ。その中には狩人長代行セルウィンだったものも混じっていた。両の足で地面を踏みしめる敵兵の姿はもう、どこにも無い。

魔術に最も秀でしエルフ。その中でも最強を名乗るノーブルウッドの狩人。

その最期《さいご》は、思いもよらぬ他勢力の攻撃によるものでも、彼らの苦手を突く白兵戦による刃でも、ましてや数を頼りにした人間由来の戦法でもなく。彼らが最も得意とし、そして終《つい》ぞ一度たりとも使うことができなかった大魔術によるものだった――。

6.

――そうしてしばらくの間、荒れた呼吸音だけが戦場を支配した。

魔力を使い果たした術者たちは崩れ落ちそうになる体を杖で支え、傷ついた戦士たちは肩で息をしながらも油断なく武器を構え続ける。

両者が揃って見つめるのは、目の前に広がる信じがたい光景だ。

叩き込まれた技能の全てを発揮し、戦士の本分を果たした結果がそこにある。

しかし誰もが皆、無言のまま立ち尽くしていた。

結果を得たはいいものの、『それ』をどう扱っていいのか測りかねていたからだ。

初回の訓練時に指摘され、そして模擬戦で経験させてもらってはいたものの、実戦となればこれが初めてである。

だからこそ実際に『それ』を手にしてしまった今、どう振る舞えばいいのかすら分からなくなってしまい、ただただ呆然と立ち尽くす他なかったのだ。

「――……………」

動く者の居なくなった敵陣営に対し、油断なく武器を構え続ける戦士の群れ。

何も知らぬ第三者からすれば、それはひどく滑稽な光景に映ったかもしれない。

そしてそんな一幕に終止符を打ったのは、やはりと言うべきか一人の少女だった。

彼女の身を照らすのは、ファフニールが穿った暗雲から差し込む一筋の陽光。

神託が如き陽光に身を浸す少女は、集団詠唱の要を担っていたことによる疲労感などおくびにも出さず、静かな声で言の葉を紡ぎ出す。

「――――我々の、勝利です」

淡々と発せられた短い言葉。

しかしながらその単語は、ラテストウッドの戦士団に劇的な変化を与えた。

ある者は拳《こぶし》を固く握り締め、ある者は熱いものを瞳から零し、またある者は湧き上がる感情を堪えるようにして総身を震わせる。

そしてその激情が限界を超える寸前、若き女王は殊更《ことさら》に声を張り上げ、この場に存在する全てという全てに告げた。

「勝鬨《かちどき》を上げなさい！　今この時を以って、我々は暗き過去との決別を告げるものとします。いざ神樹にも届く咆哮を！　夜明けを告げる勝鬨を、此処に――――ッ!!」

若き女王の声を背に、フェルクは傷だらけの右腕を高く突き上げた。

そして天を仰ぎ大口を開け、その痩軀からは考えられないほどに雄々しい咆哮をあげる。
戦士団の皆もまたその後に続いた。
ハーフエルフが、ドワーフが、小人《ハーフリング》が、獣人が、そこに居合わせた全ての者が一様に声をあげ、その歓声は唱和となって大樹海の木々を揺らす。

「「「オオオォォおぉおぉォオオォォオォオォおぉおォォ――――――ッッ!!」」」

――ラテストウッドの夜明けを告げる、咆哮だった。

十章　夢魔の後始末

息を切らして、森の中を一人のエルフが走る。

ノーブルウッドの『長老議会』に名を連ねる者の一人だった。

大長老、狩人長代行に次ぐ妖精竜の指揮権を有していた彼は、追手が来ていないかどうか振り返ることすら恐ろしく、ただひたすらに脚を動かし続けるしかなかった。

空と地上の戦いに決着がついてから既に十五分以上が経《た》つが、周囲に仲間の姿は見当たらない。

彼自身、どこをどう逃げてきたのかさえ定かではないのだから無理からぬことだ。ただその場に留まっていては死ぬしかないのだという理性の声が、彼を含む長老や神官らに逃亡の一手を選ばせた。

唯一逃げなかったのが大長老である。

しかしそこに留まり続けたのは、何も矜持《きょうじ》や国の代表者としての責任感などといった理由からではない。自分の眼で見届けた光景を受け入れられなかったのか、はたまた何もかも全《すべ》て終わったことを受け入れてしまったが為なのか。大長老は周囲の誰《だれ》が何を言おうとも反応せず、人形のように成り果ててしまっていた。

きっと彼は、大長老だった抜け殻は、心臓が鼓動を止めるその瞬間までいつまでもそうしていることだろう。不都合な外界から自らを断絶し、自身の内側に閉じこもったまま最期《さいご》を迎えるのは

——ある意味、幸せな終わり方なのだろうか？

「否《いな》……！　否、否、否！　それは違う！　断じて違う‼」

藪《やぶ》を掻《か》き分《わ》けつつ、脳裏《のうり》に浮かびかけた甘い妄想を否定《ひてい》する。

それを受け入れてはならない。是が非でも認めるわけにはいかない。僅《わず》かにでも許容してしまったが最後、この脚は動かなくなってしまうに違いないからだ。そして狩人らを打ち倒して勢いに乗った敵兵の手により、無残な末路を迎える羽目になるだろう。

三ヶ月前、自分たちがハーフエルフにそうしたように——。

「違う違う違う！　そんなはずがない、これは何かの間違いだ。こんな悪夢が現実に起きようはずもないではないか⁉」

そうだ。その通りだ。何故《なぜ》ならば自分たちは尊き一族たるノーブルウッド。神樹に祝福されたハイエルフの末裔《まつえい》である。

その輝かしい歴史がこんなところで終わるわけがない。ましてや自分はノーブルウッドの頂点に位置する長老の一人だ。だからこそ他の何を犠牲にしようとも生き残らなければならない。ここを生き延びさえすればきっと、自分たちには何らかの道が残されているはずで——

「——いいや、ここで『終《しま》い』じゃ。ここが貴様らの夢の終着点。四方を閉ざされた袋小路よ」

耳元に突如生じた、女の声。

「…………っ⁉」

長老は慌てて足を止める。

そして咄嗟《とっさ》に周囲を見回そうとした直後、前触れもなく全身が硬直した。

まるで見えない鎖で体を拘束されたような感覚。手足はおろか、頭の向きさえ動かせない。そうして固定された視界の下端で、透き通ったように白い腕がにょきりと生えた。

後ろに、誰かいる。

「な……何者だ？」

「くふ。これはまた捻《ひね》りのない問い掛けよの。仮にも長老などという称号を名乗るのなら、もう少し瀟洒《しょうしゃ》な言葉を口にすべきであろうに」

のう？　と、甘ったるい声色《こわいろ》で女は囁《ささや》いた。

背後から伸びる腕が絡《から》みつくように首に触れ、そのしなやかな指が顎先《あごさき》を押し上げる感触に、長老は背筋を震わせる。

その反応に幾ばくかの満足を得たのか、女は絡ませた腕を外し、ゆったりとした足取りで背後から正面へと回り込んだ。

「――――」

初めて直視した女の姿は、一度目にすれば二度と忘れぬであろう特徴的な外見をしていた。

鮮血に似た紅い瞳《ひとみ》。妖《あや》しげな色合いをした紫の髪。肉感的な肢体は胸元《むなもと》の開いた衣装に包まれ、深い谷間と白磁のような肌を惜しげもなく晒《さら》している。

エルフの価値観からすれば豊満に過ぎたが、人間の眼には紛《まぎ》れもない美姫《びき》に映るであろう、そんな女だった。

「……〝穢《けが》れ〟めの放った走狗《そうく》か？　遂に我が元にも死が追いついたと……？」

「く——くははは！　走狗、妾を走狗とな！　いやはやなるほど、やればできるではないか。後半部分の詩的に過ぎる表現といい、今のは中々に愉快であった」

何が可笑《おか》しいのか、女はカラカラと笑う。

品の良い仕草にも拘《かかわ》らず、見る者の心をざわつかせる不吉な哄笑《こうしょう》だった。

「しかし、狗《イヌ》はどちらかというとリーヴェの方でな。無論我が君が吠《ほ》えろというのなら悦《よろこ》んでワンと鳴こうが、妾を獣に例えるならば、そうさな——」

さしずめ鴉《からす》といったところか、と女は言った。

言葉の意味は長老には分からない。しかし女が『敵』だということだけは否応なく理解させられた。そして追手に捕らえられたのだという事実を認識した長老はもがくのを止め、地面に視線を落とす。

「む？　なんじゃ抵抗せんのか？　妾の拘束から抜け出せば、或《あ》いは生き残れるやもしれぬぞ？」

ネズミを甚振《いたぶ》る猫のような口調で女が問い掛けてくる。

対する長老はうなだれたまま沈黙で応じた。

暴《あば》れても無駄だという現実的な判断もあったが、何よりこの期《ご》に及《およ》んでこれ以上の無様を晒すことを嫌ったのだ。

大義の為に全てを費やし、恥辱を雪《そそ》ぐ為に戦いを挑み、そしてつい先ほどまでは生存の為に走り続けた。長老としても一個の生物としてもやるべきことはやったのだ。そして結果が出たからには、これ以上の足掻《あが》きはノーブルウッドの沽券に関《かか》わる。

その想《おも》いが、長老に諦観《ていかん》の二字を与えていた。

「随分と潔いではないか。古くから親交のあった隣国はおろか、自国の民さえも虐殺した者の行いとはとても思えぬ」

「……ッ」

しかし、女のその一言に長老は鋭く反応した。侮蔑《ぶべつ》まじりの台詞《せりふ》の中に許容しかねるモノが含まれていたからだ。

ここで自分が死ぬとしても、そして愛する母国の滅びが不可避だとしても、大陸におけるノーブルウッドの歴史は正しく記されなければならない。尊き聖戦の為に兵や民の垣根なく、皆が自らの意志で妖精竜の血肉と化すことを望んだのだと、そのように記されなければならないのだ。

その使命感が、折れかけていた長老に反論の言葉を紡《つむ》がせる。

「否、それは違う。先遣隊全滅の報を知った我らは即座に長老議会を開き、一族の総意として戦いの道を選んだのだ。妖精竜の血肉へと転じるは誉《ほま》れであり、民もまた自ら望んだ行動の結果である。決して死を厭《いと》う民を虐殺したのではない……！」

「ほほぅ？　あれを総意と称するとは、いやはや本当に大したものよ。恥を知るならば到底口にできぬ台詞じゃ。貴様らの厚顔ぶりには、さしもの妾も恐れ入る他ないというものよ」

なんとでも言うがいい、と長老は心中で呟《つぶや》いた。

下賤《げせん》な異種族には分からぬ。所詮《しょせん》は〝穢れ〟の一味だ。高潔なる我らの思想を解そうはずもない。

凝り固まったその想いを支えにして、長老は嘲笑《ちょうしょう》する女を睨《にら》みつける。

そんな長老の眼前、女はふと、他人事のように素朴な疑問を口にした。

「しかし、些《いささ》かばかり妙な話よな？　精鋭中の精鋭が選出され、更には妖精竜が戦力として加わった先遣隊――それがあえなく全滅したなどという一報をいとも容易《たやす》く信じるとは、の？」

「……なにを言うかと思えば。それのどこが妙な話だと言うのだ。一報を齎《もたら》したのは狩人の位に至った斥候《せっこう》であり、長らく重用してきた信のおける兵だ。故《ゆえ》にこそ先遣隊が全滅したという情報は、疑う余地もない確かな……事実……で……――」

――と。

そこで続くはずの長老の言葉が止まった。

自分で口にした内容に、途方もない違和感を覚えてしまったが為の静止だった。

致命的な何かを見落としていることに気付かされたような――自分が立っている土台が根底から揺らいだような、そんな感覚。

「――――」

遡《さかのぼ》ること十数日前、先遣隊全滅という真実を長老たちは知った。偽装された心話を看破し、真実を突き止めた『連絡員』によってその情報が齎されたからだ。騙《だま》されていたことに気付いたあの時の激憤は、今も鮮明に思い出せる。

しかし不完全な復活だったとはいえ、神々が遺したとされるエルフの守護者。

人間の中で最強の一人に数えられる聖剣伯でさえ、一対一では到底討《う》ち取れぬであろう強大な力を有する妖精竜。

それを単なる『流れ者の旅人』が斃《たお》したと聞かされて――どうして自分たちは、そんな荒唐無稽な話を真実として受け入れたのだろうか？

「――――、あ、」

触れてはならないものに触れた。

その確信が一瞬のうちに全身を駆け巡り、身を縛る束縛術式とは無関係なところで長老を硬直させた。得体の知れない感情が脳内を這《は》いずり回り、視界がぐらりと歪《ゆが》む。

……そうだ。考えてみれば他にもおかしい点はある。大小様々な違和感・矛盾が渦を巻く中、その最たるものとして浮上するのは妖精母竜《マザー》の封印解除についてだ。

確かに自分たちは百年がかりで封印解除の術式を構築し、完成させた。そして一体目の妖精竜を解き放ち、同じ階層領域に封じられていた他の六体もまた、ラテストウッドで収穫した餌の量に応じていつでも解き放てるよう準備を整えていた。だからこそ偽報が発覚し、妖精竜を完全復活させて復讐《ふくしゅう》を果たすと長老議会で決議された際にも、さほどの苦労もなく封印解除の儀式を執り行うことができたのだ。

だが妖精母竜が封印されていたのは神殿の最奥部。妖精竜の解放計画に最も尽力した神官長でさえ、まるで手出しのできなかった複雑怪奇な封印術式。

百年がかりで解明の糸口さえ摑《つか》めなかったそれを瞬く間に、しかも神官長を欠いた状態で解呪できたのは、いったい如何《いか》なる奇跡が働いた結果か。

「――――まさ、か。深層領域の封印解呪に、成功、したのは……」

「ああアレか。いやなに、大した理由ではない。貴様らが妖精竜にせっせと餌やりをしている間、少々手隙《てすき》だったものでの。術式の調査をする傍《かたわ》ら、ついでに手を貸してやったというわけじゃ」

どうせ自国の民草にまで手を出し始めていたしの、と女は肩を竦《すく》めて言った。

その言動は平然そのもので、何ら含むものはない。少なくとも長老の耳には、端的な事実を口にしているだけのようにしか聞こえなかった。

「加えて言えば、あの手の遺物は残しておいてもろくなことにならん。ましてやエルフ族の血肉しか受け付けぬ竜種、その母体となれば尚更《なおさら》よ。誰にとっても害にしかならぬ存在ならば、ここで一掃しておくに越したことはあるまい」

膿《うみ》は出し切らねばならんからのぅ、と嘯《うそぶ》く女を前に長老は凍りついた。

まるで氷柱を脊髄《せきずい》に差し込まれたかのような悪寒。

呼吸が乱れ、心臓が早鐘を打つ。

「い――――や、待て。そんな、そんなはずはない。深層領域の封印解呪については、この私自らが立ち会ったのだ。あの場に居たのは儀式を執り行う神官たちと、私を含む数人の長老を数えるのみで……」

必死に記憶を掻き集《あつ》める。反証の言葉を口にする。

しかし言葉を重ねれば重ねるほど、何かが罅割《ひび》れていく感覚に襲われた。

避けようのない結末がすぐそこにまで迫っている。

「他にも居たであろう？　呪術に精通し、その応用として解呪にも心得のある者が。とある長老が封印解除に関する協力を求め、神殿の最奥部まで自ら案内した一人の女術師が」

「………居ない。そんな者は居なかった」

「いやいや、よぅく思い出してみよ。妾自らがここまで情報を晒した以上、既に魔眼の効力も消えておる。全ての精神支配から解き放たれた今、ヌシの想起を遮《さえぎ》るものは何一つとしてあるまいて」

「黙れぇ！　そんな者は存在しない！　そんな者は居なかったァ!!」

長老は瞳を血走らせて叫ぶ。身動きが封じられている以上、でき得る抵抗はそれしかなかったからだ。けれど否定の言葉を口にする都度に、空虚な風が胸の内に吹いた。

いい加減に認めろと。既に気付いているはずだと。呆《あき》れ顔で呟く己《おのれ》がそこにいる。

「ああそうそう、そういえばあの時の礼をまだ言っておらなんだの。神官長に成り代わり祭祀を担当していた親切な長老殿のおかげで、労せずして神殿の最奥部にまで足を運ぶことができたわ。おかげで妾の仕事も随分とやりやすくなったというもの。今更ながら、心より感謝を示そうぞ」

聞いてはならない。耳を貸してはいけない。何より理解してはならない。

何故なら女が口にする言葉の数々は毒そのものだ。耳を腐らせ、脳を侵し、破滅を齎す致死毒のそれに他ならない。

なのに女は手慣れたように、容赦なく、さらなる毒を追加する。

「安心せよ。前回の戦いは『なかったこと』にするが、此度《こたび》の一戦はきちんとこの世界の歴史に刻んでくれようではないか。逆恨《さかうら》みの果てに過去の遺物にすがり、友好国はおろか自国の民さえ生贄《いけにえ》に捧《ささ》げて人間への復讐を果たさんとして――その過程でハーフエルフに討ち滅《ほろ》ぼされた、哀れで滑稽な国の末路を、の？」

どこか優しさすら含んだ声で、女は静かに囁いた。

その美貌には冷笑の色が浮かんでいる。

道化に似合いの末路だと、真紅の瞳が告げていた。

「ぁ――――ぁぁあぁあああああああああアアアア!!」

そこが限界だった。

己の矜持、人生、そしてノーブルウッドという国そのものを引き換えにしてまで果たそうとした大義。その全てが道化芝居に過ぎなかったという真実を暴露され、あまつさえ最後に守ろうとした歴史さえも利用されるのだと知らされた長老の精神《ココロ》が、硝子のように砕け散る。

「おっと。完全に壊れられては困るの」

そう言って、女――カミーラは喚《わめ》き散らす長老の胸部に腕を突き入れた。

傷一つなく内部に潜り込んだ右手が何かをまさぐるように蠢《うごめ》き、その奥底に潜んでいた形なきナニカを鷲摑《わしづか》みにする。

そして長老の身体はビクビクと痙攣《けいれん》するなり、物言わぬ人形のように項垂《うなだ》れた。

「ふむ、やはり精神の均衡を失えば掌握しやすくなるか。このあたりは既知の魔物と変わらんの……む？」

淡々と感想を述べるカミーラの傍らで、唐突に闇《やみ》の塊が生じた。

球状の闇は人に似た形へと変化し、やがて禍々《まがまが》しい捻《ねじ》れ角《つの》を生やした悪魔の姿へと転じる。

第六軍団に所属するステルス特化の悪魔族――【隠匿の悪魔《インヴィジブルデーモン》】だ。

「カミーラ様。各地の戦闘状況について報告に参りました」

「申せ」

「ハッ。狩人長代行率いるノーブルウッドの主力は完全壊滅。各方面に分散し、都市急襲を画策していた他の少数部隊もまた、同様に展開していたラテストウッド戦士団の分隊によって撃破されました。討ち漏《も》らしがないことも既に確認済みです」

「うむ。ならばこれで、此度の戦は全面終結に至ったということじゃな」

空と地上を含めた全ての戦闘が終了した。後は戦場の後始末や、境界都市へ持ち帰らせる情報操作など事後処理の話となる。

軽く思索を巡らすカミーラの眼前、配下の悪魔は力なく項垂れている長老――その残骸《ざんがい》へと視線を移した。

「ところでカミーラ様、そこの個体は？」

「ノーブルウッドの最高幹部、長老議会に名を連ねる長老の一人じゃ。自国を戦いに駆り立てた身の上で逃亡を図ったが故、妾が手ずから誅罰《ちゅうばつ》した」

「……我らが王は『戦意喪失した敵兵は追撃せずともよい』と仰せだったかと思われますが」

彼が口にした忠言は、開戦前に下された王の命令を引用したものだ。

ノーブルウッドという脅威が消滅すればそれでいい。戦意を喪失した敗残兵や、一般市民の一人ひとりに至るまでを鏖殺《おうさつ》せずともよい。――ヘリアンはそのように、カミーラ率いる第六軍団に通達していた。

だが――

「うむ、我が君は確かにそう仰せになった。しかし『追撃するな』とは言われておらぬ。明確にそうと禁じられたわけではない以上、これは我が君の命令に反する行為ではない。――そうであろ？」

「……ハッ」

是、以外の答えを求めていない問い掛けに、悪魔は粛々《しゅくしゅく》と頭を下げた。

カミーラは満足げに一つ頷《うなず》き、冷たい眼差《まなざ》しのまま指示を出す。

「それと、この件については報告書に記載する必要はない。ただでさえ我が君は病み上がりの身じゃ。僅かばかりの手間とはいえ、目を通さねばならん報告書をわざわざ増やすこともあるまい」

「仰せの通りかと」

「ならば話はこれで終いじゃ。貴様らは他の個体を速やかに確保せよ。『検体』は多いに越したことはないのでな」

「ハッ。委細、承知いたしました」

受命の言葉を残し、彼は再び不定形の闇へと姿を変えて去った。

それを見送ったカミーラは右手に摑んだままの魂を眺めつつ、何の気なしに呟きを零《こぼ》す。

「……ふむ。戦闘の巻き添えで数体しか残らんかと思いきや、予想以上に収穫できそうじゃの。尊き犠牲などと嘯いておきながら、存外臆病者《おくびょうもの》が多かったということか。できればこのまま本国の施設に収容しておきたいところじゃが……うぅむ」

アルキマイラの首都アガルタには、光も音も漏らさない第六軍団御用達の特殊施設が存在する。捕獲したスパイや斥候から情報を取り出す際にも重宝する施設なのだが、長老や神官による『検体』の総数はそれなりの量になる見込みだ。

これを全て本国に移送するとなると、主人に気付かれる可能性が否定できない。わざわざ『追撃の必要はない』と言い含められている現状の背景を思えば、あまり愉快な結果にはならないだろう。輸送には万全を期す必要がある。場合によっては樹海の一角に、それ用の施設を秘密裏に建設することも検討《けんとう》しなければなるまい。

カミーラは眉尻《まゆじり》を下げ、困ったような笑みを浮かべてそんな感想を思う。

「なにせ我が君はお優しいからのぅ……」

愛しき君、完璧《かんぺき》なる王の唯一にして最大の欠点がそれだ。

王はあまりにも優しすぎる。時と場合によっては、敵にさえ過剰な慈悲を与えてしまう程に。そしてだからこそ、自分のような存在が必要なのだとカミーラは想う。

何故ならばこの身は穢れなき王に代わり果てを聞く耳。

厭うべき漆黒も聞くに耐えぬ怨嗟《えんさ》の声も、全てこの身が背負うべきものだ。

これぱかりは八大軍団長の誰にも託せない。王が最大の信を置く国王側近、リーヴェ＝フレキウルズですら果たせぬ役割である。

それを他ならぬ自分だけが全うできるという事実に——王が王として正道を歩む為には、他の誰でもない自分が必要不可欠なのだという事実を再認識し、カミーラは快なる感情に身を浸した。

「くふ。くふふふふふ——」

長老の胴体に腕を突き入れたまま、辛抱たまらぬといった様子で嬌笑を零す。

それは恋する乙女のように純粋で、娼姫のように淫《みだ》らな、ぞっとするほど美しい妖婦の微笑みであった。

2.

——第六軍団長、カミーラ＝ヴァナディース。

彼女こそは【夢魔女帝《ナイトメアエンプレス》】にして魂魔術《セイズ》の使い手。

〝アルキマイラの耳〟と称《たた》えられし、数多《あまた》の魔族を統《す》べる魔性。

八大軍団長の中で唯一、【邪悪】の性質傾向を持ちながらも軍団長に任命された、悍《おぞ》ましくも美しき女帝である。

森での仕事を終えた彼女を出迎えたのは、子供らしい満面の笑顔だった。

「やはー、気持ちよかったぁ。やっぱりファフニールで翔ぶのはいいなー！」

任務を終えてラテストウッドに戻ったロビンである。

彼は凝った体をほぐすように伸びをしつつ、お気に入りの玩具で遊び倒した幼子のような表情を浮かべていた。

「随分とスッキリした顔をしているではないか」

「あ、カミィ。おつかれー」

ロビンはヒラヒラと手を振って同僚を労《ねぎら》う。

対するカミーラは黒いレースに包まれた細腕を上げて「うむ」と応《こた》えると、格納庫《ラージボックス》に収納されつつあるファフニールに視線を向けた。

「ヌシも大活躍だったようじゃの。あの人形も問題なく稼働するようで何よりじゃ。正直なところ、この世界基準の魔石でどこまで動くものかと懸念《けねん》を抱いておったが……」

「ふふん、そこは腕の見せどころさ。これでもボクは人形使いの最高峰、ゴーレムマスターのロビン君だからね」

「……ヌシが普通の人形使いかどうかは色々と疑問が残るがの」

カミーラが言うように、人形使いとして見た時のロビンはかなり異質である。

人形使いとは本来、最前線から距離を置き、強力かつ替えの利《き》く人形――ゴーレムを前衛として戦わせる職業《ジョブ》だからだ。

肩や背に乗る搭乗式のゴーレムも存在するものの『ゴーレムがいくらやられても本体は無傷』という人形使い最大の利点を殺してしまうことから、上級職になればなるほど使われなくなる傾向にあった。遠隔操縦の有効距離が短い未熟者でもなければ、このタイプのゴーレムを好んで使おうとは思わないだろう。

そんな中、常識なんて知ったこっちゃないと言わんばかりに逆の道を選んだのが、第七軍団長に任命された稀代《きだい》の天才児、ロビンである。

彼は古代遺跡で発見した機動兵器――失伝技術《ロストテクノロジー》の塊である巨大な機械人形《オートマタ》の残骸を発掘すると、これをリストアしてゴーレムに仕立て上げるという【計画書】を王城に提出したのだ。

成功する見込みは未知数であり、挑戦するだけで巨額の費用を必要とするその計画は内政担当官《エルティナ》によって即座に却下されかけたのだが――そこに待ったをかけたのがヘリアンだった。

『古代遺跡での発掘に成功？　――なにこれ、なんだこれ！　おい、マジか！　浪漫の塊じゃん！』

当時高校生だった三崎司《ヘリアン》の台詞がこれだ。

彼は決戦兵器や機動兵器などといった浪漫ワードに理解のある――言い換えれば中二病気質のある――青少年だった。そんな彼は前代未聞にして無謀とも言えるこの計画書にゴーサインを出し、湯水の如《ごと》く資金を注《そそ》ぎ込んだのである。

その総額は当時の国家予算にすら迫る勢いだったが、王から全面的なバックアップを約束されたロビンはメラメラと熱意を燃やし、最終的には『最新の魔導工学といにしえの失伝技術《ロストテクノロジー》が融合した唯一無二のゴーレム』としてファフニールを完成させるに至った。

聖魔暦一五〇年時点で同タイプのゴーレムは存在せず、ファフニールは再現不可能なワンオフ機としてゴーレムの頂点に君臨し続けている。

「敵方からすれば悪夢よの。人形使い共通の弱点である本体を狙《ねら》おうとしても、肝心の本体はゴーレムの中。その上遠隔操縦の有効距離の縛りすらなく、圧倒的な火力で戦場全域を翔け回るときては手がつけられん」

「あっはっはー！　いいよいいよもっと褒めて！　ボクってば褒められると伸びる子だから！」

「調子に乗るでない。だいたい何じゃ最後の一発は。どう考えても過剰攻撃であったろうに」

カミーラが苦言を呈《てい》するのは、妖精母竜にトドメを刺した竜撃についてだ。

快活《かいかつ》な笑顔を浮かべるロビンに対し、彼女の表情はやや硬い。

「直上への射撃だったからよかったものの、少しでも射角がズレておったら結界に当たっておったぞ。危うく外部に露見するところじゃった」

「だからちゃんと真上に向けて撃ったじゃない。結界、壊れなかったでしょ？」

「妾が指摘しているのはそういうことではない。そもそも撃つ必要がなかったはずじゃと言うておる。あの程度の攻撃ならば主砲《アウルヴァング》だけでどうにでもなったであろうに」

カミーラは第六軍団の術者を総動員し、戦域全体を覆《おお》う認識阻害結界——先遣隊との一戦でも用いていたもの——で外部への情報を遮断していた。

儀式魔術として展開したそれはある程度の防御力も付加され、妖精竜の流れ弾程度であれば問題なく対処可能な優れた結界ではあったものの、さすがにファフニールの竜撃を受け止められるはずもない。直撃どころか掠《かす》っただけで結界が破綻《はたん》しかねず、カミーラとしてもかなり冷や汗ものな一幕だったのだ。

「いやまあ、それはそうかもしんないけど……せっかく出番もらえたんだから派手にやりたいじゃない？　みんなはこの前の戦争で出番もらえて満足かもしんないけど、ボクだけ待機したまま終わっちゃったんだよ？　手柄どころか出番ゼロだよ？　ファフニールの中でポツーンと座ってたまま終戦迎えたボクの気持ちとか分かる？」

「……まあ、そこには若干同情せんでもないがの」

ファフニールのメンテナンスや起動用の魔力供給を行う格納庫《ラージボックス》だが、アルキマイラの首都アガルタにはもともと存在しない。首都近郊の拠点に研究所や大規模工房を集結させており、ラージボックスもまたその拠点に建設されていたからだ。

従ってラージボックスに駐機されているファフニールもまた、本来ならば世界間転移現象に伴って元の世界に置き去りになるはずだった。しかしその日ばかりは建国祝賀祭を盛大に祝う為、式典用装備を纏《まと》った状態でアガルタの大広場に移動させられていた。これにより、偶然にも置き去りという難を逃れていたのである。

そして二ヶ月前の戦争の折、ロビンは人気《ひとけ》のなくなった大広場でファフニールと共に今か今かと出撃命令を待ち続けていたのだが、結果として彼の出番はなくそのまま戦争終結に至った。王の演説によって人生最高潮にやる気を出していたこともあり、終戦を聞かされた際のロビンはかなり切ないことになっていた。

当時の彼の心境を想えば自然、人物特徴に【冷酷】を有するカミーラですら、追及の言葉に勢いがなくなるというものだ。

「それにさ。今後ファフニールが必要になる場面を考えたら、できるだけ多くの機能を試しておきたいじゃない。『動くだろう』と『動く』はまるで意味が違うんだから、実動データを手に入れておくに越したことはないでしょ？」

ロビンの言うことはある意味正論だ。

何故ならばファフニールはアルキマイラにおける切り札の一つ。絶対に勝利しなければならない闘いにのみ投入される『決戦兵器』だからだ。それが雌雄を決する為の兵器である以上、問題なく稼働するという事実の確認は必要不可欠である。

ただしファフニールが真価を発揮する為には〝覚醒めろダインの遺産《ダインスレイヴ》〟が必須であり、かつ一度戦闘を行うだけでも魔石を代表とした大量の資源を消費するという欠点を抱えていた。加えて戦闘後は劣化したパーツの交換が必要になり、莫大な費用の捻出《ねんしゅつ》に迫られる。これほど内政官泣かせな兵器も他にあるまい。

そしてその性質上、出撃したならば必ず戦果を挙げなければならないのが決戦兵器《ファフニール》だ。

莫大なコストを要することを鑑《かんが》みれば結果を求められるのは当然だが、『必ず』などという枕詞《まくらことば》がつくとなると話がガラリと変わる。そこに理想と現実の超えがたい壁が立ちはだかることは説明するまでもないだろう。

しかし稀代の【天才】たるロビンは一度たりとも任務に失敗したことはなく、今の今に至るまで不敗神話を保ち続けている。

他の八大軍団長が何らかの形で敗北経験を有する中、唯一不敗神話を維持し続けているという一点において、彼と彼の駆るファフニールは紛れもなく『最強』の決戦戦力と言えた。

「だからボクは悪くない。王様の許可も出てたし、エル姉からの予算もちゃんと下りてる。完璧な理論武装だね」

「理論武装などと口にした時点で語るに落ちておるが……その台詞、メルツェルの前でも言えるのかの？　大型ラジエーターを一基丸ごと使い潰《つぶ》されたと知って青筋を立てとるようじゃが」

ぷい、とロビンは明後日の方向を向いた。

そのままわざとらしく口笛を吹き始めたりする。

カミーラは哀れな整備兵らを思い、艶のある唇から溜息《ためいき》を零した。

「まあよい。……それはそうと、あの女官長殿は随分と肝《きも》を冷やしたようじゃな。ただの子供と知らず知らずのうちに侮《あなど》っていたヌシが、アルキマイラにおける最強の一つと知って」

カミーラが語るのはノーブルウッドとの開戦、その現場に立ち会ったウェンリについてだ。

戦場から退避した彼女は、安全地帯で待機していたメルツェルらと共に、戦闘の一部始終を見届けるに至った。

そしてファフニールが弾幕に晒された際には顔を青くしていたのだが、妖精竜の群れがカトンボのように墜《お》ち始めたあたりから異なる意味で顔色が悪くなり始め、ファフニールの竜撃で妖精母竜が消し飛んだ際にはショックのあまり卒倒していたのだった。

現在は病床にて「騙された」「やっぱり化物だった」「二度と侮るものか」などとうなされていたりする。

「いやぁもぅ最強だなんて言われると照れるなぁ！　まあ本当のことなんですけどー？　ファフニールを使いこなせるのなんて超天才のボクぐらいだしー⁉　あっはっはー‼」

「我が君の力を借りねばそもそも戦えん上に、十五分間限定じゃがの」

「……元の世界から持ち込んだ極大魔石使っていいなら、もうちょいイケるよ？」

「どれだけ資源を喰《く》い潰すつもりじゃ、この内政官泣かせめ。銭投げ兵器《ガンダールヴ》を十発近くも使っておいてまだ喰い足りんのか」

「だってこの世界の魔石ってば、中身がスッカスカなんだもの。もうちょい保《も》つと思ったのに、第二炉心もすぐに止まっちゃったしさー」

　これでも節約したんだよ？　とロビンは弁解する。

　実際のところ第二炉心が早々に停止したことは、ロビンを代表とする第七軍団の技術者たちにとっても予想外のことだったのだ。品質の問題もあるが、単純に流用するには相性《あいしょう》が悪いのかもしれない。

　そして腹ペコになりかけたファフニールを気遣い、魔力消費が少ないガンダールヴを使用せざるを得なかったというのがロビンの主張である。が、早々に見切りをつけて魔剣《ダインスレイヴ》を起動させていれば避けられた事態ではある為、できるだけ長く闘いを楽しみたかっただけという可能性は否定できないところだ。

ちなみに、セレスが店舗に仕込んでいた侵入者撃退用の術式も『物体に使い捨ての術式を刻む』という点では魔弾と性質が似ているが、前者が〈罠魔術〉や〈罠呪術〉の適性を持つ比較的低位な魔法に限られるのに対し、魔弾にはその制限がない。それこそ魔弾のサイズと品質が許す限り、大魔術であろうが刻印することが可能だ。

しかしながら魔弾に術式を刻む作業は、セレスに言わせれば『数万ページの写本をさせられている気分』になるらしく、無駄撃ちしたロビンが三十発ほど纏めて注文した際には普通にキレていた。我慢強いエルティナでさえ敬遠する作業であることを考えれば無理もないだろう。

「ふぅむ……やはり現地素材の単純転用は厳しいかの」

「結論出すには早すぎるけど、すぐに結果出せって言われるとちょっと厳しいかなー。ボクんとこの職人は挑戦しがいがあるとか言って、すんごく燃えてたりするけど」

「そういえば、試作品の幾つかを戦士団に提供しておったな」

「現地の素材だけでどこまでのモノが作れるか、って実験してた時の『影打』だけどね。ついでに言うと、戦士団が使ってた武具の半分はラテストウッド製のやつだよ」

ロビンの言うラテストウッド製とは、派遣されてきた第七軍団の職人の指導を受け、ラテストウッド在住のドワーフや小人《ハーフリング》などの職人が作った武具のことだ。

なにも今回の件で死力を尽くしたのは戦士団だけではない。彼らが護《まも》るべき市民もまた、各々の戦場で戦っていた。職人は寝る間も惜しんで技術習得や製造に励み、他の市民たちは彼らが仕事に専念できるよう、復興作業や炊き出しなどに鋭意取り組んでいたのである。

そうした意味合いで、今回の勝利はラテストウッドという国が総力を上げて勝ち取ったモノと言えるだろう。

「うーん。ファフニールの試運転も終わったし、記念に何か作ろっかなー。久々に暴れてスッキリしたら創作意欲が湧《わ》いてきちゃった」

「本当に気分屋じゃな、ヌシは。それでいて誰よりも優れた品を作るとあっては、他の職人連中が不憫《ふびん》でならぬ。……ちなみに、あの女官長めに侮られていたことについては何の所感もないのかの？　なんであれば、ヌシに代わって妾が手を下しても構わぬが」

先ほどサラリと流された件について、カミーラは再度水を向ける。

一縷《いちる》の望みをかけて、と表現するほど切羽詰まったものではないものの、チャンスがあるとすればこれが最後だろうと考えた末の行動だった。

しかし——

「ダメダメ、それはダメだよカミィ。ウェンリってばマジメちゃんだし、からかったらすんごく面白《おもしろ》いんだから。いくら悪巧み連合のカミィでも、ウェンリに手を出したら怒るからね」

ロビンは短い腕で大きくバッテンを作って言った。彼にしては珍しく語気が強く、意思の固さを思わせるものがある。

駄目元で話を振ってみたものの、やはりウェンリはロビンにとって相当なお気に入りの様子だ。

本人は微塵《みじん》も嬉《うれ》しくないだろうが、飽き性の彼が毎日欠かさず悪戯《いたずら》を仕掛けているだけのことはある。

「生真面目《きまじめ》な輩《やから》なら身近にもいるであろうに。〝始まりの三体〟など、その最たるものぞ」

「いやだって、獅子頭は頭固すぎて話にならないし、リー姉は冗談通じなくて普通に叱《しか》りつけてくるんだもん。あと王様に告げ口されるのが怖い」

「エルティナは？」

「――カミィ。ボクはね、エル姉だけは怒らせないって心に誓ってるんだ」

「………………」

何があったのか詳しく訊く気になれなかったが、骨の髄まで苦手意識を叩《たた》き込《こ》まれている様子だ。

やぶ蛇を悟ったカミーラはつと、ファフニールを収容し終えて隠蔽《いんぺい》状態に戻ったラージボックスを見やり、

「あー……メルツェルはどうなんじゃ。第七軍団の他の幹部連中は」

「飽きた。みんなすっかり慣れきっちゃって、悪戯仕掛けてもちゃんと反応してくれないんだもん。女の子連中なんてスカートめくりしても『あーはいはい、きゃー恥ずかしい。――気が済んだらさっさと仕事に戻ってください』って感じだし。……ボケ殺しとかヒドイよね。ボク、上司なのに」

さもありなん。第七軍団が設立して以来、実に五十年以上もの間、彼の悪戯に付き合わされてきたのだ。今更新鮮な反応など得られるはずもないだろう。

その点、生真面目な性格で立場上あしらうこともできないウェンリは、ロビンにとって最高の遊び相手だったということだ。

ともあれ、ただでさえ王から手出し無用の命令が下されている上に、ロビンのお気に入りときて

は言葉巧みに叛意《はんい》を引き出すこともできない。個人的な報復についてはいよいよ諦《あきら》めざるをえまい、とカミーラは肩を落とす。

「……まぁ、この先ロビンの玩具《オモチャ》にされ続けるとあらば、多少なりとも溜飲《りゅういん》が下がるというものかの」

加えて言えばウェンリに被害が集中することにより、周囲の被害は相対的に減少する。あの女が一人犠牲になることで被害者やトラブルが減るのなら、王の懸念や心労も幾分かは解消されるというものだ。

カミーラはその論理で己を納得させ、それきりウェンリという存在をその他大勢の一人として処理することにした。こうした意識の切り替えは、情報戦を担当するにあたって必要な才能の一つである。

「うん？　何か言った？」

「気にするでない。こっちの話じゃ。……何はともあれ、これで後顧の憂《うれ》いは断《た》ったわけじゃな。対ノーブルウッドに関する計画は完遂し、ファフニールの稼働実験も無事終了。その他収穫も大なり。我が君もお喜びのことじゃろうて」

「収穫？　ファフニールの実験とノーブルウッドの退治以外になんかあったっけ」

「あるとも。大いにある。妾の考えが及ぶ限り、今回の計画には少なくとも五つの狙いが――」

と、そこでカミーラはロビンを見て、「あー……」と僅かに考え込み、

「――大きく三つの狙いがある」

「ねえカミィ。なんでボクを見て数を減らしたの？」

「ヌシが望むなら細やかに五つ全部を説明するが、問うたからには最後までちゃんと聞くのであろうな？」

「……で、その三つの狙いって何かな」

ロビンは聞かなかったことにした。

人物特徴に【天才】を有する彼だが、その力が発揮されるのは彼自身が興味を惹《ひ》かれる分野に限られる。政治や策謀に関しては対象外だ。

カミーラは予想通りの回答にジト目を返しつつ、説明を続ける。

「まず一つは、ヌシの言ったようにラテストウッドの安全確保じゃな。動乱の元となるノーブルウッドを排除し、大樹海に秩序と平穏を齎す。ノーブルウッドがオールドウッドを潰したのは予想外じゃったが手間が省けたの。あれも過激派ではなかったものの人間やハーフエルフを敵視しておった故、今後の障害になりえたでな」

「カミィがなにかしたんじゃないの？」

「我が君から許可が下りれば喜んでやったが、ノーブルウッドは独自の考えでオールドウッドを襲うに至った。これに関して妾はなにもしておらぬ」

これは本当のことだ。

開戦前にカミーラが干渉したのは『先遣隊全滅に関する隠蔽工作』『先遣隊全滅情報の暴露に伴う矛盾、諸問題の認識阻害』、そして『妖精母竜の封印解除支援』の三点であり、オールドウッド襲撃や自国民の虐殺については一切《いっさい》関与していない。

場合によっては王の命令における解釈の余地、その隙間《すきま》を突いてノーブルウッドの思考を誘導するつもりだったが、アテが外れた。何をするでもなくノーブルウッドは暴走を始めたのだ。

そもそも先遣隊の一件から共通して言えることだが、妖精竜という戦力を得たからといって本来の目的である人間国家への侵攻が果たせたかと問われれば、ハッキリと否だ。暴走云々《うんぬん》を語るなら、あの時点から既に始まっていたと言える。

確かに超常の戦力を投入することにより人間国家群に損害を与えることはできただろうが、その先がない。もはや完全な片道切符だ。妖精竜が飢え死ぬまでの間、少しでも道連れを増やしてやろうという死出の旅路にしかならないだろう。

（……大長老とやらの魂も何やら妙だったしの）

カミーラが思い出すのは、先ほど情報を抜き取った魂の残骸についてだ。

魂の記憶に嘘《うそ》はなく、肉体から切り離した魂からは正確な情報を抽出することができる。ただし肉体に守られていない魂など脆《もろ》いもので、無遠慮に弄《いじ》くれば転生に耐えられないほどボロボロになってしまうのだが、カミーラにとってそれはどうでもいいことだ。

従って彼女は、一切手心を加えずに長老議会の面々の魂を弄っていたのだが、そこで予想外の事実が発覚した。抜き出した魂はどれもこれも、彼女が手を付ける前から劣化が始まっていたのである。

おかげでろくに情報も読み取れなかったが、劣化具合からしてここ数年の話ではない。

（百年前の戦争で得た疵《きず》か、他の術者による干渉か。或いは……屈辱の果てに自害したという女王の遺した呪《のろ》いか）

劣化が酷くて確証には至らないが、いずれにせよ前々からアレらは壊れていたということだ。

自国民を躊躇《ためら》いもなく供物に捧げたあたりから薄々察してはいたが、魂を直接弄ってその事実が判明した。

「それじゃ二つ目は？」

「む？　……うむ、二つ目はラテストウッドの立場の確立じゃな」

「立場って、アルキマイラから見《ボ》た場《ク》合《ら》のってこと？　同盟国でしょ」

「うむ。良き隣人として歩んでいきたい、と我が君が表明した通りじゃな。書類上は宗主国と属国という関係ではあるものの、限りなく対等な相手として遇することを望まれておる。じゃが、ここまでは建前《たてまえ》の意味合いが強かったと言えよう。なにせ二ヶ月前の一戦では、ラテストウッドは何もしておらなんだからの」

ノーブルウッドの先遣隊と戦い首都を奪還したことは勿論《もちろん》、怪我《けが》人の治療や復興支援、戦士らの教育や装備の提供など、今の今までアルキマイラはラテストウッドに力を貸し続けてきた。

これだけを抜き出せば、良き隣人というよりは単なる庇護《ひご》対象である。事実、アルキマイラの民の何割かは同盟国とは名ばかりの庇護対象、或いは格下の弱者としか見做《みな》していなかった。

しかし、今回の一件でラテストウッドは自ら戦いに身を投じた。

妖精竜という、本来国家間の戦争に用いられるべきではない超常の戦力を別にすれば、彼らはアルキマイラに庇護されることなく身を張って戦い抜き、勝利してみせた。守られるだけの存在ではないと身を以《も》って証明してみせたのだ。

もともと練兵場の近くに住んでいる住民に限っては『あいの第二軍団長の訓練から誰一人欠けず生還した』という偉業を成し遂げた戦士団に畏敬《いけい》の念を抱いていたが、この一件で彼らを見直す者も少なからず出てくるだろう。

「なにより大きいのは『アルキマイラの隠れ蓑』になるという取引の実現性を証明したということじゃな。これにより、ラテストウッドはアルキマイラにとっての価値を明確に示した。欲を言えばもう少々成果が欲しいところじゃが、少なくとも表立って同盟関係に反対する者はそうそう出まいて」

「ふーん……王様も色々考えてるんだねぇ」

「なにせ世界を違えての国家間交流じゃからの。初手で躓《つまず》けば今後の外交全てに影響しかねん。というか、ヌシも軍団長なら少しぐらいは……ああ、よい。言っても無駄じゃな」

気のない返事に眉を顰《ひそ》めたカミーラだったが、すぐさま諦めたように嘆息した。

この手の話題の機微に疎《うと》いのは何もロビンに限ったことではない。むしろアルキマイラの民の総数からすれば、国家戦略を語れる人物は極少数に留まるだろう。

（ただでさえ脳筋連中ばかりじゃからのぅ……我が君の苦労が偲《しの》ばれるわ）

分かっている人物の一人であるところのカミーラは、心中で憂いの呟きを漏らした。そしてだからこそ、自分が更に暗躍――もとい活躍せねばと、密《ひそ》かに決意を新たにする。

「で、最後の三つ目は？」

「ラテストウッドが国際社会に進出する為の布石じゃ。妾にとってはこれが一番大きいの」

「んん？　国際社会ぃ？」

ロビンは怪訝《けげん》げな顔で首を捻《ひね》った。

どのようにしてそこに話が結びつくのか、それの何が利益《りえき》になるのか、まるで分かっていない様子である。

「うむ。これまでのラテストウッドは国家として正式に認知すらされておらなんだが、これからは人間国家との交流を開始するわけじゃな」

「……それ、ボクらになんか得あるの？」

「あるとも。我が君は国外における活動拠点を作ると共に、ゆくゆくは商会を通じた民間レベルでの情報網を形成し、手広く情報を収集する為の基盤を作る心算じゃ。しかし民間では手に入らぬ情報というものはある。そこを補完するのが――」

「ラテストウッドってこと？　王様とか軍団長……あー、この大陸だと貴族とかだっけ。そういう『上』の人たちしか持ってない情報を拾ってもらうとか？」

「そういうことじゃな」

理解を示したロビンに、カミーラは己の肘を抱いた姿勢で首肯《しゅこう》した。腕にのった豊かな双丘が頷く挙動でたゆりと揺れる。

「でもそれって、成果が出るまですんごく時間かかるんじゃないの？　ラテストウッドと関わりのある外の人なんて一部の冒険者だけって話だし」

「で、あろうな。故に今回の一件はあくまで布石に過ぎん。ただ、その後押しとして少々の小細工は仕掛けるがの」
小細工？　と不思議そうに首を傾げるロビンに対し、カミーラはピンと指を立てて告げる。
「ストーリーはこうじゃ」

——百年前の戦争を経て、復讐心に囚《とら》われたノーブルウッド。彼らは旧《ふる》き血の一族たるオールドウッドの協力を得て、神が遺したとされる守護竜の解放を目論《もくろ》む。しかし封印解除の儀式は原因不明の破綻をきたし、制御を失った守護竜は暴走を開始する。

「おー。劇かなんかでありそうな出だしだね」
「喜劇か悲劇かは解釈次第かもしれんがの。続けるぞ」

——ノーブルウッドとオールドウッドのエルフは総力を結集し、暴走した守護竜の再封印に挑もうとするもこれに失敗。やむなく守護竜との戦闘状態に入り、結果として相打ちに終わる。オールドウッドは完全に滅び去り、ノーブルウッドもまた僅かな生き残りを数えるのみとなった。

「……こういうの、一人芝居って言うんだっけ」
「皮肉の効いたよい表現じゃな。そして話の締めはこうなる」

――やがて故郷を失った生き残りは賊徒《ぞくと》に身をやつし、ラテストウッドに攻め込まんとする。しかしラテストウッドの戦士団は正面から賊徒を迎え撃ち、見事これを撃退。彼らの手には数ヶ月前から住み着いたとある職人の手による、深淵森《アビス》素材の武具が握られていたのだった。


「これってボクのことだよね！　クライマックスはどうなるの⁉」

「残念ながらこれで終いじゃ」

「あっれぇー⁉　ファフニールの活躍シーンは⁉」

「全面カットに決まっておろう。あんなもの、外部に晒せるはずもなかろうに」

カミーラは呆れ顔で言った。

それこそ何の為に認識阻害の結界を張っていたのかという話である。

不満顔のロビンを宥《なだ》めつつ、彼女は続けた。

「そしてこの情報は冒険者どもに持ち帰らせる。奴《やつ》らはこの手の話題に耳聡いようじゃからの。さぞかしよいスピーカーとなってくれよう」

集落に逗留《とうりゅう》中だった深淵探求者《シーカー》のことだ。

彼らには妖精竜やファフニールなどといった不都合な存在は隠した上で、ラテストウッドとノーブルウッドの戦闘、その一部を観測させている。

《暗示《ヒュプノ》》や《洗脳《ブレインウォッシュ》》を使えば楽だったのだが、対象の抵抗力次第によっては時間経過によってレジストされる恐れがあり、用済みになった後に処分するつもりでもなければ容易には使えない。カミーラとしてはそれでも良いと考えていたが、残念なことに主人《ヘリアン》から禁止令が出されてしまっていた。その為、多少面倒ではあったものの《幻影《イリュージョン》》と《偽装《ディスガイズ》》を駆使してある程度の事実を観測させ、持ち帰らせるべき情報を詐術スキルで整えたというわけだ。

後は無事に境界都市まで帰ってもらえれば、それなりに名が知れている――つまりは発言力がある深淵探求者《シーカー》として、ラテストウッドの情報を拡散してくれることだろう。

そして深淵森《アビス》の素材を加工可能な職人がラテストウッドに住み着いたという情報は、今後の国際社会進出に向けた強力な後押しになる。

ともあれ、

「これでようやく、妾の手勢を境界都市に展開できるというわけじゃな。これまではたった一人しか派遣できておらなんだが、雌伏の時もこれまでよ。リーヴェやセレスめに先を越された分も含め、一気に巻き返してくれるわ」

「おぉっ？　なんだかやる気満々だね、カミィ」

「フフン、当然であろう。なにしろ境界都市シールズはアルキマイラにとっての最前線。我が君自らが陣頭指揮を執る主戦場よ。我が君と同じ『人間』が住まう都市とは如何なるものか……実に楽しみじゃ」

「わーぉ。悪い顔してるぅ」

からかいの言葉に「戯《たわ》け」と返しつつ、カミーラは艶やかに微笑む。

しかしながら三日月のようなその笑みは、なるほどロビンの言う通り、決して善良なものとは言えないだろう。

にも拘らずその邪《よこしま》な艶笑に美しさを見出せてしまうのは、彼女の魔性が為《な》せる業だろうか。

「くふふ。忙しくなりそうじゃな」

含み笑いを零したカミーラは、バサリと音を立てて鴉に似た黒翼を広げた。

そして、これから多忙になるであろう――つまりは自分の活躍の場が増えるであろう未来予想図を思い描きつつ、彼女は意気揚々と『後始末』を終わらせにかかるのだった。

終章

「久方ぶりだな、レイファ＝リム＝ラテストウッド女王陛下」

会談はそんな言葉で始まった。

場所はラテストウッドの首都中心に位置する小城、その応接間だ。戦勝祝いを兼ねた会談として、アルキマイラからヘリアンが訪問してきた形である。

対面には白と緑を基調とした正装を纏《まと》うレイファと、その背後に控える数人の側近。そして自分の背後には第一軍団所属の側仕えが静かに佇《たたず》んでいた。戦後処理で忙しい中、派手な会談を執り行うわけにもいかず、参加者は必要最小限である。

「まずは此度《こたび》の勝利についてお祝い申し上げる。貴国の戦士団の活躍は既に聞かせていただいた。僅《わず》か一月余りの訓練で成果を出した彼らの活躍には、私も称賛を禁じえない」

「過分なお言葉、恐れ入ります。他でもないヘリアン様からお褒めのお言葉をいただけたとあらば、戦士団の皆も喜ぶことでしょう」

レイファは浅く頭を下げつつ、落ち着き払った言葉で返礼を口にした。

そうしてしばらくの間、互いに格式張った言葉遣いで賛辞や返礼の応酬を交わし、やがて話題は実のある内容へと移っていく。迂遠《うえん》なやり取りだが、双方の従者に見られているこの状況下では必要なことだ。

「時に、ヘリアン様は体調を崩されていたと風の噂《うわさ》で耳にしたのですが……お加減は如何《いかが》でしょうか?」

「出先で少々面倒事に巻き込まれたが、見ての通り支障ない。至って健康だとも」

ただし今この瞬間は、という前置きが挟まる。

実はと言うかなんというか、今回の一件で地味に死にかけていたのである。

だがなにも戦闘に巻き込まれた為だとか、そういった話ではない。万が一の事態に備え、密《ひそ》かに後詰めの戦力を伴って待機していたのだが、結局出撃の機会はないままに戦いは終わった。従ってヘリアンが死ぬかと思ったのは開戦前夜――ラージボックスでの一幕である。

『――秘奥発動宣言《フォビドゥンファンタズム》：〝覚醒めろダインの遺産《ダインスレイヴ》〟』

あの夜、ヘリアンはリーヴェの反対を押し切って〈秘奥〉を発動させた。

そしてファフニールの最後のパーツにあたる魔剣を顕現させるに至ったわけだが、その結果を見届ける間もなくヘリアンは気絶してしまったのだ。

後で聞いた話だが、付き添っていたリーヴェはこの時点で顔面蒼白だったらしい。彼女は卒倒するヘリアンの身体を受け止めるや否《いな》や、統括軍団長の権限を行使して現場人員を掌握し、そのまま王城の寝室へと緊急搬送した。そして一夜明けた翌朝、ようやく意識を取り戻したヘリアンは周囲の制止を振り切り、開戦間際《まぎわ》に現場に到着したという運びである。

(戦ってもないのに死にかけたなんて、なんとも情けない限りだけどな……)

正直なところ「もしかしたらやばいかも」程度には危機感を抱いてはいた。〈秘奥〉の連続発動による衰弱状態から回復しきってはいなかった為、普段よりも強いフィードバックが来るかもしれないと覚悟はしていたのである。しかしながら、ただ一度きりの〈秘奥〉発動で意識を失う羽目になるとは考えていなかったのも事実だった。

検証のしようがないことなので［タクティクス・クロニクル］の知識を基準に予想を立てていたのだが、どうやら今の自分の体は想像以上に弱っているらしい。

だが、〈秘奥〉の発動が軽挙だったかと問われれば否である。

何故《なぜ》ならあれは、事前にレイファと約束していたことだからだ。本来戦争に用いられるべきではない超常の戦力が投入された際、それはアルキマイラ側で請け負うと、確かな約束を交わしていたからだ。だからこそ、あの場面で〈秘奥〉を使わないという選択肢はなかった。

約束したことはきちんと守る。

その程度のことすらできずして、誰《だれ》が三崎司《ヘリアン》を王として認めてくれるものか。

「私などより、貴公の方こそ身体の調子は如何か？　今回の戦においては陣頭指揮を執ったばかりか、大魔術の要を担ったと聞くが……」

「お気遣い痛み入ります。ですが、体調にはさしたる問題はありません」

レイファはニコリと微笑んで返答する。

彼女の気丈な性格を考慮すれば、その言葉を額面通り受け取るのは難しい。集団詠唱がどれほどの負担を強いるのかは分からないが、それを差し置いても最前線で指揮を執っていたのだ。開戦に至るまでも女王としての仕事に忙殺されていたことを考えれば、今の体調は万全とは言い難《がた》いのではないかと思う。

だが余人の目があるこの状況でそれを追及しても意味はないだろう。無駄話はなるべく避け、実務的な話へ移ることにした。

「さて。今回の一件で得られた諸般の成果についてだが……概ね想定通りコトが進んでいると認識している。貴公の方では、何か特筆すべき問題などは？」

「特に御座いません。首都も無傷で済みましたので、事後処理も滞《とどこお》りなく進んでおります」

「それは何よりだ。集落に逗留中《とうりゅうちゅう》だった冒険者についても、問題なく対処を終えたと報告を受けている。これも貴国の戦士団による成果の一つと言えよう」

なにせノーブルウッドというエルフの強国が滅んだのだ。しかもその終焉《しゅうえん》には弱小国家であるラテストウッドが関《かか》わっていたという。大樹海の情勢に何ら興味のない一般人ならともかく、疑う者の一人や二人出てきても何らおかしくない話だ。少なくともラテストウッド側が弱兵のままでは説得力に欠けていたに違いない。

だがしかし、ラテストウッドの戦士団は相応の力を得た。

彼らはどこからともなく訪れた『旅人』によって深淵森《アビス》素材の武具を手に入れ、少数ながらも精鋭部隊を創り上げていたのだ。

実際には本人らの実力によるものだが、表向きはそうなる。境界都市の冒険者にも確かめた通り『深淵森《アビス》の素材を使った武具』というのは分かりやすい説明材料だろう。白を黒と信じさせるのは至難の業だが、グレーを白と認識させるなら難易度は随分と下がるものだ。戦士団が自ら力を示したことによりカミーラたちの仕事がやりやすくなったのは、疑いようのない事実である。

それに——

「今回の一件は誰一人として損をしない。元々深淵森《アビス》に潜りに来ていた冒険者は勿論《もちろん》のこと、鼻が利《き》く商人連中もラテストウッドに興味を示すことだろう。ノーブルウッドが過激なエルフ至上主義という事実が、今回ばかりは良い方向に働いてくれるというわけだな」

リスクを度外視すれば、深淵森《アビス》は非常に魅力的な資源地帯である。

大樹海からエルフ至上主義の過激派《ノーブルウッド》が消え、深淵森《アビス》素材を加工できる優れた職人がラテストウッドに存在するという事実は、深淵探求者《シーカー》を代表とした冒険者や周辺諸国にとって歓迎すべき事態というわけだ。

そして社会心理学の専門用語で『確証バイアス』という言葉が存在するように、ヒトという生き物は『それが自分にとって都合のよい情報』であれば信じようとする心理が働く。疑ったところで益はなく、信じることによって得をするのなら、そもそも疑おうとする気持ちが湧《わ》かないのだ。

ましてや、今回の一件に総動員されているのは情報戦を専門とするカミーラ率いる第六軍団。

ここまで下地が整えられている舞台で彼女らがしくじるはずもない。

無論、ラテストウッドが国際社会に受け入れられるにあたっては長い道のりが必要になるだろうが、そのキッカケとしては十分な一手と言えた。

ともあれ、

「しばらくすれば人の往来が増えることだろう。それに伴い、ラテストウッドも否応なく変化を求められることになると思うが……」

「覚悟しております。元よりノーブルウッドという脅威の排除は、我が国にとって避けては通れない課題でした。力添えいただき、心より感謝しております」

「……我々が戦力を提供したのは、あくまで妖精竜の対策のみだ。此度の勝利は貴国が自らの力で勝ち得たものであることに疑いはない。感謝の言葉を受け取る理由がないな」

アルキマイラはラテストウッドを隠れ蓑に使おうとしている。それを踏まえて考えれば、今回の戦はアルキマイラの都合で戦ってもらったようなものであり、間違っても純粋な感謝を受け取れる立場ではない。レイファから向けられる真《ま》っ直《す》ぐな感情に耐えかね、ヘリアンは翠緑の瞳《ひとみ》から視線を逸《そ》らす。

しかし逸らしていた視線を元に戻すと、対面に座るレイファは何故か困ったような微笑みを浮かべていた。苦笑、とでも表現すればよいのだろうか。どことなく不思議な表情に思える。

コホン、と咳払《せきばら》いを一つ挟んで言葉を続けた。

「ところで、だ。今回の一件とは別に、貴国に派遣した者たちから色々と報告を受けている。ついてはこれに関して忌憚《きたん》のない意見を交わしたいと思うのだが……構わないだろうか?」

レイファの背後に佇む側仕えたちをチラリと一瞥《いちべつ》する。

するとレイファは肯定の意を発するなり、自身の側仕えたちに小声で指示を出した。

ヘリアンもまた右手を払うように軽く振り、その動作に紐《ひも》付けられた〈圧縮鍵《マクロ》〉を通じて背後の護衛に〈指示〉を飛ばす。

アルキマイラ側の従者は即座に行動に移し、ラテストウッド側の従者もまた僅かに躊躇《ちゅうちょ》しつつも退出していった。

そうして人払いが済まされた部屋の中には、レイファとヘリアンの二名だけが残される。

「お気遣い感謝する。——それでは、本題に入ろうか」

一呼吸を置いて告げると、レイファの背筋に力が入るのが分かった。

「議題は他でもない。これまでの活動で判明した、我が国と貴国の交流に関する問題点についてだ。レイファ殿と膝《ひざ》を突き合わせて話し合える機会は稀有《けう》な故《ゆえ》、こうして時間を取っていただいた次第である」

問題点と聞かされたレイファはピクリと眉《まゆ》を動かした。きっとその聡明な頭の中で思考を巡らせているのだろう。

ヘリアンは唇を舌先で濡《ぬ》らしてから続ける。

「私としては、貴国との友好的な関係が今後も続くことを切望してやまない。そして将来を見据えた上で、今回改めて浮き彫りになった問題……我が国の常識と貴国、ひいては人類の常識が大きく乖離《かいり》しているという問題について、避けては通れないものだと考えている」

現在のところは大きな問題が起きたという報告は上がっていない。

しかしそれは、ラテストウッドと接触する人員を厳選しているが故の見せかけの平穏だ。

派遣した彼らとて『たとえ相手に非があろうと絶対に暴力を振るってはならない』という厳命を

数度にわたり通告していなければ、少なからず摩擦を起こしていたことだろう。

まず間違いなくそうだと確信できる、その理由とは――

「知っての通り、我が国の民はその全《すべ》てが魔物だ。そしてその性質上、意見の衝突や些細《ささい》な摩擦が発生した際、解決手段として『肉体言語』での語り合いを好む傾向が強い」

「肉体言語とは……いわゆる、その……」

「飾ることなく言ってしまえば、殴り合いやその延長線上の戦闘行為――つまりは『暴力での解決』ということになるな。だが、この説明を字句通り受け止められるとなると語弊がある。適切な言葉が他にない以上、肉体言語としか表現しようがないのだ」

そしてこの肉体言語という言葉は、両国の文化と常識の違いを端的に表す代表的なものだ。

アルキマイラにとっては、この言葉一つで十分に相互理解が得られる。肉体言語とは暴力ではなく、あくまで対話方法の一つとして認知され、住民もまたそれを当然のものとして捉《とら》えているからだ。

それが常識である以上、それが正しい行いかどうかそもそも疑うこともなく、皆が当然共有して然《しか》るべき『文化』として認識されている。

しかし一方のラテストウッドにとっては、これはもう『暴力』以外の何物でもない。意見が衝突した際に実力行使に出るというのは、彼らにしてみれば恫喝《どうかつ》や脅迫、或《ある》いは暴行といった犯罪行為でしかないからだ。

決闘という文化はあるのかもしれないが、それは話し合いが第三者による調停でさえ解決できない場合にのみ採られる、最終手段のような位置づけであり、決して初手から選択すべき行為ではないだろう。

「無論、我々の文化や常識を一方的に押し付けるつもりはない。そもそもこの『肉体言語』という文化一つとっても、貴国に適用するとなればただの武力侵略になりかねんしな」

「恐れながらおっしゃるとおりかと。我が国の民が貴国の民から力比べを申し込まれた場合、そこには悲惨な結末しか生まれぬものと思われます」

「完全に同意見だ。当事者を含め誰も得をせず、互いにとって不幸な結果に終わるだろう。だからこそ互いの交流には細心の注意を払う必要があると私は考えている。……身内の恥を晒《さら》すようで忍びないが、我が国の民、アルキマイラの魔物にはそのあたりの機微に疎《うと》いものが多くてな」

ぶっちゃけ、面倒くさくなったら殴り合いでいいやと考える脳筋どもが多すぎるのだ。

あのリーヴェですら第八軍団の竜種相手に拳《こぶし》で語っていたのだから、低位の魔物など語るまでもない。

「しかし、現状は貴国の民が自由な意見を述べられる環境とは言い難い。派遣団との交流においても意見の相違や文化の衝突があったはずだが、その全てが貴国の民が譲歩する形で決着していた。これまでの経緯を思えば無理もない話かもしれんが、健全な関係とは言えまい」

「その件については私も耳にしています。ですが復興支援や医療活動など多くのご厚意をいただいている事実を鑑《かんが》みれば、些事《さじ》において我々が身を引かせていただくのは当然のことかと……」

「これまではそれでも良かったかもしれん。だが、今回の一件で貴国は力を示した。隷属者ではなく良き隣人たらんと行動を示した。ならば今後の付き合い方もまた、それに応じたものにすべきだろう。――そこで、だ」

言葉を区切り一拍を置くと、レイファは眼差《まなざ》しを鋭くした。

ここまではただの前置き。そしてここからが余人を排した上で語ろうとした核心なのだと、正しく理解している。

気圧《けお》されぬよう腹に力を籠《こ》め、ヘリアンは言葉を繫《つな》げる。

「これまでは言えなかった、そしてこれから言うべきである、我が国に対しての陳情や苦情……忌憚のない意見を受け付ける為の窓口を設けたいと思う」

「……窓口」

「そうだ。こちらから担当者を配置し、その者を通して意見を聞き届けたいと思う。そしてその者に届いた意見については全て……そう、その全てにおいて、たとえその内容が我が国の理念や私自身を批判、侮辱《ぶじょく》、否定《ひてい》するものだったとしても、決して咎《とが》め立《だ》てはしない。またこれにより貴国や意見者に対し、一切《いっさい》の害意や悪感情を抱かないことを約束しよう。――ヘリアン＝エッダ＝エルシノークの名に懸けて」

「――……ッ、いえ、お待ちくださいヘリアン様。私は、我々ラテストウッドは、貴方《あなた》様と貴国の双方に対し一切含むところなどありません。これほどの恩情をいただいておきながら、仇《あだ》で返すような真似《まね》は決して……！」

慌てて言い募ろうとするレイファに手を翳《かざ》して制止する。

……国家元首同士の会談としてはマナー違反かもしれないが、レイファの必死な形相に思わず手があがってしまった。

後でこの世界におけるこうした礼節についても調査・予習しておかねばと心のメモを取りつつ、レイファの勢いを削ぐ為の一呼吸を置いてから口を開く。

「そうではない。そうではないのだ、レイファ殿」

レイファの表情を観察し、落ち着く為にはもう少々時間がかかりそうだと判断。

緩《ゆる》やかに首を振る仕草で時間を稼ぐ。

そして更に二呼吸を置き、彼女の瞳に静けさのようなものが戻ったのを確認して、ヘリアンは再度切り出した。

「情けないことだが、レイファ殿、私は本当に困っているのだ。故にこれは提案というより……そうだな、要望と表現した方が正しい」

「……申し訳ありません。私にはヘリアン様のご意向が分かりかねます。我が国からの意見申し立てが貴国の要望とおっしゃるのは、いったいどのような意味合いでしょうか?」

彼女の混乱はもっともだろう。こうこうこうしてくれ、という要望を上げてくれることを要望する、などと言われているのだから無理もない。

無論、一方的に庇護《ひご》することを良しとするなら話は別だ。子供の我儘《わがまま》を容認しありとあらゆるものを買い与える親のように、アルキマイラがラテストウッドをひたすらに持て囃《はや》すとあらばそうした要望もありえるかもしれない。

しかしヘリアンはつい先ほど、良き隣人として友好的な関係を望むと口にしたばかりだ。

それでは話が食い違う。まるで一貫性がないことになる。庇護者と被保護者の関係は、良き隣人とは程遠いものなのだから。

レイファの困惑は、そのあたりに起因するものだろう。

「ふむ……少々話を急ぎすぎたかもしれん。しかしな、レイファ殿。私の先の言葉に含意はなにもないのだ。私は貴国からの意見や陳情を切に望んでいる。その理由は先ほど述べた常識の乖離、そして今後の国家間交流を見越した長いスパンでの話が関わってくるのだ」

あえてややこしい話し方をしている自覚はある。

かくいう自分も、テレビで見る政治家連中はなんでああも回りくどく、婉曲《えんきょく》な言い回しをするのかと。そして最終的な要望や意見を述べるまで、何故そこまでダラダラと時間をかけるのかと、ずっと疑問に思っていた。けれど自分がこうした立場になることで、ほんの僅かだがその一端を理解できた気がする。

それは布石であり外堀埋めだ。

わずか数秒で言い終える程度の最終的な要望・意見をなんとしても通す為に、ありとあらゆる手段を尽くしているのだ。

例えるならそれは将棋《しょうぎ》やチェスといった陣取り合戦に近い。ジワジワと敵陣地を崩し、自陣の駒《こま》で敵陣を制圧し、本命《キング》を獲りにいく。それを彼らは、そして今の自分は、駒ではなく言葉を操《あやつ》ることで、必死に勝ちにいっているのだ。

「繰り言になるが、我らアルキマイラの常識は人類のそれとは異なる。幸いにも貴国は我が国に配慮を示してくれており、そして現在のところは良好な関係を維持できているのは事実だ」

だがしかし、とヘリアンは否定の一語で言葉を繋いで、

「今後の我が国が接触する他勢力が、貴国のように最初から友好的であるはずもない。どころか、それが敵対的ですらなく中立的な勢力だったとして、それでもやはり問題は起きるのだ。――相手に配慮してもらうことで、どうにかこうにか友好的な関係を保てている今のアルキマイラの有様では、な」

はっ、とレイファが表情を変えた。

翠緑色の瞳には理解の光がある。

「……そういうことだ。だからこそ我が国は、今のうちに人類との接し方を学んでおきたい。国家戦略の観点上、国の存在を伏せたまま活動せざるを得ない我が国は、唯一無二の友好国たるラテストウッドを通じて民の教育を行いたいのだ。此度の提案ならぬ要望は、それ故のものとご理解いただきたい」

前もって用意していた台詞《せりふ》をまくし立てる。

まだ本命までは今少しの道程が残されているが、まずはここを突破しなければ話にならない。とりあえずここまでの流れは事前の想定通りにいけた。ある程度差異はあったものの、自分のアドリブ力でクリア可能な範疇《はんちゅう》だったと言える。

しかしここから先は分からない。ここを乗り切ればゴールが見え始めるのだが、果たしてどこまで自分の言葉が届いているものか。

「――――」

レイファはしばし熟考の構えに入っていたが、こちらの心境は判決を待つ被告人のようなものだ。なんだか前にも同じようなことを考えていた気がする。

そして進歩がない自分に落胆の気持ちが湧いた。

いい加減そろそろプレッシャーに慣れてもいい頃だろうに、この待たされている感覚だけは今でも苦手なままらしい。

「……改めて申し上げておきたいのですが、私は貴国に対し大恩を感じております。派遣団の方々も紳士的で、与えられたものに比べればこれまでに起きた諸問題など本当に些細《ささい》なものだと思っております。神樹の名に誓って、それは真実です」

「今更貴方の言葉を疑おうなどとは思っていない。本音で話してくれていると、そう理解している。だが、それとこれとは話が別なのだ」

「はい。私にもヘリアン様のご意向が理解できました」

初めて肯定的な言葉が出てきた。

はい、と肯定を意味する言葉が彼女の口から出てきたことに、期待感が湧く。

「ここに至り、ご提案を固辞し続けることはただの自己満足に成り下がりましょう。私と同様に民もまたアルキマイラの方々に感謝の念を抱いている中、どれだけの意見が集まるかは分かりませんが……文化の衝突や摩擦が生じた際は率直《そっちょく》な意見を小城に届けるよう、皆《みな》に周知したいと思います」

「――では？」

「ご提案、ありがたくお受けしたいと思います。我が方からの陳情に関して窓口をご用意いただくこと、心より感謝いたします」

交渉が――交渉と言い切るには微妙な内容かもしれないが――始まって以来、初めてレイファが柔らかな微笑みを見せてくれた。

大きな山場を乗り越えたことを自覚したヘリアンは、安堵《あんど》の溜息《ためいき》が出そうになるのを懸命に堪《こら》えつつ、目と目を合わせて首肯《しゅこう》する。

「感謝するのはこちらの方だ。これは提案ではなく、貴国への要望なのだから」

「いえ。窓口を設けていただいた上、更に感謝をいただくなど……」

「貸しと借りは明確にしておくべきだろう。これは世界や種族を違《たが》えようと、共通の認識だと思っている。違うだろうか？」

問えば、レイファはまたも眉尻《まゆじり》を下げた笑みを浮かべた。

どう受け取ればいいのか微妙に判断に困るが、少なくとも明確に否定はしてこなかった。ならばこの場においては受け入れてくれたものだと考えていいだろう。

「……さて。長々と話してしまったが、陳情や意見についてはそれがどれほど侮辱的な内容であれ、これを問題視しないことを改めて約束する。欲しているのは真実かつ率直な意見である故、むしろできるだけ手厳しい意見をいただきたい」

改めてそのことに言及すると、レイファが思い出したように何かを言おうとする初動を見せた。

しかしそれを口にさせるわけにはいかない。せっかく論点を『窓口設置の可否』に集中させたのだ。

ここで『如何《いか》なる侮蔑《ぶべつ》も問題視しない、あらゆる非礼をも許す』という点に関し、議論の場を設けるのは悪手である。これは話の前提条件として、既に合意に至ったものとして、一気に話を推し進めるべき場面だ。

ヘリアンは立て続けに言葉を紡《つむ》ぐ。

「また窓口の担当者についてだが、勝手ながらこちらで決めさせていただいた。意見を伺《うかが》った上での選考も考えてはみたのだが、それを行うには相互理解が不十分だと判断したのでな。互いの幹部の人となりすら十分に把握しきれていない状況では、無理のないこととご理解いただきたい」

「それは、はい。勿論ですが……」

「感謝する。それと『あらゆる非礼を許す』という点が形骸化《けいがいか》しないよう、その条件を成立させる為の魔道具を提供させていただこうと思う」

レイファが続けようとした言葉に被《かぶ》せて、強制的に次の話題に切り替える。

多少強引《ごういん》な交渉をしている自覚はあるが、ぎりぎりセーフの範疇だろう。最低限の礼節は維持できているはず。そう思い込む。

それに魔道具の提供という新たな話題は、レイファとしても気になる内容のはずだ。すかさず、そしておもむろに懐《ふところ》に手を差し入れれば、彼女の視線がその動きを追うのが見て取れた。

注意を惹《ひ》きつけられたのを確認しつつ、ヘリアンは取り出した銀の腕輪をテーブルの上に置く。

「こちらから提供する形になるが、これは窓口を設けるにあたり前提条件を満たす為の措置と考えてもらいたい。当然、貸し借りの範疇には含まない」

コン、とヘリアンは銀の腕輪を指先で叩き、

「これは装着者の正体を偽装する魔道具だ。如何に非礼を許すとはいえ、他国の者を前にして批判や苦情を読み上げるのは心情的に厳しかろう。窓口の場以外でその者と顔を合わせた際、健全な交友関係に支障をきたす可能性もある。それを未然に防止する為の必要措置だ」

「正体を偽装……それは、つまり」

「こちらの窓口の者は、ラテストウッドの誰が代表者として意見を告げにきたのか、それを認識できなくなるということだ。他人の目からは別人として見えるようになると思ってくればいい。使用回数限度も特にない故、遠慮なく使ってもらえればと思う」

レイファの双眸《そうぼう》が軽く見開かれた。ヘリアンが口にしたその内容が、秘宝級の代物を語っているようにしか聞こえなかったからだ。少なくとも彼女は、そのような魔道具が市場で売り買いされているなど聞いたことはない。

そして実のところ、アルキマイラにおいてもそれなり以上の『格』に位置する魔道具だったりする。レイファへの説明では変装能力としてボカしたものの、この腕輪には認識阻害術式が付与されており、ことによっては第六軍団の偵察任務にさえ耐え得るレベルの代物だからだ。

さすがに王《プレイヤー》専用装備である灰のローブほどの性能ではないが、付与されている効果の種類だけを見れば灰のローブとほぼ同じである。

「む。そろそろ時間か……」

と、懐から取り出した時計を見て呟《つぶや》く。

時間を確認している体《てい》を装っているが、ただのポーズだ。話を切り上げる為の手段として用意していたカードを切っただけである。

ヘリアンは時間に追われている身の非礼を詫《わ》び、その場を辞す為の礼節を示した後、粛々《しゅくしゅく》と扉に手をかけた。本来なら従者が扉を開けるのを待つべきシチュエーションなのだろうが、肝心の従者連中は外に追い出している。この状況なら自分で開けても大丈夫だろう。

そうしてヘリアンは立ち去る寸前、さもたった今思い出したかのような仕草でレイファに振り返った。翠緑の双眸とヘリアンの視線が交わる。

「ああ、そうだ。肝心の窓口担当者についてまだ紹介してなかったな。失礼した」

息を吸い、呼吸を整える。

心臓の鼓動は少々うるさいが許容範囲だ。

レイファに見えぬよう唾《つば》を呑《の》み込《こ》んだヘリアンはそうして、ようやく、一見迂遠な道を辿《たど》りながらもその台詞に辿り着く。

「担当者の名は『グリームニル』という。詳細な情報は改めて届けさせるが、外見的にはほぼ人間と思ってくれていい」

ピクリ、と。

僅かに。ほんの僅かに。注意深く観察しておかなければ到底気付けなかったであろう些細な変化ながら、レイファの笹耳が跳ねた。

——グリームニル。

『始まりの地の酒場』でレイファ改め『レイナ』が出会った、とある青年の名。

その名前を彼女が覚えてくれていたことに安堵の感情を抱きつつ、ヘリアンは言葉を続ける。

「特に秀でた能力を有しているわけではないが、我が国では非常に稀有なことに『人類』に近い価値観を持つ男でな。本人曰《いわ》く、既に貴国の者とも知己《ちき》を得ているらしい。その感性と実績を踏まえて任命した次第だ」

レイファの表情に変化はない。一国の指導者として振る舞う彼女はどこまでも完璧《かんぺき》だ。少なくとも自分程度の洞察力では、レイファの心情を察することはできなかった。

けれどグリームニルの名を出したことで、その瞳に柔らかな光が灯《とも》ったように感じた。あまりにも自分勝手だが、それはきっと、自分の気のせいではなかったと思いたい。

「本人はラテストウッド側の担当者に『知己となった人物』を希望していたが……我が国が独断で担当者を決定した以上、当然ながら貴国の担当者選定に口を出すつもりはない。貴国の裁量にて担当者を選定されるといいだろう」

ラテストウッドの自由意志に任せる。同盟国の意思を尊重する。——そんな言葉を隠れ蓑に、こっそりとグリームニルの希望を会話の中に忍ばせた。

後はラテストウッド側の担当者に『彼女』が選ばれるのを祈るのみだ。ヘリアン《グリームニル》の正体を明かせない以上、これが限界ぎりぎりのラインである。

「承知いたしました。最適な担当者を選出できるよう、尽力させていただきます」

落ち着き払った声で答えるレイファと目礼を交わす。

結果の成否はどうあれ、これで事前に準備していた言葉は全て言い切った。小賢《こざか》しい交渉もこれで終わりだ。

だからヘリアンは最後に、ただ守られることをよしとせず誇り高い選択をした彼女と彼らに対し、今この場で伝えるべき真摯《しんし》な言葉を紡ぐ。

「――此度の勝利、誠に見事であった。貴方と、貴方の戦士団と、そして戦士団を支えた誇り高き貴国の民に、私は心より敬意を表する」

今度こそ告げるべきものを全て告げ、背を向ける。

そして誰よりも気高い女王に見送られながら、静かな足取りでヘリアンはその場を後にした。

2.

「――お待ちしておりました、ヘリアン様」

退席し、侍女服の女官たちに見送られた城の外ではリーヴェが待ち構えていた。

既にラテストウッドにおける諸々の仕事は終えたらしく、彼女の周囲には帰国の為の人員が待機している。

「会談の首尾は如何でしたでしょうか？」

「実りのある話ができた。極《きわ》めて有意義な時間を過ごせたとも」

「それは何よりです。それでは早速、本国へ帰還いたしましょう」

淡々と言っているようにも聞こえるが、リーヴェにしては珍しく語気が強めだ。いつもの冷静沈着な国王側近には似つかわしくない、こちらを急かすような響きが含まれている。

しかしながら彼女の心境を思えば、それも無理のない話なのだろう。なにせリーヴェの目の前で倒れたのは、これでかれこれ三度目だ。

ラテストウッドの民を治療した際の一件、蒼騎士《あおきし》との一戦、そして先日のラージボックスでの一幕――どれもこれも必要な処置だったとはいえ、目の前で主人が何度も倒れる様を見せつけられるのは、彼女の気質からして耐《た》え難いものに違いない。

「派遣団からの聞き取りも会談中に済ませておきました。現状、当都市にて喫緊《きっきん》の要件はないものと存じます。後のことは私と現地の人員にお任せいただき、ヘリアン様は王城の寝室にて休養をとっていただければと」

言い募るリーヴェの表情はいつも通りの澄まし顔だが、どことなく必死感が浮き出ている。これ以上一分一秒たりともヘリアンを活動させたくないのだろう。会談の場に立ち会うことを断念し、その間に喫緊の仕事を代行していたリーヴェの瞳には強い意志が宿っていた。

できればロビンやカミーラの論功行賞《ろんこうこうしょう》を済ませておきたかったのだが……負い目がある以上、この進言を退けるのは難しい。

「……分かった、お前の言う通りにしよう。活動時間が一定以上に回復するまでは安静に過ごすことにする」

告げると、リーヴェはあからさまにホッとした様子を見せた。

表情は相変わらず澄まし顔のままなのだが、耳と尻尾《しっぽ》と醸《かも》し出《だ》す空気感が雄弁にその心情を語っている。

そこまであからさまに安堵しなくてもよかろうに、と思わなくもないのだが――

(そう言えば……今までこの手の進言は全部却下してたんだっけか)

ヘリアンは過去のあれこれを思い返す。

リリファの蘇生を行ってからのデスマーチ。それを終えた直後からの国外遠征。蒼騎士との遭遇戦で死にかけてからのこれまで――その全ての場面でリーヴェから諫められていたが、その尽くを却下していた。

ヘリアンはヘリアンなりに考えがあり、それぞれに応じた理由で進言を退けてはいたのだが、リーヴェにしてみれば『頑固な主人がようやく耳を貸してくれた』という状況なのかもしれない。

そう考えれば、彼女の反応にも合点がいく。

……なんというか、ひどく申し訳ない気分になった。

(当面は城で休むしかないか……)

少なくとも体調が回復するまでは軟禁状態を甘受しなくてはならないようだ。正直なところ現場で働いていないと不安でならないのだが、リーヴェがここまで強い態度に出ているからには諦《あきら》めて療養に努めなければならないだろう。

それに考えてみれば働き詰めだったのも確かである。ノーブルウッドの一件はいつまでも放置できなかった為に計画を強行したが、境界都市における活動拠点設営については順調だ。焦《あせ》って事を進めようとせず、ここで一息つく時間を設けるのも悪くない。

「……ん？」

そうと決まればと【転移門《テレポータル》】を設置した場所に移動しようとした矢先、空から何者かが降りてきた。

鴉に似た黒翼を広げ、素早く舞い降りてくるその影は――

「カミーラ？」

「そのようです。……このような時に、一体何だというのだ」

後半部分の台詞は独り言のようだが、思わず口をついて出たそれには忌々《いまいま》しげな響きが含まれていた。滲《にじ》み出る怒気に思わず気圧される。今日のリーヴェは実に感情豊かだった。

「我が君。頭上より失礼を――」

「カミーラ、ヘリアン様はひどくお疲れだ。報告に関しては私の方で受け持つ。後にしろ」

降りてきたカミーラの言葉を遮《さえぎ》り、リーヴェが口を開いた。

出鼻を挫《くじ》かれたカミーラは一瞬ムッとした表情をリーヴェに向けたが、流し目でヘリアンの様子を確認するなり、赤い瞳に納得の色を見せる。

しかしその一方で口を閉ざすことはなかった。

「できれば妾とてそうしたいが、これは火急の件じゃ。今この場で我が君に確認しておく必要がある。邪魔立てするでない」

総括軍団長の言葉といえど聞き入れるわけにはいかない、とカミーラが明確な意思表示をする。

そんなカミーラの強い姿勢に、リーヴェは――極めて珍しいことに――眉を顰《ひそ》めつつ口を噤《つぐ》んだ。

そしてヘリアンに対し、視線で是非を問い掛けてくる。

当然、ヘリアンは問《と》い質《ただ》した。

「何があった、カミーラ」

「我が君。体調が優れぬところ、誠に申し訳なく……」

「そんなことはいい。ノーブルウッド絡みで問題が残っていたのか？　それともまさか、ファフニールに何か致命的な問題が？」

顔色を悪くして問い掛けるヘリアンに、カミーラは首を横に振る。しかしながらその美貌には、はっきりとした憂《うれ》いの色が浮かんでいた。

「いや、そういうわけではない。そういうわけではないのじゃが……実はつい先ほど、境界都市の配下から速報が入っての……」

速報？　とヘリアンは眉を顰める。

現地に残してきたガルディとセレスには、本格的な情報収集活動に向けての拠点化を進めさせていたはずだが……何か問題が発生したのだろうか。

考えられる内容としては、店舗に厄介な客が訪れてきて対応にしくじったか、或いはガルディが街の荒くれ者と喧嘩《けんか》して騒動に発展したか、はたまたセレスが研究中だった薬品開発にて爆発事故でも起こしたか。

……どれもこれも十分ありえそうである。

最後のパターンは別として、やはり人類の常識に関する教育は急務だ。取り急ぎ境界都市に派遣している人員だけでも速成教育を済まさねばなるまい。

「ところで、その……境界都市の南には魔族領域からの侵攻を防ぐ為の砦《とりで》があると聞《き》き及《およ》んでいるのじゃが、間違いないかの？」

「……唐突だな。確かにその地域──境界領域には防御陣地として幾つかの砦を築いているらしい。辺境伯の話によれば魔族領域からの襲撃は既に沈静化したと聞いているが、それがどうした？」

答えると、カミーラの頰《ほお》が引《ひ》き攣《つ》った。

何気にカミーラのそれは初めて見る感情表現《エモーション》である。淑女然とした彼女に似合わぬ表情を前に、嫌な予感が鎌首《かまくび》をもたげる。

もしや再び魔族領域からの襲撃があったというのだろうか。だとすれば相当に厄介な話だ。予定を崩してまで迷宮暴走《ダンジョンスタンピード》や迷宮探索に首を突っ込み、現地情勢の安定に尽力した苦労が水の泡になる。現地のガルディやセレスにも追加で指示が必要になるだろう。

そんな思考を巡らせるヘリアンに対し、表情を曇らせたカミーラは「現地からの報告によれば」と恐る恐る口を開いて──

「ガルディとセレスめが境界領域の砦を攻め落としたらしいのじゃが……これも我が君の計画のうちかの？」

＋　＋　＋

時は聖魔暦一五〇年九月十日。

現地時間換算にて、聖暦九九七年一二月一四日。

平穏が訪れた大樹海の片隅にて、一人の青年の悲痛な叫びが木霊《こだま》した。

あとがき

こんにちは、蒼乃暁《あおのあかつき》です。今回も『異世界国家アルキマイラ』を手にとっていただき、ありがとうございます。

三冊目となります本書ですが、これまで最も出番が少なかった、とある軍団長にスポットライトがあたりました。そう、一巻の山場において八大軍団長の中でただ一人、何の手柄も挙げられなかったどころか、出番すら皆無《かいむ》だった『ヤツ』です。その分本書では、色んな意味でやらかしてくれてますので、詳しくは本文をご覧くださいませ。

ちなみに本編中では「××を斃《たお》した」とかキメ顔で言い放っていたりする彼ですが、実際は勝っただけで本当の意味でのトドメは刺していません。死んじゃったら仲間にできませんしね。だけどカッコいい台詞を使ってみたい年頃なのです。彼は永遠の少年なのです。

また今回は、アルキマイラの軍団長のみならず『彼ら』も大活躍してくれました。そして凄《すさ》まじく頑張ってくれました。決して最強無双には至れない彼らではありますが、若き女王に率いられた彼らの覚悟と活躍、楽しんでいただけたならば幸いです。

ところで、これは本編とは何の関係もない私事なのですが、本書の書籍化作業中に愛用ＰＣがお亡くなりになりかけました。

当時としてはかなり高性能だった愛機ですが、十年近く酷使《こくし》した今ではすっかりロートルに。

それでも本書の執筆を終えるまで、なんとか踏ん張ってくれた愛機には感謝です。

きっと本書が世の中に出た頃には新型で執筆していると思いますが、旧愛機と同じく、粘り強く付き合ってもらおうと思います。


さて、ここからはいつもの謝辞に入りたいと思います。

いつも販促や校正でお手数かけております、Ｈ野さん。主人公や軍団長は勿論《もちろん》のこと、例のアレをカッコよく描いてくださいましたｂｏｂさん。引き続き装丁《そうてい》をご対応いただいております、有馬《ありま》トモユキさん。今回もお世話になりました。ありがとうございます。

そして友人のＭ本クンにみーちゃん、色々とツッコミありがとう。これからもどうぞヨロシク。


それでは、本書を手にとっていただいた読者の皆様に感謝しつつ、今回はこの辺で筆を置きたいと思います。三歩進んで二歩下がるような主人公ではありますが、これからも温かい目で見守っていただければ嬉しいです。

ここまで読んでいただき、ありがとうございました。それでは、いずれまた。

蒼乃暁

GAノベル

異世界国家アルキマイラ3
～最弱の王と無双の軍勢～

2020年3月31日　初版第一刷発行

著者　蒼乃 暁

発行人　小川 淳

発行所　SBクリエイティブ株式会社
〒106-0032　東京都港区六本木2-4-5
03-5549-1201　03-5549-1167（編集）

装丁　有馬トモユキ（TATSDESIGN）

印刷・製本　中央精版印刷株式会社

ISBN978-4-8156-0514-8
Printed in Japan

ファンレター、作品のご感想をお待ちしております。

〒106-0032　東京都港区六本木 2-4-5
SBクリエイティブ株式会社
GA文庫編集部 気付

「蒼乃 暁先生」係
「bob 先生」係

本書に関するご意見・ご感想は
下のQRコードよりお寄せください。
※アクセスの際に発生する通信費等はご負担ください。

https://ga.sbcr.jp/